The story of Alicia, the fighting princess

戦姫アリシア物語 2

婚約破棄してきた王太子に渾身の右ストレート叩き込んだ公爵令嬢のはなし

長門佳祐

Illustration あんべよしろう

CONTENTS

The story of
Alicia, the fighting princess

アリシア（17）

ランズデール公爵令嬢（つまり高貴！）。元王国軍の元帥で戦の天才（初陣は13歳だよ、えっへん！）。王国時代には、エドワード王太子の婚約者でもあったがよくわからない断罪で婚約破棄を申し立てられ、渾身の右ストレートをお見舞いして出国。その騒動時にジークハルトに救われる。

メアリ（永遠の17）

アリシアの侍女だが、侍女スキルよりも戦闘力のほうが（かなり）高め。幼馴染でもあるため、アリシアの一番の理解者。無類の酒好き。

コンラート

ジークハルトの側近。
1巻でメアリとくっつく。

ジークハルト（29）

帝国の皇子。戦場でアリシアに出会い、一目惚れ。以降再会すべく、あらゆる策を講じるもなかなか時機に恵まれず、苦節3年。ようやく王国内の騒動に便乗し、再会後に即プロポーズをする。

クラリッサ

帝国入国後にアリシアについた侍女（元は近衛騎士）。
おかっぱ頭が印象的。

ステイシー

ジークハルトの母（つまり皇后）の近衛騎士。

The story of Alicia, the fighting princess Story

『てぃんくる・らぶ・ふぇあ・すとーりぃ。アンヌのばっきゅん☆ぼーいずはんてぃんぐ』

という乙女ゲームの舞台であるブレストウィック王国。（ここで一旦ゲームのことは忘れて！）

王太子エドワードの婚約者兼王国軍の元帥アリシアは、バカ王太子の訴状を右ストレートで退け、出奔。侍女のメアリと王都を脱出する。そこへ手を差し伸べたのが、隣国の皇子ジークハルトだった。

なぜなら彼は3年前の戦闘でアリシアと出会い、一目惚れをしていたのだ。

そうして帝国へ亡命したアリシアはジークハルトに「后になってくれ」と即求婚される。

ジークハルトの人柄とゆかいな仲間たちの尽力により、意外とあっさり両想いになるアリシアとジークハルト。

王国のごたごたをそのままにしてはおけない、とアリシアが王国への帰還を申し出ると、「置いて行かないで！」となぜか帝国軍も付いてくる流れに。仕方ないな、と「帝国軍元帥」として王国本土へ乗り込むことになったアリシアは、戦闘指揮官として、元王国の人間として、なるべく血が流れない作戦を模索する。その甲斐あってかグリム要塞跡攻防戦は、王国軍三万のうち戦死者は八百、負傷者四千七百、対する連合軍の死傷者は五百未満という数にまで抑えられた。その後、王太子エドワードを追撃し、帝国の完全勝利で戦争は終結。

このままジークハルトと結婚か？　と思われたが、本来は「悪役令嬢」かつラスボスであるアリシア。不遇な展開の可能性は摘まねば！　と、ジークハルトに心酔し始めていたレナード（王太子の側近）に王国のことを丸投げして帰国させ、自分はジークハルトの側で学生になるのだった。そして時が経つこと、数か月……

序章：帝国北部辺境中核市テルム：六月八日正午

辺塞寧日なく。北地、春光遅し。

「辺境の要塞は戦争ばっかで休みなし、挙句、春まで来るのが遅い」辺境を守る国境要塞のブラック勤務を嘆いた詩だ。

帝国ノルマール州テルム、北部辺境要塞線の一角を占めるこの要害もまたこの故事の例に漏れず多忙だった。

彼らは包囲攻撃の只中にいた。敵は蛮族。

蛮族とは異民族の総称だ。

約百六十年前に始まった東方ブルガル族の侵攻と、それに端を発する異民族の大移動。その襲撃は、いまや、帝国を始めとする大陸中部の国々にとって楽しからざる年中行事と化している。

略奪の猛威により大陸北部をぺんぺん草も生えない焦土へと変えたブルガルの威勢は今や下火となったものの、その後に続くエトルリア、タルカン、ハン族らによるストリーミング連続襲撃を受けるに至った中原諸国は、その手の輩を分類するのが面倒になり、ついにはまとめて「蛮族」と呼ぶことにした。切っても切れぬ仲の隣人で、もちろん愛されてなどいない。

無駄に発達した大脳を頭蓋の内におさめながら、人類はなぜこうも非生産的な活動に明け暮れるのか。

万物の霊長が聞いて呆れる。

帝国陸軍中佐ベルナールは内心で毒づいた。

ダラン・ベルナール、三十二歳、北部方面軍第三軍所属独立任務部隊、通称バレヌ猟兵団付き参謀将校兼臨時指揮官が彼の肩書だった。

貧乏商家の三男坊として生を受け、賢人グランデールの博物学史に心を奪われ帝国大学への進学に憧れるも実家にそんな金はなく、さりとて奨学金を取れるほど優秀でもなかった彼は、学費がほぼ無料なことで有名な帝国陸軍大学へと進学した。

果断さと冷静な判断力と微妙に不足気味な座学の成績を買われ、北部の前線送りとなったのはもう十年も前のことだ。

以来、地味な戦果を積み重ね、気づけば中佐にまでなっていた。

帝国軍は実力主義の集団だ。平民出の彼であるが、正しくその能力を評価されたがゆえの出世であった。

しかしその実力ほどに個人の希望は考慮されないのが帝国陸軍という組織だった。

三度に亘って提出した転属願いがことごとく途中で行方をくらます後方のずさんな管理体制にベルナールは納得していなかった。

テルムは、軍属約一万と民間人約十万を擁する北方ではそこそこの規模の要塞都市だ。

今、その城市は麗しい初夏の日差しの中、麗しからざる出で立ちをした蛮族達の攻囲にさらされていた。

敵勢力は約一万五千、ようやく育った冬小麦を目当てに押し寄せてきた招かれざる客人達だ。可及的速やかにお引き取り願いたい。

テルム市守備隊作戦指揮所には守備隊長以下、主だった幕僚達が詰めていた。総勢十五名ほど。口火を切ったのは、守備司令のグライゼだった。

「で、状況は？」

筋肉質な短軀に短く刈り上げた白髪。守備隊の指揮官でありベルナールの上司でもある。ベルナールとしては概ね良好な関係を築けている、はずだ。

「備蓄は十二分に。守兵の練度も臨時で遠足できる程度には仕上がっています」

「籠城策に不安はないと？」

「その場合、閣下の寿命を先に心配すべきでしょうな」

「結構。では次だ。住民の避難状況はどうなっている？」

帝国軍とはなんであるか。それは、帝国の臣民を守るものである。

帝国の臣民とはなんであるか。それは、帝国領土内に住まうすべてのものである。

そのためには、すべての戦争を帝国領土外のものとするのが最善策だ。

翻って、彼らは今、外敵の侵入を許していた。もちろん望ましからざる状況である。

ゆえに次善が要求される。臣民に区分されるすべての民間人の保護。その避難誘導と安全な城市への受け入れがかれら軍の役目だった。

「避難計画は全行程を完了済みです。ただ、ガルソール、マイセン両村落にて不明者あり。計、二十三名」

「それのみか?」

「はい、閣下」

「そうか。まぁ最善を尽くした結果といえる」

ベルナールも、そしてグライゼらも軍の損害と民の被害を数として認識するようになって久しい。彼らが守る城塞都市テルムは、帝国北部ノルマールにおける中核都市。その規模を考えれば、彼らはよくやっていた。

それでも苦いものはある。

逃げ遅れた住民の運命は過酷を極める。それは蛮族に対するどす黒い憎悪を固めさせるのに十分すぎるほどのものだった。

蛮行が帝国の憎悪を炎上させ、それがさらなる苛烈な衝突へ発展する。それは帝国に限らない大陸北部の日常だった。

この年、帝国の北方領は例年より一月以上も早い蛮族の侵入を受けていた。客観的に見た場合も、その本格化に先んじて住民の避難を完遂させたベルナール達の働きは讃えられてしかるべきものだったろう。

だが、それで自らを納得させるにはベルナールはまだ若すぎた。あるいは諦めを友とできるほど無才ではいられなかった。

「状況にもよりますが、現場判断で襲撃に出ます。許可を頂きたい」

「今更だな。先に断るようになっただけ、貴様もマシになったとしておこうか」

「そこまで閣下に面倒をかけた覚えはないんですが」

ベルナールとグライゼは獰猛な苦笑を見合わせた。

ベルナールは中央出身の将校、一方のグライゼ達は地場に根を張る郷土軍だ。故に立ち位置が少し異なっている。

帝国の版図は広大であり、ある程度の自治と、離反されない程度の中央集権のバランスにより一つの国体が運営されている。守備隊を代表するグライゼと中央出身のベルナールはある意味でその縮図だった。

「まぁ、こいつらなら仲間扱いしてやらんこともない」

その共通認識にいたるまで、彼らは三年以上の時間を費やしている。

その時、入室の許可を求める声があった。当直の連絡士官だ。

入室を許可すると、不審を顔に貼り付けた若手の将校が入ってきた。

「閣下、通信です」

「どこからだ？　ザウセルヴィッツからなら無視しておけ」

「はい、いいえ、違います、閣下。受けたのは短距離通信です」

「なに？」

座中の男たちが訝しげな顔を見合わせた。

帝国は技術大国であり、科学技術の発展にも多額の投資を行っている。特に魔導技術に関するそれは世界の最先端で、遠隔地への即時の情報伝達を可能とする魔導通信の実現はその成果の一つだった。

開発当初、部屋一つを埋め尽くさんばかりの巨大な装置が必要だった通信設備も、技術者の不断の努力とそこそこの頻度で生まれてくる転生者達の有効利用で、ある程度の小型化に成功。いまや帝国軍の必須装備として広く普及を済ませていた。

通信機は精密な機械であり、もちろん多くのトラブルにも見舞われた。機材の故障や魔力切れなどのある意味で致命的な欠陥はしかし、それでも伝令やら犬やら鳩やらに、お手紙預けて戦場の只中を走らせるよりははるかにましだと現場に容認されたのだ。最速の伝達手段である伝書鳩の迷子率は脅威の七割超えである。それにくらべれば多少の欠点などないに等しいものだった。

魔導通信の最大の課題はその稼働に要求される膨大な魔力であった。特に、通信距離の延長により消費魔力が指数関数的に増加するのが最大の問題点。普段使いする場合は、ある程度通信対象に接近してから使うことも多かった。

今回入った短距離通信は、そのための規格である。

だが、おかしい。彼らは、現在敵軍集団の包囲を受けている。友軍が支配する他の城市ははるか遠方にあり、当然距離的にとどかない。

グライゼが問う。

「確認したい。我らの管区所属で、城外にて活動中の部隊は存在するか？」

「はい、いいえ。存在しません。テルム所属の全戦力について集結を確認しております」

確認の結果は否。命がけのタイムリミットに遅刻した間抜けな部隊は彼ら守備隊には存在しない。

「となると、まずいな」

グライゼは小さく呻いた。

まず考えられるのは、隣接管区から派遣されてきた連絡部隊だ。近傍の拠点が危機に陥り救援の要請にきた場合などが考えられる。

あるいは、既にどこかの拠点が失陥し敗走中の部隊が発信したか。それは最悪の事態だ。

戦場での凶報に慣れきっている幕僚達が思考の迷路に陥るのをグライゼは遮った。

「想像だけたくましくしても無意味だな。先方に聞けばよかろう。通信を確立しろ」

「了解です」

「非番の魔導師を叩き起こせ！」

「非常点呼だ。稼働部隊に召集をかけろ」

色めき立つ司令部。幸いにして彼らの予想は外れた。通信の発信元は、近くの拠点を立った友軍ではなかったのだ。

「先方より、識別番号来ました。ＥＣ０９０１。中央軍所属」

「中央軍？　となると増援か？」

ひとまずの安堵が落ちる。帝都を中心とする中央は北方領も最北に位置するテルムから一月ほどの距離だ。そこがやられたとは考えづらい。となれば中央からの増援と考えるのが自然だった。

「コールサインは『雪』の『精』、〈スノーフェアリー〉でしょうか……」

「聞いたことがありません。おそらく新編された部隊でしょう」

「たまさか近くで演習でもしていたのか」

「編成と規模は?」

「兵科は騎兵のみ、大隊規模約五百とのこと」

苦笑が起こった。

「少ないな」

言葉通り数が少なすぎた。

現在テルムを包囲する敵は一万超えの大集団。

たったの五百でなにができるのか。桁が一つ足りていない。まぁ、逃げ帰らずに前線にでてきた根性だけは認めてやらんこともないが。

はっきり言って、ありがた迷惑。グライゼが即断した。

「追い返せ。今ならまだ敵に捕捉されずに離脱できる。籠城についても不安はない」

「まぁ、戦力不利で出撃もできないわけですが」

「余計なことは言わんでよろしい」

気の利く連絡将校は、このやりとりをうまくまとめて友軍と思しき〈妖精〉へと送りつけた。間髪を容れずに返信が届く。

しかし彼らにもたらされたのは、「では、帰ります」という素直な了承とは違う、部隊の進駐要請だった。

いわく「しばらく貴市のご厄介に預かりたいが、そちらの備蓄と宿舎はありやなしや？」と。

なんと、友軍、食料と寝床が心配らしい。城外に展開する蛮族への言及は一切なし。これを剛毅と捉えるのはいささか彼らには難しかった。

「奴ら、阿呆なのか？」

一人の言葉が全員の心情を物語った。

テルムの備蓄は余裕がある。なんなら二個師団が余裕で一年籠城できるほどの備蓄がテルムには存在した。援兵の数が五百でなく五千であっても受け入れは可能。

もちろん入城できればの話である。

外の蛮族が黙って通すはずなどない。

「一応目はついているらしい。『蛮族は蹴散らして入城する』と言っている」

「だが数は数えられないと……」

おそらくは、新編されたばかりの部隊だろう。前線を知らない学校秀才が指揮官というのなら、こういった無茶も考えられる。

帝国軍の精鋭をもってすれば蛮族ごとき、戦力に十倍の開きがあろうとも粉砕できると信じる手あいだ。

最大限、好意的に解釈するならそれなりの練度と戦意を持っているともいえるが、まぁ、厄介ごとのほうが多そうだな。

グライゼはそう結論した。

「よし、伝えろ。『当市の備蓄に不足なし、しかして兵もなし。敵の包囲は厚く、突破は極めて困難である。我ら援護はできかねる、貴隊は速やかに転進せよ』以上だ」

「了解」

一言で言うならば、支援はしないという宣言だ。

テルムは今、万を越す賊徒の群れに囲まれている。いかな無謀の将であれ、五百の戦力でこれを下せるとは思うまい。彼らの「蹴散らす」云々という言説は、守備隊との連携を前提に考えているものと思われた。

守備隊の返事はもちろん否。戦力の不安な状況下で、うって出るのは下策も下策、戦力の逐次投入はもっとも忌避するところである。守備隊は籠城策を堅持する。

こう言われれば、帰るだろう。グライゼはそう考えた。もちろん幕僚も同感だった。しかし〈妖精〉は帰らなかった。

「……っ!」

またしてもノータイムで来た返答に連絡士官が絶句する。グライゼが促した。

「構わん、読め」

「は、スノーフェアリーより通達。『ゴ懸念ハ承ッタ……』」

ここまでは、ほぼ定型句だ。問題はそこからだった。

「『シカレドモ我、城外ニ屯スル暴徒ドモヲ脅威ト認メズ。心配ゴ無用、手出シモゴ無用。城内ノ諸卿ニオカレテハ、ワレラガ闘争ヲゴ高覧アレ』。……以上です」

一瞬の空白の後、一人が叫んだ。

「どうかしてる！」

「指揮官は正気なのか!?」

彼らは言った。蛮族を脅威と認めず。心配するな、手出しもするな。私達が蹴散らすから、貴様らは黙って見てろ。要約するならそういうことだ。

たかが一個大隊が。五百程度の小部隊が、万を超す軍集団をただの暴徒と言い切って、挙句「お前ら守備隊は高みの見物を決め込んでおけ」と言い切っていた。

自信過剰を通り越して、もはや自殺願望の類である。

挑発か？　だがそれにしても稚拙にすぎる。

司令部に激発の空気を感じたベルナールは強引に流れを断ち切った。

「中央の不羈、まずはご寛恕願いたい。しかし、見捨てるわけにもいきません。出撃許可を」

グライゼは、一瞬、複雑な感情をちぢれた白髪の下に閃かせた。しかし、最後は苦笑とともに首肯する。

「許可する。好きにやれ。守備隊からも大隊の二つほど、連れて行け」

「お心遣い、痛み入ります、閣下」

幕僚達も苦笑した。

ベルナールは会議室を退出した。

適当に守備隊から連れていけという話だが、おそらく待っているのは激戦だ。間違いなく死戦することになる。

となると、選んだ隊の家族には恨まれることになるだろう。ベルナールはそう思った。

危険な作戦なら、自分の隊だけで完遂したいところであった。しかし、彼の隊の戦力は千に届かぬ数しかいない。犬死を避けるなら恨まれる覚悟はすべきだろう。

知らず彼は、指で鼻筋を斜めに通る古傷をなでていた。その向かい傷は、彼にとっての勲章であり、また手痛い教訓でもあった。

「まぁ、やるだけやるさ」

勝てばよし、負け戦なら後先考える必要もないだろう。そう結論付けたベルナールは副長を呼び出した。

さて、テルム近郊に出現したのは援軍だった。

通称雪妖精《スノーフェアリー》、正式名称、中央軍直轄独立機動魔導大隊。

それはたしかに新編されたばかりの部隊であった。そして指揮官は名をアリシア・ランズデールといった。

1．北の国から頑張れ、わたし

はい、みなさんお久しぶり。

随分とご無沙汰してしまった気がするね。申し訳ない。王国軍大元帥改め帝国陸軍元帥改め帝国陸軍大学学生のアリシアです。みんな元気かな？　わたしは元気だよ！

つい先だってわたしの国で内戦がありまして、そこで知り合った帝国の皇子ジークハルトさん（軍人）（頭いい）（イケメン）（大好き）からプロポーズされちゃったのでのこのこ彼についてったら、軍大学に放り込まれてしまいまして、あとは成り行きでまた戦争することになりました。今は、帝国北方の辺境区で、不法侵入してきた蛮族の団体客を排除するべく襲撃のタイミングを図っております。以上、あらすじ終わり。

目の前には、蛮族さんの軍旗が沢山並んでいる。お城を囲んで楽しいバーベキューの最中だろうか。あちこちで火がたかれて煙がもくもくとたなびいている。

既視感漂う光景だ。親の顔より見た風景だ。もっと親孝行しろ、わたし。腹へったなぁ。もうご飯の時間だよ。あとちょっとの辛抱だ。あいつら今から蹴散らして、今日こそ温食にありつくんだ。

今朝は干した芋だった。昨日も同じものを食べた。わたしは公爵令嬢で、王国の王女様で、帝国の皇子様の婚約者様なのである。

おうとも、ひとつだけ言わせてくれ。

「なんでわたし、前線送りにされてんの？　皇子様のお嫁さん候補だったはずなんだけど」

「成り行きですわ、アリシア様」

メアリが返事した。

メアリは、わたしの侍女だ。いわゆるお世話係というやつだ。わたしのおはようからおやすみまでをサポートするかわいい女の子の使用人だ。今、彼女の目は敵陣に釘付けだ。「うーん、これなら楽勝ね」って表情を浮かべている。

間もなく、無慈悲な鉄槌が振り下ろされることになるだろう。こいつの無慈悲さには定評がある。かわいいわたしのほっぺちゃんがいつも被害にあっている。やめろメアリ！　なんで、お前はいらいらすると、わたしのほっぺちゃんをいじめるんだ！　そんなにさわり心地がいいか！　むにむにか！

得意なことは掃除（物理）と洗濯（物理）。苦手なことはその他の細かい家事全般。その適性で、よく侍女やろうと思ったねってぐらいには、侍女としての適性に欠けている。なかなか見ないレベルの逸材だ。うちの実家が人手不足でなかったなら、絶対失業していたはずだ。年齢は永遠の十七歳。この間、わたしは年齢を追い越した。こいつの周囲じゃ時空が歪む。

私達は、帝国北部辺境の地ノルマールにいた。

目的は帝国北部方面軍への緊急支援。なんで、そうなったのかと聞かれれば、まぁ、たしかに成り行きである。

いや、ジークが困ってたんだよね。彼はわたしの婚約者で、わたしは彼の婚約者だ。つまりだいたい結婚しているといっていい。ゆえに彼は家族である。そしてわたしは、彼に喜んでもらいたい。わたしは尽くす女なのだ。本当はかわいがってもらいたいのであるが、根が善良すぎるのでついつい頑張ってしまうのだ。帝国では蛮族が暴れていた。そして都合よく、わたしの手元には、わたしとわたしの侍女と地元から来た女バーバリアン一個大隊総勢五百が、揃ってたのだ。

義を見て為さざるは勇なきなり！　もうヤルしかねぇ！

ってことで北の国まできたのである。来たくて来たわけじゃないのである。

「奴ら、戦争舐めてるなぁ」

わたしはぼやいた。敵陣だ。敵陣がひどい。

「アリシア様より舐めてますよね」

メアリの返事もひどい。

「失礼ね。わたしはわたしより不真面目な奴を最低一人は知ってるよ」

「だれでしょうか？」

お前だよ。言わなくてもわかるだろ。

戦争は面倒だ。好き好んでやりたいものじゃない。なにしろ、まったく生産的じゃないからね。しかもすごくめんどくさい。長い距離歩いて重労働して、お互い何も得ることなくおうちへと帰るのだ。なんの意味があるのだろうか。そんなことするくらいなら、おいしいごはんをわたしは食べたい。それでお部屋でごろごろしながら、大好きな皇子様とにゃんにゃんごろりんしたいのだ。

それに引き換え、戦争の無意味さときたらない。真面目に殺し合いするほど、馬鹿なことはないとわたしは思う。

まぁ、やるからには勝たなきゃダメなんだけど。

その点、敵陣はひどかった。メアリが「勝ったな、第三部、完」みたいな顔するのも仕方ない。早いよ、メアリ、まだ二巻が始まったばかりだよ。

「防柵なし、物見櫓なし、哨兵すらほとんどなしのノーガードじゃん。もしかしてただの難民じゃないでしょうね？」

「あるいは、仮装した団体旅行客であったりとか？」

「えー、なんの意味があって仮装なんかするのかしら？　……入管には確認した？」

「未確認です。いざとなったら知らぬ存ぜぬを通しましょうか。バレなければ大丈夫です。いけるいける」

「いけるか、ばか」

王国の王女、帝国北方にて避難民を大虐殺とか、どうあがいても国際問題だよ。一面記事だよ。下手したら歴史の教科書にものっちゃうよ。

悪事の規模が悪役令嬢のレベルじゃない。物語のラストで民衆に八つ裂きにされる系の悪行だ。

私達が、無駄話で時間とカロリーを浪費していると、お知らせがきた。

「アリシア様、テルム守備隊より返信がありました」

やってきたのは女の子だ。

今日の連絡担当だ。名前はマリーベル。日向ぼっこが大好きで、そばかすが今一番の悩みの種、化粧品買うお金目当ての参戦だ。王国出身の猛者である。実家が貧乏なマリーちゃんは、「勝てば基礎化粧品三年分！」と大いに張り切っていた。

トコトコとこちらのほうにやってくる。歩調に合わせておさげが揺れた。

「読んでちょうだい」

マリーちゃんはにっこりと微笑んだ。

「先方より通達。『好きにしろ、貴様らの部屋はもう用意してあるぞ』以上です」

「ひゅー！」

「流石は帝国軍だ、話がわかる！」

「今日は屋根の下で寝られますわ！」

後ろで聞き耳立ててた連中が歓声をあげた。

「やれやれだね。これで一安心だ」

「こんなに直前になったのは一体誰のせいでしょうね？」

メアリの一言に、わたしは目をそらした。

いや、知ってるよ。お家を訪問するときは、事前に連絡するのが礼儀だ。常識だ。もちろんさ。お貴族様が遊びに行くときはお茶会の準備とかしなくちゃいけないし、軍隊で遊びに行くときは、隔離用の宿舎が必要なのだ。わかってるとも。

でも、しょうがないじゃん。事前連絡ができなかったんだもん！

帝国には魔導通信機という物がある。遠くの相手とも自由に通信できる素敵な機械だ。革命的な機械である。ただ、魔力をバカ食いするらしく、気軽に使えないということだった。ほーん。でも魔力の問題ならなにも問題ないよねぇ。なにせわたしの魔力量には定評がある。胃袋と同レベルの底なしぶり。

そこで張り切ったこのわたしが「我が魔力を使うがいい。それ、ばりばりー！」とその通信機に魔力を注いだら、物理的に「ばりばりー！」って音がして動かなくなってしまったのだ。

わたしは言った。知らない。わからない。勝手に壊れた。

なんでもその通信機は、大きな都市に一台しかないという超高級品であったらしい。しかし、ひ弱にも突然故障してしまった。なぜかわたしの目の前で。

わたしは大層憤慨し「やっぱり、機械はだめですね！　直接現地に行ってきますわ！」と後方拠点のベルザンヌを飛び出したのが三日ほど前のことである。

メアリには「私は関知しませんから！」と珍しく口頭で宣言された。

震えが止まらん。ジークにバレたらどうしよう……。

一応短距離用の通信機は確保できたので、それで今さっき連絡したのである。「わたしアリシアちゃん、今、お城の前にいるの。五百人分のご飯と寝床はあるかしら？」って。

籠城っていうのは残りの物資との戦いだ。さすがに食べるものもないお城に押しかけるわけにはいかない。押しかけたら戦争である。城の外より内側で黒パンをめぐる戦争が勃発する。正直ブチ切れられる覚悟はしてた。しかし、問題なし！　ご飯も、寝床も余剰あり！

勝ったぞ、この戦！

「マリー、ご苦労。あと、お前ら黙れ。今日はお客人もいるんだぞ」

「あ、そうですね」って空気が漂った。

そうだぞ、お前ら。実は、今回の戦場には、お目付け役の人も来てるのだ。

名前はステイシーさん。帝国近衛騎士団所属。すらっとした柳みたいな雰囲気の人だ。綺麗なストレートブロンドに大人っぽい美貌の佳人である。歌劇とかで出てくる宮廷騎士はきっとこんな人なんだろうなぁって感じ。物腰も楚々として美しい。なんで戦場に出てきたの？

正直、美人すぎて、浮いている。

大丈夫かな？　私達、歯茎むき出しにして、蛮族どもとぼこすかやりあったりする集団だけど？

間違いなくお目付け役だ。わたしは内心ビクビクである。少なくとも歯茎むきだしに、蛮族の頭粉砕するのはだめだろう。おほほと優雅に口元を隠しつつ、蛮族の頭を粉砕せねばならないのだ。

やってやるよ！　ジークと結婚するためならなぁ！

「で、どうします。アリシア様？」

「どうしますって、突撃するしかないでしょうに」

「だからどういう順番で突撃するかって話です」

「じゃあ、じゃんけんで……」

「お待ちください」

　オルタンシアちゃん（十九歳：趣味は園芸）が手をあげた。

「前回からのローテなら先鋒はうちの隊のはずですわ！」

「二年前でしょ、時効です！　はい、最初はグー、じゃんけん、おらぁ！」

　みんなすごい笑顔であった。蛮族の脳天を叩き割ることに人生かけてる節が感じられる。理解不能だ。勝手に戦え。

　みんないい顔で勝った負けたと騒いでいた。楽しそうだ。合コンセッティングしてあげた時にもこの笑顔が欲しかった。

　ふと横を見ると、メアリが「私は？」みたいな顔でこっちを見てた。

　お前は予備戦力だよ。なめんなよ。

「大隊、傾注！」

　わたしが叫ぶと、全員がこちらを向いた。

　訓示だ。出撃前のある種の儀式だ。正直ちょっと面倒だが。やらないと一部の娘っこが拗ねちゃうのだ。えーおほん。

「さて諸君、戦争だ。久方ぶりの戦場だ。鋭敏なる諸君のことだ。戦場の作法をわすれた間抜けはいないものと信じている！」

「無論！」

「愚問！」

「大変、結構！」

わたしはわすれてしまいたかったけどね。

「では、ゆけ諸君！　為すべきを為し、為さざるべきを掣肘《せいちゅう》し、もって我らが正義を示せ！　我らが同胞を脅かす北の脅威を粉砕せよ！」

「鏖殺《おうさつ》だ！」

「駆逐しろ！」

「そうとも！　いつかのように戦場を駆け、いつものように勝利しろ！　スノーフェアリー出撃する！」

「第二中隊、いくぞぉ！」

「第三中隊、続けぇ！」

「第四中隊！　今日は馬鹿共のお守りですわ……」

じゃんけんの結果は神聖にして不可侵だからね。我慢してくれ第四中隊中隊長《ベティグレイ》。第一中隊中隊長《メアリ》は当然わたしの護衛です。

大隊が動き出す。総員五百二十名、若草の青もまぶしい北辺の初夏、全部で四個の中隊が、北の大地に展開する。四つのΔ《デルタ》隊形が形成され、敵陣へと進路を取る。

機先は制した。あとは流れで粉砕だ。勝てる戦だ。いけいけ、やっちゃえ、みなの衆！

さて、ところで、わたしは皇子様の婚約者だ。そのわたしがぼこすか殺し合いをして、国母とかファーストレディになれるのか。

疑問符を浮かべるわたしの前で、根本から切り飛ばされた敵の軍旗が宙を舞った。それが最初の戦果だった。

2．アリシアの新生活

さて諸君、帝国第一皇子にしてアリシアの相方ジークハルトだ。こちらもお久しぶりだ。こちらは元気だ。まずは、これまでの経緯について俺からも説明させてもらいたい。

アリシアが北方送りになっている件だ。アリシアに説明をまかせるととんでもない偏りが出そうだからな。

一言でまとめると、置いて行かれた。

「ジークは危ないからお留守番です」とのことだった。ひどい。俺は軍人で、軍大学主席卒業で、帝国陸軍元帥だぞ。

クラリッサには、「そうです。殿下は置いていきましょう。はっきり言ってこの闘いにはついてこれそうにない」と笑われた。

その直後に奴も、「何言ってるの？　クラリッサも留守番ですよ」と宣告されていた。あのすっとぼけた顔は実に実に見ものだった。いい気味だな、ざまをみろ！　低レベルな戦いで、本当に申し訳なく思う……。

俺達帝国軍とアリシア率いる王国軍の戦いは終結した。

足掛け十五年ほど。王国に釘付けにされていた戦力が、ようやく解放されていた。

帝国《こちら》から喧嘩をふっかけておいて、拘束されたなどというのもおかしな話だが、実際そんな状態だった。

開戦当初、当時の参謀連中は「五年もあれば勝利できる」とかほざいていたものであるが、蓋を開ければこのざまだ。その尻拭いをすることになった父帝の最初の仕事は、無責任な主戦派共の粛正だった。

で、俺は現場担当として前線へと放り込まれ、アリシアにあばらを三本粉砕されて一目惚れしたという次第であった。

帝国にとり、王国との戦争は困難の連続だった。元天才にしてだいたい不敗のジークハルトは宿将ルーデンドルフと二人、連敗記録を更新した。事態を収拾したのは敵手であるアリシアだ。彼女は全ての戦闘を終結させ、戦後体制も彼女のコネと実績により確立し、ついには帝国東部とその隣国である王国にアリシアの平和《パックス・アリシアーナ》を実現した。もう彼女一人でいいんじゃないかって状態だった。

全てが片付いたことに、皇帝も宮廷も俺達も大喜びで祝杯を上げ、アリシアを引き抜いた功績で俺の株は上昇した。

アリシアは、王国の実質的な支配者だった。王国の第一主権者であり、絶対的な権力を握った独裁君主だ。とてもえらい。俺よりえらい。当然、好きに振るまえる。

だが、俺としては実家まで連れて行き、二人で人生のゴールインを決めたかった。それで、ものは試しと「アリシア、帝国に遊びにこないか？」と聞いてみたところ、アリシアは満面の笑みで頷いてくれたのだ。

「どこでもついて行きますよ。ジークとご一緒できるなら、どこへでも」

とのことだった。そうか、ならば今から式場行こう。ウェディングドレスは道すがら調達だ。初夜は覚悟しておくんだぞ。白無垢に身を包んだアリシアを幻視した俺が、眩しさに思わず目を細めると、それをクラリッサが見咎めた。

「アリシア様、要注意です。殿下のこの顔はえろいこと考えてるときの顔ですよ」

「本当のことを言うのはやめろ、クラリッサ。俺の評判が下がったらどうしてくれる。振られたら困るだろうが」

「いっそ今すぐふられてしまえ」

やめろ、俺が各方面から袋叩きにされてしまう。

アリシアは「今ジークはエッチなことを考えていたんですね……」と赤くなってもじもじした。かわいいと俺は思った。

俺はその時、アリシアのドレスの下に着させる下着の色を考えていた。

白とか黒も悪くない。だが、青とかも似合うと思うのだ。もちろん意匠はどエロいやつだ。初夜、もじもじしながら見せて欲しい。帝国行きが決まったアリシアは、メアリと二人で楽しげに観光の計画を立てていた。

アリシアは無邪気だ。そして、なぜか俺に心を許している。ちょっと心配だ。そんなに信じて大丈夫か？　俺は貴女の誘拐を企んだ男だぞ？　確かにあれは未遂で終わったものであるが、しかし俺は心配だ。

俺の中で父心が生まれていた。俺の中のお父さんだ。無邪気な貴女が心配だ。それは急速に勢力を拡大すると「アリシアは、もう少し自分のかわいさを自覚なさい！」と叫びだした。

一方で、俺の中には、かわいいアリシアを辱めたいという欲望も存在する。俺の中の狼さんだ。エッチな格好をさせてみたり、服をビリビリしたりしてみたい。それでアリシアをちょっと涙目にしてみたい。

彼らは、互いに相容れない存在だった。近い将来、激突する運命にある。

内戦だ。ジークハルト内戦だ。開戦理由はアリシアの下着の色だ。お父さんは清純派なので白が似合うと強く強く主張した。一方で、清純なアリシアを汚したい派の狼さんも最初は白がよいとお気持ちを表明した。

両者の見解は見事に一致、その場で和平が成立した。結局どっちもエロいのだ。戦争は未然に防がれた。エロは世界を救うのだ。

そして俺達は帝国へと帰還した。ここまでくれば、安心だ。あとはさっさと根回しして、アリシアとゴールインして終了である。もう逃さんぞと俺がアリシアをみつめたら「うふふ、絶対に逃しませんからね」とアリシアに宣言された。心臓からぎゅって音がした。そしたら問題が発生した。

最初のトラブルは軍だった。

アリシアは優秀な軍人だ。いや、表現が控えめすぎるな。アリシアは、最強だ。王国で最強であり、帝国でも最強であり。大陸で最強だ。おそらく歴代でも最強だろう。そんな彼女が帝国軍の一員として加わるのだ。

帝国軍は実力主義だ。彼女の能力に相応しい地位というのなら、俺に次ぐナンバー2が妥当だろう。俺は独断と強権で、その人事を発効した。

俺のこの決定は、東部軍の連中からは好評だった。なにせ、アリシアと激戦を繰り広げた者たちだ。「アリシア様に負けっぱなしのあんたより、アリシア様の地位が低いのおかしくない？」みたいな態度を隠そうともしなかった。何と言う忠義にもとる奴らだろう。心の底から同意する。

ゆえに、俺は、この人事をいそいそ決めて、ほいほいと中央の参謀本部に通達した。「今日から十七歳の小娘がお前らの上司だぞ、よろしくな」と命じられた参謀達は、即刻「説明を求めたい」と返してきた。

抗議と不安と不満を百枚ほどの書面につづった嘆願書のようななにかの紙束を、俺は執務室で受け取った。俺は首をかしげてしまう。

「やつらは、なにが不満なのだろうか？」

「いやいやいや」

「いやいやいや」

コンラートとクラリッサが言った。失礼な奴らだなぁ。帝国人以外にも聞いてみるか。

「メアリはどう思う？」

俺はちょうど居合わせたメアリに問うた。

メアリは手元に視線を落としたまま、適当な感じで返事した。

「どうでもいいですわ。……それよりもこれにいたします。これを包んでくださいませ」

そして、一本の酒瓶を俺に向かって差し出した。彼女は、酒をせびりに来ていたのだ。

メアリはアリシアの側で長年仕えてきた侍女だった。ゆえにアリシアのことで、素晴らしい知識を持っていた。アリシアのことなら何でも知りたがったこの俺が、戯れに「アリシアのかわいい失敗談を聞かせてくれ」と所望したところ、彼女は、十一歳アリシアのおねしょエピソードを披露してくれた。珠玉の逸話に俺は大変に満足し、気前よく褒美を用意したのであった。

メアリが所望したのは酒だった。具体的には帝国ブーロニュ産72年モノの赤だった。値段的には、一本で家が建つ銘酒である。この女、酒についてては見る目があるな、と俺は思った。

まぁ、安いものだ。俺が鷹揚にうなずくと、メアリは喜色満面であった。

アリシアの地位については、かけらも興味がないらしかった。

流石は、メアリ、恋人（?）のコンラートに「酒と俺とどっちが好きか」と尋ねられ、ノータイムで「酒」と返した女だ。面構えが違う。帝国軍の連中にも、見習ってもらいたいところである。

「問題視される理由が理解できん。元帥など大したものでもなかろうに」

「殿下、口は謹んでくださいませ」

「そうは言うがな、クラリッサ。軍のトップはこの俺だぞ?」

「ぐうの音も出ない正論で、返す言葉もありませんよ……」

そうだろう、そうだろう。俺は頷いた。

俺にも一応言い分はある。もとを正せば俺の父が悪いのだ。

本来、帝国の軍権は皇帝が握っている。軍は帝権を支える強力な柱、ゆえに普通の皇帝たちは、終身それを手放すまいとあの手この手を尽くしてきた。

普通の皇帝はそうだった。しかし、我が父は普通ではなかったのだ。

巷では、賢帝との令名も高いわが父フリードリヒ三世だが、その実、辺鄙な村役場の窓際職員より職業意識にとぼしい怠惰な親父だ。

苦みばしった端整な風貌と深みのあるバリトンボイスが、奴を見る目を曇らせている。下は宮廷の小間使いから上は上流のマダムまで幅広い女性層からの人気を集めるこの男だが、およそ勤務時間の半分ほどを効率よく仕事をさぼるために割いているとんでもないクソ親父だ。俺も母もそのことをよく知っている。

俺も散々な目にあった。忘れもしない。あれは軍大学を卒業した日のことだ。

奴の執務室に呼び出された俺は、軍の全権を丸投げされた。卒業証書と一緒に飛んでくる元帥杖を俺は片手でキャッチした。

「なんのつもりだ」

と俺は問うた。執務机の向こう側でふんぞり返った我が父は「戦争とかだるいからお前やれ」と宣った。

俺達のすぐ側では、当時の総参謀長シュネーゼマンが死んだ魚の眼でことの経緯を見守っていた。

そして俺はおおよその事情を察したのだ。

帝国における皇帝の権力は絶対だ。しかしこの時ばかりは、そうも言ってはいられなかった。普段温厚な俺も逆上し、大逆罪覚悟で人格否定も交えた親子喧嘩をふっかけて惨敗した。ああ言えばこう言うと言うべきか、屁理屈で俺の父親を負かすにはキャリアが三十年ほど足りなかった。俺は、謎の理論で話題を他に誘導され、気づけば理路整然とボコボコのボコにされていた。

こてんぱんにやられた俺は、なし崩し的に帝国軍の総司令官に就任し、以後、死ぬほど苦労させられたというわけだ。

最終的に「出来ないものは出来ないと割り切るしかないな」という結論に落ち着いている。というか、正直、今でも重荷なのだ。帝国軍将兵百万人の身命は、一人で抱えられるものではない。俺が老けて見えるのは全部仕事のせいである。

「だからこそそのアリシアの元帥就任だ。正直、俺一人だとしんどいのだ。頼れる補佐役を迎えたい。この俺の考えは間違っているだろうか？」

「これは正しい」

「流石に正しい」

「殿下のくせに、生意気だ……」

「そうだろう、そうだろう」

俺は奴らに手をふった。話は終わりという合図だ。しかし、なぜかしつこい奴がいたのであった。コンラートだ。奴は、「でも、それ天才の論理なんですよ」と宣った。

「どういう意味だ？」

と俺は問うた。コンラートは困ったように、肩をすくめてみせた。

「殿下と違って、将軍連中はそこまで達観できないってことですよ。ポッと出の女の子に生殺与奪の全権渡して高いびきをかけるほど奴らの肝は太くありません。死ねと言われても、「わかりました」と死ねないでしょう」

「小心者が。俺の指示なら死ねるのか？」

「ええ、そうです。帝国軍は殿下のためなら死ねる連中の集まりです」

「それが悩みの種なんだがなぁ……」

俺は不満を言った。しかし、「アリシア様もやりづらいと思いますよ」と言われては、引き下がるしかない。まぁ、甘えはたしかに存在するな。アリシアならなんとかしてくれると、俺も安易に考えていた。わかってはいるんだが。

「わかった。少し考え直す」

俺がしぶしぶ頷くと、コンラートとクラリッサは二人で顔を見合わせて、安堵のため息を吐き出していた。

なおメアリはとっくの昔に辞去していた。あの女、自由すぎる。

さてどうするかと、考えた末、俺は、アリシアに帝国陸軍大学への入学を勧めることにした。

経緯を話すと、「ジークも大変なんですね」とアリシアも快く受け容れてくれた。

「そうなんだ。慰めてくれ」と俺が弱音を吐き出すと、「よしよし、ジークはよく頑張りました。いい子いい子。困ったらアリシアママに相談してね。いつでも助けてあげるから」と頭をなでなでしてくれた。

俺を未知の衝撃が強襲した。理性と外聞が悲鳴をあげる。開けてはいけない類の扉が二、三枚まとめてはじけ飛んだ音がした。「バブみでオギャる」という意味不明な天啓が俺の脳裏にひらめいて消えていった。

さすがはアリシア、名将だ。城門も俺の知能もただ一撃で粉砕だ。ああ、このまま一撃してもらえたら、俺も楽になれるのに。おぎゃあ！

俺はもんもんとした。そして、すぐに次の問題が発生した。

やらかしたのはこの俺だ。本当にすみませんでした。

執務室、俺は、ふいに懸案に思い至ったのだ。

「そういえば、コンラート、アリシアの親衛隊の件なんだが」

「ああ、そういえば必要ですね。アリシア様も皇族になられますから。殿下にはなにか腹案が？」

「いや、特にはないんだがな。とりあえず男はダメだ。俺以外の男が近づくようなら粛清しろ」

「なるほどなるほど。馬鹿じゃねぇの？」

貴様、今、俺のことを馬鹿って言ったか？　事実陳列罪で逮捕するぞ？

「口を慎め。俺はこの国の第一皇子であるぞ」

「自分の発言を振り返ってから言って下さい。クラリッサ呼んできます」

「おう、頼む」

そして、数分後、コンラートはクラリッサを連れてきた。

なぜかアリシアもついてきた。こころなし、もじもじしているようだった。

ついでに、メアリもやってきた。服の裾をアリシアにつままれていた。逃げそびれたに違いない。

顔にはでかでかと太文字で「めんどくせぇ」と書かれていた。

俺にアリシアにメアリといつもの帝国の馬鹿二人、いつもの五人が集まりましても臨時会議が始まった。こいつらいつも飽きないなぁ。

今日の議題はアリシアの親衛隊である。口火をきったのはこの俺だ。

「まず確認させてくれ。なんで本人《アリシア》連れてきた？」

「アリシア様にあんたの馬鹿っぷりを認識してもらうためですよ。いい加減相手するのも面倒なので」

「それは困るぞ、コンラート。俺のかっこいいイメージが崩れたらまずいだろうが」

「ジークはすごくかっこいいですよ。わたしは、ジークのそういうとこ、す、す、好きですよ！」

「惚気はあとにしてくださいませ」

メアリがうんざりした顔をした。俺はキリッとした顔をした。アリシアは両手で口元を押さえると、「きゃー」と黄色い声を上げた。はぁ、かわいい。

クラリッサが手を鳴らした。

「はい。さっさと始めます。アリシア様の親衛隊の件でしたね。まずは男がダメな理由を教えて下さい、殿下」

「アリシアがかわいいからだ。みんなアリシアを好きになってしまうだろう。それはまずい」

「なに言ってんだ、この皇子」

「もう、ジークったら褒めすぎですよ、えへへへへ」

「ほらな？」

「惚気の無限ループじゃないですか。やめてください」

仕方ないのだ。なぜなら、アリシアがかわいいから。俺が褒めると、アリシアがてれてれする。するともっとかわいくなる。そうすると俺がそれを褒めるのだ。あっという間に永久機関の完成だ。かわいいの内燃機関だ。エネルギー転用に成功すれば帝国の産業に革命が起こるだろう。新時代の幕開けだ。そんな時代は歴史の闇に葬ってやるとクラリッサが目線でこちらを刺した。物騒だな。

「言いたいことは山盛りですが、男性隊員を入れると殿下が面倒くさくなるのはわかりました。除外します。しかし、となると候補がいません。女性の陸戦要員は絶対数が不足します。近衛騎士から徴募しますか？」

「ダメだ。戦闘力が低すぎる」

俺の言葉にメアリも同意した。

「アリシア様の側付きならある程度の戦闘力は必須です。最低限、私の初太刀を外すぐらいはできなくては」

「ハードルの高さ跳ね上がったな」

「100メートルハードル走が、十連続走り高跳びになりましたよ」

「飛び越えるより下くぐったほうが早いやつだ、これ」

一線レベルの身体強化魔法使える魔導師以外、参加資格ない陸上競技来たな。とコンラートがつぶやいた。さもありなん。俺ですら完走できるか怪しいぐらいだ。

メアリはアリシア最古参の近侍であった。そして、彼女の戦闘技術は、大規模戦闘向けに最適化された代物だった。

最高効率で殺傷数《キルスコア》を叩き出すために研ぎ澄まされたこのメイド独自の剣術は、アリシアをして「メアリの初太刀は外せ」といわしめた殺人剣だ。受け太刀ごとへし折る力任せの一撃は、当たれば即死、受けても即死の剛剣技。

ゆえに初太刀は外せ。

ちなみに、一発目を躱しても、最速で二発目が飛んでくる。ふざけるな。聞いたコンラートは「薩摩武士《サツマブシ》かよ……」と呻いていた。カツオブシの仲間だろうか？　今、帝国ではワ食が流行中だ。

クラリッサが挙手をした。

「女性隊員からの調達は厳しそうですね。ここは一つ発想を変え、女の子に興味がない男性から選抜するのはどうでしょうか？」

「却下だ。俺の貞操が危ないからな。俺はその手の輩にモテるんだ。自覚があるぞ」

「ちっ、ダメか。殿下をホモで囲んでみたかった」

「やめろやめろ、なんだその地獄絵図」

クラリッサが口笛を吹く。アリシアもこれには抗議の構えを見せた。

「ダメです、わたしも却下です、クラリッサ。もしジークを取られたら、わたしのほうが困っちゃいます！」

「ほら、かわいい」

「『うっざ』」

はっはっは、罵声が心地よいなぁ！　そして、アリシアに妬かれるといい気分だ。俺はまた一つ賢くなった。それはそれとして困ったぞ。

「いっそ去勢も視野にいれるか？」

「それは流石に可哀想……」

「質問、帝国には、凄腕の女傭兵とかいないんですか？」

「いない。ファンタジー小説じゃないからな」

「ええ……」

そうだぞ。

と、こんな感じで煮詰まってしまった。帝国と王国の知恵者が集まっているはずなのに、存外だらしないことである。

まぁ、俺はこのざまで、アリシアはなぜかもじもじしているし、残る三人のうち約二名はやる気が致命的な水準で不足気味だ。これは、ろくな案が出そうもない。飽きてきたな、と俺が思ったタイミングで、メアリが手をあげた。

案があるのか？　割と脳みそ筋肉寄りの娘だが……。俺は大して期待せずに発言を許可。しかしてメアリは淡々と正解を寄越してのけた。

「王国から人を招集するのはどうでしょう。王立学園の生徒なら女子もそこそこは戦えますが？」

「「「それだ！」」」

アリシアを除く全員が唱和した。そうだ。王国にはアリシアが直接育てた女騎士達がいた。能力なら折り紙付きの女騎士達だ。戦闘力が高すぎるので、帝国の男どもが自信をなくしそうだがその問題に目をつぶれば、最高の親衛隊候補である。

名案と思われた。しかしアリシアは気乗りしない様子だった。なぜだろう？

「なにか懸念があるのか、アリシア」

アリシアはもぐもぐと口ごもっていたのだが、意を決したように俺を見て、こう言った。

「あのですね……、わたしの友達、中にはかわいい子もいるんです」

「まぁ、それはいるだろうな」

「というか全員かわいいから、もし、ジークがその中のだれかを好きになっちゃったら困るなって」

「はっはっは」

いい加減にしてほしい。アリシアよ……。殺す気か！　もうだいぶ致命傷入ってるんだぞ！　加減しろ！　いや、やはり加減は不要だ。最大火力で打ち込んでくれ。それで死ぬなら本望だ。

クラリッサが死ねって目で俺を見た。やめろ、クラリッサ、これ以上俺の気分をよくしてどうする気だ。

「大丈夫だ。誓って目移りなどしない。俺の命をかけてもいい」

「だそうですよ、アリシア様。浮気したら去勢してやりましょう」

「それはわたしが困ります」

「そうだぞ、主君は大事にしろよ、クラリッサ」

「蹴っ飛ばしたい、この笑顔」

こうしてアリシアの親衛隊問題は解決した。

王国の少女たちの留学がこの時決定。何度かの書簡のやりとりを経て、彼女らは帝国の陸軍大学へと入学したのであった。


さて軍人、というか男は、馬鹿な生き物だ。

慰安に楽団が来ればわらわら群がるし、仮に可憐な女性将校がいれば、やはりわらわら群がる。

軍大に入るようなエリートどもは見栄っぱりなので表面上は澄ましているが、本質は似たりよったりだ。

最初こそ、「王女様の手遊びになどつきあえるか」「軍大は甘くないぞ」とうそぶいていた帝国軍人の卵達も、半月もすればみなアリシアのシンパに成り下がった。

一部の教官まで落とされていた。帝国軍がちょろすぎる。大丈夫か？　いや、だめだな。トップがそもそもちょろかったわ。

原因はいくつかあった。

まず彼女らは有能だった。彼女らは強力な兵士であり、実践的な魔導師だった。そして合理的な戦闘理論を信奉する戦場の経験者でもあった。

彼女らは訓練において遺憾なくその実力を発揮した。すると、たちまち学内の尊敬を獲得した。

最初の模擬戦、彼女らの大隊相手に「本気でこい」などと叫んだ先任達がズタボロにされたのは不幸な事故だ。「わたしが出るのはレギュレーション違反だから」と、アリシアが不参加を決め込んだにもかかわらずの大楽勝に、俺は敗者を思い涙した。

ほら見ろ、言っただろうが。数は五倍までなら恥にはならんと。訓練の後、プライドをへし折られた若き帝国の俊英達を、少女たちが優しく慰めていた。

「殿方はプライドを一度へし折ると、素直に言うことを聞いてくれますの」とは彼女らの言である。指導にあたった教官達は、「素晴らしい見識だ。あれなら明日からでも教導にあたれるだろう」と賞賛を惜しまなかった。

次に彼女らは優しかった。

帝国において、軍人は敬意を払われる存在だ。命がけで国のために戦うのだから当然だ。しかし異性からの人気となると難しい部分も存在した。どうも怖く見えるらしい。

ある社会学者は、「国が平和になるにつれ中性的な容姿が好まれるようになる」と言っていた。俺にも一つ覚えがあった。だれあろう俺の母である。俺の母は、小柄なもので、その傾向が特に強く、優しい貴公子が好みだった。親父は、どちらかというとごついほうなのだが、「ちょっと無理やり気味だったの」と知りたくもない情報を寄越された。

まぁ、それにしたって実の息子に「あなた、うすらでかくて怖いのよ。どうしてこんなに大きくなってしまったのかしら？」はあんまりな言い草だと俺は思う。流石の俺も傷ついたが、さりとて一つの真理であった。体格の小さい女性にとって、むやみにでかい筋肉は怖く見えるのも仕方ないことだった。

しかして、アリシアとその学友だ。さすが彼女らは格が違った。アリシア自身、「頼りがいのある人が好みです。わたしを守ってくれそうな人」とかいうとんでもない嗜好の持ち主だ。

そんな男が、地上に何人いるんだってレベルの要求だが、俺は努力をおしまない。

そして、学友である少女らも主君と似た価値観の持ち主だった。

「男の価値は甲斐性ですわ」

「やっぱ筋肉よ」

「長距離浸透襲撃の経験は必須ですね」

などと口々に言われては、腕自慢の軍人どもも悪い気はしない。

中には、「私は、道端に落ちてた儚げ美少年を拾って養ってあげたいです」とか宣う剛の者も混じっていたが概ね好意的な反応に多くの男たちは溜飲を下げた。

男は自分が好きなやつを好きになるものなのだ。まぁ、俺の場合、アリシアに嫌われてた可能性もあったんだがな。極力その可能性は考えないようにはしてた。自信満々なようでいて、意外と男は臆病なのだ。覚えておけよ、読者諸君。

最後に、容姿だ。彼女らは戦場を知っていた。激戦をくぐり抜けてきた者たちだ。ゆえに古傷を持つものも多かった。それが同窓となる学生たちに劇薬として働いたのだ。

想像してみてもらいたい。

あなたは、ある日、訓練で一人の少女と知り合った。それは美しい娘であったが、顔には目立つ矢傷があった。

こちらの様子に気づいた娘は「私の勲章ですわ」と小さく笑う。「私の命は友と主君に捧げました。もう貰い手などいないでしょうが、好きに生きるには気楽ですわ」と少女は寂しげに微笑んだ。即落ちだ。即落ち二コマ劇場だ。男はそういうのに弱いのだ。ましてや軍人などロマンチズムの塊である。的確に弱点をえぐられて即死した。

似たような光景が繰り返された。そして栄えある帝国陸軍大学は、この世の魔境と化したのだった。

朝方「王女の取り巻きにほだされるなど、軍の名折れ。恥をしれ、痴れ者共が」とうそぶいていたエリートが、夕には秘密結社「アリシア殿下とそのお友達を見守り隊」の入隊資格を求めて、構内をうろつきだすのが当時の帝国陸軍大学だった。

その姿は、さまよえる亡者のごとく。ここは辺獄《リンボ》か煉獄か。

「まぁ、やむをえん。しょせんは俺の同族だ。こうなるのも道理である」

「こればっかりは、俺もなにもいえませんよ」

アリシアにやられた俺と、メアリにやられたコンラートは、ともにただ頷くだけだった。クラリッサは「こいつらホント馬鹿」みたいな目で俺達を眺めていた。

このような経緯を経て彼女らは帝国軍に受け入れられた。

そして、季節はうつろい初夏。国境警備隊より知らせが届いた。

蛮族の侵攻を知らせる急報だった。

3．北方動乱

語弊があることを承知で言わせてもらおう。

帝国は、蛮族との戦いを苦手としている。

もちろん直接的な戦闘で、帝国軍が蛮族に遅れをとるということではない。戦えばだいたい勝つ。

しかし、それでも我々帝国は、蛮族との戦いでは苦戦を強いられることが多かった。

理由はいくつかあるが、そもそも相性が悪い。

帝国は国境線を越えて戦うことを目標とする。

しかし北の地は貧しい。農地も交易路もない北方の辺土を得たところで、帝国に益はない。

ひらけているがゆえに守るのも難しく、実りも乏しい僻地を統治するのは、負担ばかりが増加する。

結果、蛮族の支配地域奥深くに攻め込んでもすぐ放棄することになる。

ギリギリを見極めることになるのだが、国境線の位置はその時の蛮族の勢い次第であり安定しない。

次に蛮族共の行動が厄介だ。

蛮族は氏族単位で数百程度の集団を作って行動する。万を越す集団で一つの村を襲っても益はない。

確実に村邑への襲撃を成功させつつ、一人頭の取り分を増やすために、もっとも効率的な集団を作って行動する。

数百の集団に対して確実に対抗するには、千に近い兵が必要だ。数多あるすべての集落に、それだけの兵を配するのは、現実的に不可能だ。

しかしその総数は多い。

大都市を攻めるに当たっては、数の優位で圧倒する。

半ば行き当たりばったりで離合集散を繰り返す奴らの戦略は、組織だった軍事行動を旨とする帝国軍にとって致命的な相性の悪さだった。

そして、最後に逃げる。

奴らを討伐しうる戦力を集めたとしよう。それを察知した蛮族共は逃げる。

蛮族は身軽で長期の行軍を苦としない。

対する帝国軍は重装備が主体。追いかけっこでは分が悪かった。

あるいは、奴らの侵入を国境で食い止めることはできないのか。

しかしこれも難しかった。国境沿いに砦を築いたところで、奴らはそれに攻めかかることはしない。

要衝にそれを取り囲む兵をあてると、残る部族は砦と砦の間を抜けて、国土深くへと侵入する。

食料も水も現地で集めれば良い彼らは、補給など考える必要がない。

これを完全に防ぐなら、国境のすべてにわたる長城を築く必要がある。実際に、それを為した王朝もあるということは、そうでもしなければ防げないということの証左でもあった。

現実的には不可能だ。

以上、つらつら述べてみたが、いかに蛮族共の存在がうっとうしく、また厄介かご理解いただけただろうか。

正直勘弁してくれと言いたい相手なのであるが、近くの部族を滅ぼしたところで、すぐに北と東から新手がやってくる性質上、根絶やしにすることもできずに逐一対処を強いられていた。

益のない北征を行うか、北部一帯の開発を捨てるかの望まぬ二択を帝国は強いられてきたのだった。

蛮族の侵攻はもはや季節行事である。奴らの活動は、行軍の容易な初夏から活発化、しかし今年は特に動きが早かった。同時に、例年と比較して大規模化するという予想がもたらされた。

前年までならまずかったな。だが、今年は違う。

なにしろ、王国との戦争が片付いていた。

アリシア率いる王国軍の脅威度は、控えめに言って最悪だった。士気旺盛な練度抜群の高機動戦闘群（死兵）だぞ。やってられるか。敵司令官の好戦性の低さがなければ、帝国軍の損害が桁二つほど増えていた。

しかし、そのアリシアも今や味方、帝国軍はその総力を北の脅威へと振り向けることができるのだ。

長年の懸案を払拭する絶好の機会であった。俺達は大規模な北伐を考えていた。

十万を超す動員計画を前提とする、数年がかりの大規模作戦だ。動員に際しては補給と輸送の計画も付随する。国費も膨大なものになろうが、それ以上に北辺の安寧は代えがたい宿願だった。

参謀本部。俺は幕僚を召集した。

「諸卿、いよいよだ。かねてよりの計画を発動するときが来た。これを機に北の外患を排除する」

俺の宣言を、諸将は拍手でもって歓迎した。

「了解です」

「今日、生きてこの作戦に加われたことを感謝しますよ、殿下」

「あの、人のなりそこないどもに地獄を見せてやりましょう」

好戦性むき出しだ。よくわかる。ようやく国体を蚕食する略奪者共の頭蓋を思う様叩き割れるのだ。特に北方出身者と、彼らと戦場を共にしたものたちの戦意は旺盛だった。

「というわけでアリシアを呼んでくれ。俺の副将格で参陣だ。いまさら文句はなかろうな」

苦笑が起きた。もはや彼女の軍大学通いを指して「王女様の手遊び」と笑うものはいなかった。

実績の裏付けもあるからな。

なにしろ、彼女とその学友のほぼ全員が、最優かそれに準ずる評価を受けていた。実戦想定の演習では上位はもはやアリシア一派の独占状態。帝国人と王国人の上位比率がひっくり返りかねない有様だ。座学がなければあぶなかった。

なおアリシアは座学も強い。強いやつは何をやっても強い。入学半年で主席卒業が確実視とかどこまで行く気だ、アリシアよ。

「アリシア・ランズデール参りました」

「同じくメアリ・オルグレン参りました」

アリシアが作戦室に到着したので、計画の概要を説明した。

計画は複数年度に亘るものだ。初年度は防衛主体。敵軍集団を帝国奥深くまで誘引し、これを包囲撃滅する。

脅威を排除した我々は、北部戦線の拠点と物資集積所を再構築し、翌年以降の本格的な北伐への備えとする。

帝国軍の強みは背景となる国力だ。練度の高い兵団に十全の整備を与え、質的、量的優位を確立して勝つべくして勝つ。

そのため、補給や軍道などの整備にかける時間の割合が大きくなるのが、我々ならではの特長でもあり欠点でもあった。

ふむふむ、と興味深そうにそれを見ていたアリシアが口を開いた。

「了解しました。では私達も出撃します。独自裁量権を頂けますか?」

「ん?」

どういうことだ?

俺の頭上に疑問符が浮かんだ。俺の周りの帝国人も似たような顔をした。いろいろとわからないが、特に独自裁量権の意味が不明だ。

俺が右方向に小首をかしげると、向かいのアリシアは左方向に小さな頭を傾けた。お互い「相手のわからんとこが、よくわからん」といった趣だな。うむ。

「アリシアは本陣付きを予定している。必要に応じて指揮権も貸与するが、そういうことか？」

「はい、いいえ。違います」

「違うのか」

アリシアは頷いた。

「それではわたしはただの殺潰しです。むしろ独立部隊として主軍に先行させ、敵先鋒集団の牽制と先制打撃を図るべきと考えます」

幸い手下もおりますので、適任かと。とアリシアは結び着座した。

驚愕が議場に炸裂した。敵先鋒集団に対する牽制と打撃。

簡単に言うが、できるものではない。

その年、帝国北方に侵入する蛮族の総数は、十万近くに達すると予想された。先んじて侵入した集団でさえ、総勢で二万を超えると報告が届いている。

端的に言って大兵力だ。国境付近での迎撃を困難と判断した北方軍は、その戦術を拠点防衛へと切り替えている。

北の係争地はいまや蛮族の支配地域といっても相違ない状態にある。

そこに少数の部隊を投入するなど、常軌を逸する所業であった。危険だ。無謀だ。各個撃破の好餌である。

その全体の意見を代表して作戦参謀のワイスマン少佐（本名アルベルト・ワイスマン 32歳）が挙手をした。

「質問です」

「許可する」

「ランズデール閣下のおっしゃる独立部隊とは、閣下とそのご学友を指すものでありましょうか？」

「はい」

「となると、戦力は大隊規模となりましょうか」

「はい、総勢五百二十名、四個中隊の編成となる見込みです」

「小官には、少ないように思われます」

「そうでしょうか？　食費はそこそこかかっています」

一人が二人分ぐらい食べるらしい。

メアリを除く全員が、「そういうことじゃないんだよなぁ……」という顔をした。

メアリは「私はそんなに食べません」と不満げな顔をした。お前は飲むほうが好きだからな。だからそうじゃない。

あと、それはそれとして沢山食べる女の子はかわいいと俺は思う。

言語は通じているのだが、話がさっぱり通じない。アルベルトが眉間を押さえた。

「最後に確認です。閣下は、閣下ご自身の身分についてご自覚はおありですか？」

「はい。これでも公爵家の令嬢です。実は王家の血もひいてます！」

「知ってますよ！　この場の全員！　その王族が単独で小部隊率いて前線に突撃とか世迷い言もいい加減にしていただきたい！」

「あ、いまの発言は不敬ですよ！　ジーク！　アルベルトさんを叱って下さい！　この人、すごく失礼です！」

「そうだぞ、アルベルト。貴様。なぜアリシアにファーストネームを呼ばれている？　いつ仲良くなった。釈明があれば聞いてやる」

「怒りの矛先がおかしいです、殿下！」

おかしいものか。最優先事項だ。

会議は紛糾した。出撃を主張するアリシア。止めに入る参謀団。

「だめです！」「だめじゃない！」「やめて！」「やめません！」「あなた皇子の婚約者でしょ！」

「えへへ、それはたしかにそのとおり！」みたいな茶番劇を経て、

「こうなれば議論は無用！　力ずくでもお止めする！　出撃は、我らを倒してからにしていただこう！」

「いいでしょう。でも、やるからにはわたしも本気で行きますよ！」

ということに落ち着いた。

議論で決まらない厄介事は殴り合いで解決だ。

アリシア率いる戦闘団対帝国軍精鋭部隊の勝ち抜き戦で、勝ったほうが言うことを押し通すと決定された。軍隊らしくなってきたな。蛮族となにも変わらん。

俺は苦笑した。アルベルトがこちらを見た。

「殿下からもなにか仰って下さい！」

「すまんが、俺からは何も言えん。宣言通り力ずくで止めてみせろ」

それからアリシアに向き直る。

「アリシア、出るにしても装備と補給の手配がいる。時間なら多少はあるから、一つ奴らに稽古をつけてやってくれ」

「りょーかいです！」

アルベルトは眦《まなじり》を釣り上げた。

「その自信満々なかわいいお顔《プリティフェイス》に吠え面かかせて差し上げますよ！」

啖呵を切られて、アリシアはくねくねした。プリティと呼ばれて嬉しかったのだろう。そうかそうか、嬉しかったか。

それはともかく、アルベルトよ、覚えてろ。俺はこの眉目秀麗な参謀の名を脳内の要注意者リストに記録した。このリストもだいぶ分厚くなってきた。

さて、模擬戦だ。

帝国軍も馬鹿ではない。彼女の部隊の戦闘力は学内の実習で確認済みだ。同数の部隊同士の激突でアリシア一味を下す困難はわかっている。

故に彼らは数を頼んだ。「単独で出撃するならば、多数の敵を相手取るのが前提です。連戦にて我が帝国軍全ての隊を下していただきたい」と詭弁をならべ、連戦による対戦計画を組んだのだ。

具体的にはアリシアの隊の十倍の戦力を投入するつもりらしい。

五百対五千である。ただし、帝国側の戦力は逐次投入の形となる。

まぁ、筋は通っている。論理の情けなさについての議論はまた別に必要だが。

流石に北方への増援から部隊を割くわけにはいかぬ。

中央軍でも帝都防衛にあたる部隊から、精鋭を抽出して、アリシア引き止め作戦の部隊編成が行われた。

帝都守備隊より第一、第二、第七梯団の精鋭が参加。これに特務部隊所属の選抜騎兵大隊にくわえ、中央軍所属の多目的戦闘群より第一竜騎兵隊と第三狙撃猟兵隊から編成された混成大隊が二つ。

帝国軍第一教導隊所属の魔導騎兵大隊と、「アリシアちゃんを前線にだすなんてとんでもないわ！あなたたちなんとかなさい！」と皇后から無茶振りされた近衛騎士団の選抜大隊、合わせて八部隊、総勢五千三百が北方戦姫アリシアの前に立ちふさがった。

決戦場は、郊外の演習場。

午前と午後で四連戦ずつ計八連戦の予定が組まれ、帝国軍の諸部隊がアリシアにごぼうぬきされて決着した。

当日は軍関係者に加えて、帝都市民や観光客まで集まったので、それはもう大変に盛り上がった。

関係者は顔面蒼白だ。

またたく間になぎ倒される帝国の諸部隊と勢いに乗りまくるアリシア隊。彼女らの暴虐はとどまるところを知らず、あわや昼前に決着かとも思われたが、七戦目に、奇跡は起こった。追い詰められた教導隊が帝国軍の意地を見せ、猪突してきた敵の副将メアリから戦闘不能判定をもぎ取ったのだ。流石だ。やるじゃないか帝国軍。見せ場なしに全滅するかと思ったぞ。

不服を叫ぶメアリの大きな尻を激怒したアリシアが蹴っ飛ばして模擬戦は再開された。

「このまま逆襲に転じるぞ！」と景気良く仕掛けた教導隊を迎え撃つのは、一段階目のリミットを解除したアリシアだった。

あとは蹂躙戦だった。アリシアは、あと三回変身を残しているらしい。

模擬戦前、俺は参謀共から詰め寄られたのだ。

殿下の親衛隊も、出してくださいと。

「今動かせる最精鋭は、殿下の親衛隊をおいて他にありません」

と、奴らは言った。

これは正しい。アリシア相手の敗北を経て再編された俺の親衛隊は、おそらくは帝国最強という自負がある。堅守による持久からの一点突破による逆撃。一筋の勝機を幾重にも束ね、最後に勝利を掴むのが新編された親衛隊の戦術だ。

勝機があるなら、それを何倍にもできる実力を俺の隊は持っている。逆に言うと勝機がなければどうしようもない。ゼロは何倍してもゼロだ。

アリシアの兵団は、アリシアの戦術と、重装騎兵の突破力と、魔導師の超防御と、刀剣の近接戦闘能力に、投げ槍の中射程を兼ね備えた高機動部隊である。勝てるかこんなもん。

俺は賢い男だ。勝てない戦はしないのだ。

ゆえに俺は当然のごとく不参加を決定。アリシアは順当に勝利を収め、出撃を勝ち取ったのだった。

彼女の独立部隊には、晴れてEC0901の識別番号が与えられ帝国軍に正式に組み込まれた。略称は雪妖精《スノーフェアリー》と決定した。

「よし、決まったな、めでたしめでたしだ」

「お疲れ様でした。いやー、テンション上がりますね」

俺とクラリッサはご機嫌だった。

なにせアリシアは、対蛮族戦のプロ。その彼女が自由に手腕を振るう土台を作れるとなれば、仕事冥利につきるというものだ。この時点では二人共、致命的な見落としに気づいていない。

アリシアにこてんぱんにのされた参謀部は、彼女の安全確保のため騎兵一個連隊二千人をその麾《き》下《か》に押し付けようと画策するも「連携訓練もできていない」と一蹴されて終了した。

ならばと、彼女の実家からランズデール家の騎兵五千を借り受けることを提案すると、こちらは歓迎の意向をうける。予算担当である俺は、光の速さで財源を確保して段取りを完了させた。まかせろ、金払いなら自信があるぞ。

そして、運命の日。俺はアリシアと昼食を取っていた。

その日は、はちみつ入りのパンが出るとかで、アリシアは大層ご機嫌だった。俺もご機嫌なアリシアの笑顔を堪能していた。

「というわけだ。おおよそ準備は整った。出撃の日付が決まれば教えてくれ。俺も一緒に行くからな」

この時のアリシアのきょとんとした顔を俺は生涯忘れることはないだろう。そして彼女は言ったのだ。

「え、だめですよ？　ジークは本隊と来て下さい」

「なんだと？」

「ですから、ジークは同行しちゃだめです」

衝撃の展開だった。いや、待て待て。確かに、俺は、アリシアより弱いだろう。それは認める。間違いない。だが、俺とても戦場は経験済みなのだ。相応の鉄火場をくぐってきた自負はある。初陣そこそこのときならいざ知らず、ダメ出しされるのは心外だ。第一、嫁を戦場に送り出して自分は安全地帯とか、俺のプライドが許さない。

「アリシアよ、俺をみくびるな。これでも陸軍大学主席だぞ」

「そうですか。であれば試験しましょう。メアリ、あとお願いね」

「うぃっすー」

まじかよ。

俺は慌てて立ち上がった。メアリが獲物見つけた豹みたいな足取りで近づいてくるところだった。

手にはでかい扇子みたいな武器を持っていた。知ってるぞ、それ。ハリセンだろ。最近コンラートがそれを使ったプレイに嵌っていると聞いている。綱紀の乱れだ。俺もアリシアとしてみたい。

メアリは口を綺麗なへの字に曲げていた。苦虫五、六匹、踊り食いしたような顔だなと、俺は思った。要するに、機嫌が悪い。

多分、演習でやられたからだ。五人しか出なかったアリシア隊脱落者の一人らしい。あの後、こっぴどくアリシアに叱られたと聞いている。だからって、俺に八つ当たりするのはどうかと思うぞ、メアリ准将。

「試験内容を説明します。私の攻撃をよけてください。一度だけで結構です。反撃自由、金的、目潰し、セクハラ可のなんでもありルールです。質問は認めません」

「待て、その試験は俺もやるのか」

「当然です。はい、スタート」

「おのれ、帝国軍人を舐めるなよ！」

俺は鞘ごと剣を抜いた。

メアリが腕を振り上げた。ハリセンが巨大に見える。おい、それ、本当に紙製か？　鉄製の芯とか入ってないか？　俺の普段は仕事しない第六感が、全力全開で命の危機を知らせている。冷や汗がノンストップで俺を濡らす。水もしたたるいい男だ。水だけで済めばいいんだが。

だが、俺の頭脳はこれを好機ととらえていた。なにせ見え見えの上段攻撃だ。どこからくるのかわかっていれば、一発受けるぐらいは余裕「はい、隙あり」すっぱーん。

ここで、記憶が途切れている。

次に、俺が目を覚ますとソファの上でアリシアに膝枕されていた。横殴りの一撃を顔の下にもらったのだろう。俺は顎の痛みから推察した。

というか、ぜんっぜん見えませんでした……。

目を開けると、気づいたアリシアが微笑んだ。彼女は、「殿下、死んじゃいましたね」と小さく笑った。少ししっとりした声だった。

そして彼女はこう言った。

「ジークは皇子様なんですよ。危ないことしちゃだめです」

「そうは言うがな……。それならアリシアも王女だろうが。俺だって心配なのだ」

アリシアの微笑みは影でよく見えなかった。

「ありがとう。……でも、わたしは平気ですから。ジークさえ元気でいてくれるなら必ずわたしは戻ってきます」

それから彼女は俺の頭を優しく抱いた。

「だからジークはいい子でお留守番していてくださいませ、いい子にしてたらまたなでなでしてあげます。なでなで」

はい、僕ジークハルト。いい子でお留守番してまちゅ。

俺はその日、赤ちゃんにされた。アリシアは楽しげに俺のくせ毛をすいていた。

ちなみにだが、あの後、クラリッサも俺と同じ目にあっていた。俺の醜態を笑っていたら「あなたもお留守番ですよ」と言い渡されたという話だ。

豆鉄砲のライフルで超長距離狙撃喰らった鳩のような顔をしたクラリッサは、

「そんなぁ！　アリシア様。ご無体です。後生ですから、置いて行かないでくださいませ」

と泣きついたが、

「かわいく泣いてもだめですよ。はい隙あり」

ぺしーん。と、こちらはアリシアにやさしくおでこをひっぱたかれて、俺と同じく不合格を言い渡されたということだった。うらやましいなと俺は思った。

しかし、この女は、往生際が悪かった。

「うえーん、置いて行かないでくださいませー！」

と、おやつをねだる童女のごとき勢いでアリシアのスカートにしがみつき、しかしアリシアに女の武器が通じないことを察すると、今度は、屁理屈をこねだした。

帝国人の連絡役が必要だ。皇族が公務に赴く時は、必ず一人以上の近衛騎士を伴うべしなどという怪しげな条文まで引っ張り出し、無駄にしぶとく抵抗した。

「ええー、そんなの初耳だよー」と困るアリシアだが、どこで聞きつけたのかステイシーとかいう近衛騎士が「試験通ればアリシア様の側付きになれると聞きました」とメアリの試験をあっさり突破し事態は解決。

随伴者を得たアリシアは北の地へと旅立ったのだ。クラリッサは一時離任だ。

「また一月後、北方で会いましょう！」

淡白な別れの挨拶だった。緊張のかけらもないな、アリシアよ。

遠縁の皇族が出席するパーティーに誘った時はプルプル震えていたのにな。かわいかったぞ、アリシアよ。

そして俺達はアリシア達の出立を見送った。その後、俺は、傍らに立つクラリッサに厳かに指令した。

「最速で後を追う。出兵計画は前倒しだ。動員数を調整しろ」

「了解。物資集積所《デポ》の備蓄を確認後、改めてご報告いたします」

利害さえ一致するなら、この女は最強の相棒だった。かわいい主君のためならばと、帝国法ギリギリアウトの最短コースを気軽に踏み抜いていく蛮勇は、こういう時には頼もしい。その彼女の隣では、同じくメアリに置いて行かれたコンラートも泣いていた。まぁ、こいつは使えないので仲間の数には入れていない。

4．テルム：六月十日十四時二十分

蛮族が消えた。

城外を囲んでいた一万五千が消えていた。

突如現れたスノーフェアリーを名乗る大隊の包囲突破とその翌日の掃討戦で、隊列と戦意と指揮系統を粉砕された蛮族達は三千の死者を出して潰走。蛮族の先鋒による最大の攻勢を受けていたテルムはその脅威から解放された。

雪妖精。

メルヘンなコードネームを裏切る殲滅力は、城壁に張り付いていたしつこい汚れと蛮族を綺麗サッパリ掃討した。

追撃戦では、復讐心に猛る守備隊の横に並び血風を巻き起こす少女たちの勇姿をベルナールは目撃したばかりだった。

その日、ベルナールは報告書を持っていた。

二日前に実施された、テルム市に対する蛮族の包囲突破とそれに続く殲滅戦。その戦果についての報告だ。

中央に送るものである。しかし、それに先んじて上官から裁可を受けねばならないのが今の彼の立場だった。

目の前には、はるか高みにいるはずの上官が人懐っこい笑顔を浮かべていた。敬礼し、ベルナールは書類を差し出した。

「報告書をお持ちしました。ご確認をお願いします、ランズデール閣下」

「ありがとう。中佐殿」

少女の手が紙束を受け取った。

彼女は、名をアリシア・ランズデールという。蛮族の大集団を鎧袖一触《がいしゅういっしょく》にした戦闘団の長であり、この国の第一皇子の婚約者。ベルナールも名前だけは知っていた。本人を見るのはもちろん初めてのことである。

アリシアは、今、テルムの守備隊を預かるグライゼの膝の上で、ビスケットを頬張っていた。軍の焼成式ビスケットだ。控えめな甘さとバカ高い栄養価が特色で、レンガ並の硬度が食べる兵士の前歯を砕く帝国自慢の一品だった。だれも食わないので大量に余っている。

アリシアは見た目こそ少女だった。一応中身も少女というべき年齢だ。当然酒を供するわけにはいかない。それで、やむなく茶菓子の代わりに出したのがこのビスケットというわけだ。アリシアは喜んで食べていた。小さな顎が動く度に、ガリゴリとくるみの殻を砕くかのごとき鈍い音が鳴り響いた。

「おい、ベルナール、もう少しマシな茶菓子をもってこい」

「……現在、配下のものを市の方にやっています」

アリシアの椅子が口を開いた。昔はグライゼと呼ばれていた。今はただの椅子である。あんたは何をしているんだと、言いたいところをベルナールはぐっと飲み込んで返事をした。

「お心遣い感謝します、グライゼ少将。でも、わたしはこれで十分ですわ」

「いやいや、ろくなもてなしも出来ぬでは北方軍の名折れです。あと、わしのことはじいやとお呼び下さい、アリシア様」

グライゼは好好爺の表情でそう言った。

グライゼは今年で六十三歳になる。その軍歴は五十年近くに及ぶ歴戦の宿将である。大小五百を超す戦闘に参加して、その全てで軍を全うしてきた北方軍最古参。

鉄壁をあだ名されるこの男は、初対面のアリシアに帝都へと疎開させた孫娘の面影を見出していた。

それでついついたわむれに「姫様とお呼びしても?」と尋ねたところ、アリシアはことのほか喜んで「ではわたくしは、じいやと呼ばせてもらいます」と返されたので、彼はその場で少女の執事へ転向した。六十過ぎてからの転職を即断即決する果断さは叩き上げゆえの強さであった。部下のベルナールはいい迷惑だ。

その彼が差し出した報告書に、ふむふむと目を通していたアリシアだが、一通り読み終わると不満げな顔をした。

「中佐殿。いくつか言いたいことがあります」

はい、と答えるベルナールに少女が文句を言った。

「この報告書ですが、私達の活躍が過大であるように思われます」

またか。ベルナールは思った。実は彼の報告書は既に二度、この理由で却下されている。

「お言葉ですが、ランズデール閣下。これ以上の手直しは危険です、正確性に疑義を生じかねません」

ベルナールの抗弁に、かわいく（かわいく!?）元帥は反駁《はんばく》した。

「そうでしょうか？　例えば、緒戦についての報告です。ここでは私達の大隊が敵の包囲を突破したとありますが、あれは敵の自滅です。私達は後ろから小突いただけにすぎません」

馬鹿を言わないで頂きたい。ベルナールは思った。

テルムに到着したアリシアたちは、城市を包囲する敵陣を外部から突破し蹴散らしていた。城内に入れないから、邪魔だったと彼女は言った。蛮族は三十倍を超える戦力を抱えていた。にもかかわらず、戦況を圧倒され四散。アリシア達は堂々と入城を果たしたのだ。

ベルナール指揮する城内の守備兵はそれを城壁上から見守っていた。

アリシアは、「ただ小突いた」と言った。だが、ベルナールは知っている。多少小突いた程度の攻撃で瓦解するほど、蛮族達の戦闘力は低くない。

蛮族と大陸の諸国は総称するが、その実態はれっきとした軍隊だ。戦闘の経験は豊富であり、少数の戦力でつついたところで早晩、看破され逆襲される。そうなれば反撃と包囲は避け得ないはずだった。だが、そうはならなかった。

アリシアの部隊による襲撃を受けた蛮族達の陣営はまるで雨に降られた砂の楼閣のごとく、さらさらと瓦解した。

そして判明した事実は、アリシアによる徹底的な首狩り戦術の存在だ。

蛮族の軍もまた一つの組織だ。数百程度の集団の集合からなっている。各々の隊にはそれぞれ長が配され、彼らの指揮の下で兵たちが行動する。長はいわば頭脳であった。

アリシア達は、その頭を刈り取ったのだ。

言うは易しの典型だ。集団の長ともなれば、みなそれなりの手練だ。それがまるで相手にならずに屠られた。

「閣下は小突いただけとおっしゃいます。しかし、それを言うなら、我ら守備隊の働きは城門を開けただけとなるでしょう」

「ええ、見事なタイミングでした。あれこそが決定打であったとわたくしは確信します」

「まぁ、門の開け閉めには年季が入っておりますからな」

グライゼの発言に、なにをのんきな、とベルナールは思った。

たしかに救援のタイミングを図っていたのは事実だった。ベルナールは完璧なタイミングを図っていた。乱戦をかいくぐり、新兵を救出すべく彼らは覚悟を決めていた。

野良犬の群れに喧嘩を売ったか弱いウサギたちを守るための決死の戦いのはずだった。しかしウサギは、伝説の首刈りウサギだったのだ。少女の影が軽やかに跳ねる度、刎ねられた首が宙を舞い、敵はことごとく粉砕された。

そして、その暴威は、突破戦に続く掃討戦でも遺憾なく発揮された。

アリシアが書類の一点を指差し、唇を尖らせた。

「そしてこれです。掃討戦です。前にも申し上げましたが、掃討戦での敵撃破は全て共同戦果として下さい。我らの戦いは皆様の支援あってのもの。これを我らの単独戦果とするのは大変大きな問題です」

「そうでしょうか？」

「そうですよ」

あれは共同作業などではない。私達が手がけたのは、単なる後片付けだ。ベルナールはそうひとりごちた。

それはほとんど事実だった。掃討戦における手柄首のほとんどはアリシア達に食われたのだ。

電撃的に入城を果たしたアリシア達は、すぐに次の作戦に取り掛かった。

彼女らは、蛮族達を挑発し城内に引きずり込んで屠ったのだ。その手口はかくのごときものだった。

アリシアの突破を許した翌日、蛮族達は再度、テルムを包囲した。

自分たちをいいようにかき回した者たちは千にも満たぬ集団であったことに遅まきながら気づいたのだ。しかもそれが十代も半ばの小娘であったと知らされた。

怒りはとどまるところを知らず、アリシア達は、その憤怒の炎に景気良く油と薪を投下してのけた。

彼女らは、鹵獲《ろかく》した蛮族の軍旗を燃やしたのだ。

「人語を話す猿どもに、この軍旗は不相応だ！　もうちょっと分際わきまえた旗をもってこい！」

「白旗なら許す」

「帝国にあるお子様ランチという料理にはかわいい旗がついてるぞ！」

誇りと面子《メンツ》を痛打され、蛮族達は逆上した。

「小娘共が、調子に乗るな！　女に生まれたことを後悔させてやるぞ！」

攻城戦、城壁の上と下で、両者の心は通じ合った。両者をつないだのはどす黒い憎悪であった。

ヘイト&ウォーだ。世界は一つになれるのだ。

文字に起こせないほどの罵詈雑言の応酬が城の内外を往復した。そして城門の一つが開かれる。

開いたのはベルナールだ。開けさせたのはアリシアだ。そして主君の命を受け、城壁上、白く輝く太ももをむき出しに、一人の少女が絶叫した。

「こいよ、サル共！　陣地なんぞ捨ててかかってこい！」

「やるぁあああ！　ぶっころしてやるああああああ！」

そして、蛮族は激情の赴くまま城内へと突入した。

そんな彼らを迎えたのは狭さだった。

テルムの城門の一つに通じている御回廊。それは、いくつかのカーブと坂道を経た、長い一本道からなっていた。

その幅は、大の大人であれば整列して十人が並べる程度のもの、本来は、頭上から熱湯や投石がふりそそぐ死の通廊となるはずだった。

蛮族達もそれを察した。しかし進む以外に道はない。後ろからは味方の大群が押し寄せている。ゆえに彼らは、闘争心と欲望を燃料に突き進んだ。本来、頭上から降り注ぐ熱湯や投石はなぜかなく、拍子抜けと大きな安堵を胸に彼らはそのまま突進した。

終点が近づく。そして、その出口に死神が待っていた。

それはメアリという娘だった。メアリ・オルグレン。帝国軍准将、と彼女が率いる重装騎兵の一団がその終着点で待っていた。

騎兵は最強の兵種であった。軍馬の分厚い胸板と重量を載せた一撃を歩兵が受け止める術はない。

そして、メアリ・オルグレンは人類種、最強一角だった。攻撃こそ最大の防御を体現する彼女の戦闘哲学は、殲滅力の一点において上官のそれを凌駕する。

ある意味で最強の組み合わせ。これを下すには、密集隊形の槍衾《やりぶすま》か投射武器の弾幕のいずれかが必要だ。しかし侵入者の集団はそのいずれも持ち合わせていなかった。

仕方なく蛮族は突撃した。先頭集団が一丸となり先頭に立つメアリの騎馬に殺到する。数でもって圧倒する彼らのいつものやり方だった。運の悪い一人の頭が敵の一撃で弾ける合間に、残る者たちが騎士を摑んで引きずり下ろす。

そして振り上げた彼らの腕が、首と一緒に宙を舞った。斧槍の一閃が赤い弧を描き、飛ばされた重量物が地面へぼとぼと落下して石畳の上を茶色く汚した。

「よし、殺せ」

とメアリが言った。

力こそ正義。

蛮族が自ら恃《たの》むその哲学が、この日彼らに牙を剝いた。

蛮族たちは自分たちが強者であると確信していた。自分たちが食う側であると、無邪気に信じきっていた。その幻想が、更に巨大な捕食者の巨大な顎にくだかれたのだ。

狭い回廊で、数の優位は活かせなかった。

もはや無力な集団だ。その暴徒のなりそこないの男たちを、死を具現化した存在が一人ずつ刈り取っていく。

彼らのはるか後ろでは何も知らぬ無邪気な未来の犠牲者達が侵入を続けていた。メアリの隊は、新たに参加したアリシアと交代を繰り返し、貪欲にそれを消化した。

先頭集団は乱れたち総崩れへと陥った。その混乱が全体へと伝播する。そして蛮族の軍は崩壊し、彼らはついに潰走した。

あとは背中をつくだけだ。守備隊は追撃戦を担当した。数だけなら、アリシアたちと同等以上の戦果を上げたといえるだろう。

数だけだ。

そして、ベルナールはため息を吐き出した。彼は問わねばならなかった。

「閣下、質問です。なぜ閣下は我々に手柄を押し付けようとなさるのか、その理由が小官にはわかりません」

これこそが、彼の疑問だった。

アリシアのやりようは露骨だった。露骨に戦果を押し付けようとする。流石のベルナールもその程度のことはわかる。しかし、理由がわからない。

アリシアは苦笑した。

「突然、押しかけてきた居候がやたらと戦果を稼いでは、現地の兵ともめるからです」

それから彼女はこうも付け加えたのだ。

「それにこの戦果は、この地を今日まで守り続けた皆さんあってのものですよ」

グライゼが破顔した。椅子のくせに笑うなよとベルナールは少し思った。

「いや、実にありがたいお言葉ですな。全くもって同感です。そう仰ってくださる姫様が中央にいてくださるのは、我々としても心強い」

この時、グライゼは少女の意図を汲み取ったのだ。

彼は政治もできる男だ。だからこそ、現地の出身でありながら、万に近い守備隊と北の要衝であるテルム市を預かっている。

彼の見たところ、この少女の戦争屋としての才能は完全に頭抜けていた。もはや天才的といってもいい。しかし、帝国軍では新参であることも経歴を聞けばあきらかだった。

そして、身分は併合された保護国の王族である。これが若い娘と来た日には、おそらく中央ではやっかみの声も多いに違いない。

ゆえにたった五百の兵で前線に送られたのだ。

この少女は味方を欲している。

そう、グライゼは考えた。つまり、今、アリシアは「これは貸しだ。手柄はやるから、次は北方軍がわたしの後ろ盾となれ」と言っているのである。

その政治感覚にグライゼは舌をまいた。強いだけではない。これこそが将たる器。クソ真面目なベルナールも少しは見習ってもらいたいとグライゼは内心でひとりごちた。

それはそれとして頼られたのが嬉しかった。

グライゼは優しくアリシアの肩に手をかけた。

「閣下のご厚情、我らは決して忘れませぬぞ。これからは我らの力もお使い下さい。テルム守備隊は姫様にお味方いたします」

「ありがとう、じいや。どうぞこれからもよろしく頼みます」

アリシアは無邪気に返事した。

ちなみに、アリシアは、思っていた。「やー、みんな優しくて助かるなぁ」と。

この時のアリシアは、長年連れ添ったメアリとかいう副長がまじでまったく使えねぇことを再認識したばかりであった。

でかいおっぱいした副官は、大事な連絡事項を右から左に聞き流す達人だが、聞いているふりだけはうまいのだ。

結果、話した相手は「わかってもらえたに違いない」と、ころっと勘違いをしてしまい、地すべり的に被害と迷惑が拡大する。

昨晩、連絡に齟齬があった。そしてアリシアと彼女の大隊は危うく宿なしになりかけていた。それをなぜか察してくれた守備隊が手間を割いてくれたから助かったのだ。

アリシアは、帝都に置いてきたクラリッサの有能さを惜しむ毎日を過ごしていた。

なにはともあれ、アリシア達は守備隊に温かく迎えられた。

アリシアはテルムに感謝していたし、テルムの者たちももちろんアリシアに感謝した。

アリシアは空気を読むのがうまい。これは、好き勝手しても許されそうだと察した彼女は、要塞の特に厨房に、頻繁に出没することになったのだった。

彼女は地位を振りかざし、余り物の食材を食べて回った。

アリシアはよく食べた。しかして彼女はやせっぽちで、厨房の者たちはなんとか彼女を太らせようと頑張った。

そんなアリシアの隣では、ステイシーという近衛騎士が慣れぬ様子でその世話を焼いていた。

5. 蛮族とわたし

蛮族とは何か。蛮族とは、棍棒を持った貧乏人である。

人は、なにか欲しいものがあった時、その手にお金があれば対価として払い、麦があれば交換をもちかける。そして棍棒があったならば、殴るか、脅しつけるかして奪う。

どうせ奪うなら、たくさん持っている相手がいい。どうせ戦うなら、なるべく弱い相手がいい。

ジョン王の戴冠以来、外敵から袋叩きにされていた王国は、そんな彼らにとって絶好の草刈り場であった。

彼らは散々に、王国北部を荒らして回った。

そんな、実入りとザル警備を両立させていた王国という蛮族向け貯金箱に一つの転機が訪れた。

彼の地を守るランズデール警備保障の警備主任に、わたしアリシア・ランズデールが就任したからだ。

わたしは、就任して一年目で敷地内の賊をすべて叩き出すと、二年目で手近な盗賊団の巣穴を一つ焼き払った。

残された周囲の蛮族達には、衝撃が走ったはずだ。

「王国に、すげー新人が来やがったぜ」

と。

一方で、徹底的に蛮族を叩きのめしたわたしも、こんな願望を抱いていた。

「こいつら全部、帝国の方に行ってくれねーかな」

と。

蛮族にも、王様がいる。王様というものに求められる資質は、基本的にどの国にあっても変わらない。

豊かさだ。王様に従うもの達は皆、自分たちを豊かにしてくれる人間に、王になってもらいたいと考えている。

たとえば、蛮族の王が突然きれいな蛮族の王に変身し、「皆で作物を作って、豊かになろう」と言ったら、彼ら蛮族は農業を始めるだろうか。

否である。蛮族は、そんな王を放り出し、新しい王を据える。そして略奪を続ける。それが彼らが豊かになる唯一の道だからだ。

彼ら蛮族は絶対に侵略をやめない。彼らに狙われる場所が変わるだけなのである。

わたしは王国の人間だ。お友達も沢山国に残している。近況ももちろん聞いていて「今年も、蛮族は来ませんでした。新型の試し撃ちができなくて残念です」みたいなお手紙を受け取っていた。

送り主はアデルちゃんだ。彼女は刺繍と漬物とクロスボウの名手なのだ。ぬか床を分けてもらったこともある。

蛮族は、わたしの故国には向かっていない。

となると奴らが向かうのは王国の西か東だ。王国の東には協商がそして西には帝国がある。

蛮族、帝国に来そう。

わたしの予感はよく当たる。女の勘だ。わたしは女だ。証明終。

いや、わたしだって、迷ったんだ。

わたしの夢は素敵なお嫁さんになることだ。素敵な旦那さんを捕まえて慎ましくも幸せな家庭を築きたいと思っている。ジークみたいな素敵な人と一日中にゃんにゃんごろりんしていたいのだ。

あたりまえじゃん。好きで戦争してるんじゃないのである。

でも、今回の蛮族は半分ぐらいわたしのせいだと思うんだよね。

帝国の皆さんにはとてもよくしてもらっている。ご飯はおいしいし、皆、優しい。ここが恩の返し時。ノブレス・オブリージュのアリシアである。

というわけで一仕事したわけだ。

ヘイ、蛮族! ゴーバック・トゥー・ユアホーム。もしくは死ね。なんなら手を貸してやる。この鉄剣とバリスタのボルトはわたしのおごりだ。遠慮するなよ。

一万五千ほどいたらしい蛮族も、二日あればイナフであった。

戦闘が一段落。片付けが終わったタイミングでわたしは部下の主要なメンバーと会議をもったのだった。

これまでの総括と今後の方針が議題である。少なくともわたしはそのつもりで、彼女たちを招集した。

「というわけで、諸君、我々の当初の目的は達成した。おつかれさま！」

「「おつかれっしたー」」

よい返事だ。

面構えもすばらしい。日雇い帰りのおっさんたちと並べても遜色ないほどの目の輝きだ。完全ににごってる。

「次に今後の方針よ。しばらくはこの町に逗留して残党狩りを実施します。質問は？」

「サーチ・アンド・デストロイ、了解です」

「蛮族、野盗は見つけ次第、必殺する」

「がってん承知の助ですわー」

うむうむ。

ちょっと不穏な気配があるが、まぁいいだろう。わたしは頷いた。戦時はだいたいこんなもんだ。

わたしが一人満足していると、小柄な女の子が手をあげた。ソーニャちゃん（第三中隊中隊長、十九歳）だ。姉妹三人の連携による集団戦に定評がある。

彼女は言った。

「質問です。ジークハルト殿下の到着はいつ頃の予定ですか？」

と。うん。なんで、ジークの名前出したの？　関係なくない？　まぁ、いいけどさ。

わたしはちょっと不本意な顔しつつも返事した。

「一月半ぐらい先と聞いているわ。それがなにか？」

みんなは、「そんなに！」という顔をした。いやいや、待て待て。

「むしろ早いぐらいよ。本隊の編成にランズデール領軍《うちのしへい》も参加が決まったから、その準備もあるんだから」

みんなは顔を見合わせた。

そして、今度はリーリャちゃん（ソーニャちゃんの妹十七歳）が手をあげた。

「それ待つ必要ありますか？　殿下お一人で先に来てもらえばいい気がします」

なんということだ……！

わたしは驚愕した。

こいつらは、殿下の身分をわかっていない。殿下は皇子だ。ゆくゆくは国の帝位を継ぐ人である。その人を捕まえて一人で前線に出てこいなどと、頭おかしいんじゃないだろうか。発言には気をつけろよ。わたしまで常識疑われたらどうするんだ。

ここは締めておく必要がありそうだ、とわたしは思った。

「あのね、殿下はこの国の第一皇子よ。危険な前線にほいほい来てもらうわけにはいかないの」

「それを言うなら、アリシア様も王族じゃないですか」

「わたしは例外よ。実は殿下も心配してくださったんだけど、お言葉に甘えるわけにはいかないじゃない？」

「まぁ、それはどうでもいいんですけど」

どうでもいいんかい。

そして、彼女は言った。

「もうまだるっこしいこと抜きに聞きます。殿下とはどこまでいきました？」

「どこまでって、なにがよ？」

「ですから、もうやりました？」

「ややややややや」

「あ、まだですね、これ」

おい、ふざけるなよ……。それを言ったら、戦争だろうが……。疑ってるうちはまだしも、それを口にしたら……戦争だろうがっ！

というか、なにはともあれ殿下の安全が優先なのだ。わたしは理路整然と持論を述べた。やってるとかやってないとかじゃない。殿下は皇子で万が一があったらだめなのだ。これだけ言えば、蛮族ナイズドされたこいつらの脳みそにも届くだろうというぐらいわたしは言葉を尽くして説得した。

わたしは口を閉じた。十倍ぐらいの勢いで反論が返ってきた。

もうすごかった。正論の濁流である。うわー、うわー！

奴らは言った。殿方にはプライドがある。彼らはお姫様を守ることに喜びを感じるのだと。殿方に気持ちよくご奉仕させるのがレディの務めだ。その一番のごほうびが、まぁ、あの、そのあれなのだけど、それ以外にもちゃんと褒めてあげたりしなきゃだめなのだ。で、褒めてあげる機会を作ってあげるのも女の甲斐性なのだ。その点、アリシア様は男心がわかってない。全然ダメ。ほんとに初心。そういうところが大好きです、アリシア様、などなど。

最後のは告白か？　聞かなかったことにしておくね。

アーニャちゃん（ソーニャとリーリャの妹十六歳）がわたしに言った。

「アリシア様、以前にお渡しした参考図書を思い出してくださいませ」

「あー、あの恋愛小説ね。長すぎてよく覚えてないけど、十八巻のディード様はかっこよかったよ、

『おお、ふんにゃかはんにゃか、クレア姫？』」

「読んでるのか読んでないのか、よくわからない感想きましたね……」

「あの歯が浮くような台詞は、サブイボ出るから止めてもらいたいです」

「私は二巻で挫折しました」

お前らこそちゃんと読めよ。完読したわたしがバカみたいじゃん。

だが、たしかにそのお話に出てくるお姫様は弱かった。超虚弱だ。バラの棘で指先をちょっと怪我すると、アンニュイになってしおれちゃうぐらいへにゃへにゃだ。日常生活が不安になるレベルの弱さだった。ダンゴムシと戦っても負けそうだ。

おやつ盗み食いする度に、メアリにお尻ひっぱたかれてたわたしには想像もつかない生き物だ。

ちびっこ時代、わたしとメアリは繰り返し激突した。原因はもっぱらおやつであった。わたしがメアリのへそくりを執拗に狙うので、紛争が絶えなかったのだ。特に奴が大事に隠していたあんず飴を根こそぎにしたときはやばかった。わたしの鼻はすごいのだ。甘い匂いはどこであろうとかぎつける。見つけ出したらぺろりんちょだ。しかしてその後、赫怒《かくど》したメアリにわたしは頭を摑まれ

た。そこは尻尾を摑むところじゃないのか、我が侍女、メアリ・オルグレン。奴は、暗く透き通った目でわたしに言った。「私のおやつが消えました。心当たりはありませんか、アリシア様ぁ？」と。口からは地獄の底から流れ出る重低音がたれていた。なんという迫力だろう。このスリルが美味しさをさらに引き立てる。やめられないとまらない。というか、脇目も振らずにわたしのことを疑うのはどうなんだ？　もしかしたら、お父様の線だってあるだろうに。うるせえ、証拠はあるのか。あんず飴なんて食べてないぞ。……なんであんず飴ってわかったんですか。あ……。というやり取りを経て、こっぴどくケツ叩かれた。

つまり、こういうムーブはお姫様としてだめなんだね。おーけー。アイコピー。了解だ。姫たるもの、気合と根性で、ひ弱さを演出しよう。

無理だ、これ。

「というかそもそも、殿下、地元に置いてきちゃったよ。いまさら、どうしようもないじゃない……」

「知りませんよ。なんですか遠足で忘れ物しちゃったみたいな言い方は」

「そもそも、殿下の事好きなんですか？」

「うん、好き」

「ほんとに」

「ほんとに。大好き」

「じゃあ、ちゃんとアピールして下さいませ」

「大好きー！」

「ここでアピールしても無意味ですよ」

そんなー。奴らは言った。残敵は適当に始末します。アリシア様はアリシア様のなすべきことをしてください、と。

「では解散！」

メアリが、最後だけ締めて会議は終わった。

見事なまでの投げっぱなしでわたしとしては困っちゃう。


そして、其の晩、わたしは悩んだ。珍しく悩んだ。どんなときでも人生全力で楽しんでると評判のわたしだが、ついに悩みができてしまった。悩みの種はジークである。わたしは彼が好きなのである。その事を認識した。

ジークはいい人だ。誠実で、優しくて、頼りがいがあってかっこいい。しかもとってもお金持ち。乙女のときめきポインツてんこ盛りで、こいつは当然モテるだろう。

その彼にこのわたしは相応しいといえるのか。

ダメだな。二秒で結論に達したので、わたしは対策を取ることにした。

6．乙女とわたし

「わたしって受け身すぎると思うのよ」

と、わたしは、話しかけた。

お相手はステイシーさんだ。今回、義勇参加してくれた女性の近衛騎士さんである。よくわからないが同室になっていた。メアリも同室だが、今は不在だ。十中八九酒を探しに行っている。

ステイシーとはさほど仲が良いわけではない。彼女は、物静かで、品があって話しやすいから、ちょっとお話しするにはうってつけな雰囲気なのだ。

部屋の隅に飾られてる緑のはっぱちゃんよりかは、リアクションが期待できそうだった。聞いて頂戴ステイシーナ、わたし今悩んでるの。

「受け身でございますか？」

「うん。受け身。で、こういう受け身型の女の子って、恋愛だといつも負けてるのよね」

わたしは恋愛経験皆無だ。しかし興味はあった。ずっとあった。

わたしはおっさんと蛮族まみれの戦場に貴重な青春をついやしてきた。当然、恋愛とはさっぱりもって縁がない。だが行き場を失ったわたしの乙女エネルギーは常にその発散先をもとめていた。

そのわたしがたどり着いたのが恋愛小説なのである。

実はわたしの友達には、創作物が好きな子がいた。たくさんいた。彼女らはたぎるパトスを筆にのせて、後に黒歴史となる物語をガンガンと世に送り出した。彼女や彼らは、女の子と男の子でいちゃいちゃしたり、男の子と男の子でいちゃいちゃしたり、あとは男の子と男の子がってまた男かい！　ヒロインちゃんと女の子にしてよ！　という感じで、わたしはそれを片っ端から吸収したのであった。その豊富な知識から導き出した結論を言おう。今のわたしは「下克上ヒロインから婚約者横取りされる悪役令嬢ルート」に突入しつつあるのである。

下克上ヒロインにやられる系悪役令嬢の大まかな流れはこうだ。

登場人物は三名いる。王子様、当て馬の悪役令嬢、そして身分が低いヒロインちゃんの三名だ。物語はヒロインちゃんの奇行からスタートする。庭でおべんと食べたり、木登りしたり、廊下でスプリントダッシュしたりする。そこに現れるのが王子様だ。王子様は変な趣味を持っていて「おもしれー女」マーカーが点灯した異性を執拗に付け回す習性がある。そして奇行を繰り返すヒロインちゃんの頭上にこの謎のマーカーがきらびやかに点灯すると、誘蛾灯に惹きつけられたカナブンがごとき勢いで王子様がつっこんできて運命の歯車が回りだす。

わたしの理解を超える展開も度々だった。しかし製作者である彼女らは「結果こそが大事なのだ」と力説した。クソみてぇな政治家と言ってること同じなのに目をつむれば正論であったかもしれぬ。いや、そんな正論はいやだな。しかし、とにかく、女の子が何かする度に王子様の好感度は悪食なダボハゼのように上昇し、気づけば二人は恋に落ちていた。正直あまり感情移入はできていない。

さて、残る一人だ。当て馬ポジのご令嬢だ。彼女は何もしないのが仕事である。大体の場合はタカビーなお嬢様で、身分は公爵令嬢であるケースが八割を超えていた（アリシア調べ）。

この女の子は王子様と婚約している場合が多い。ゆえに彼女は、「結婚は確実」とすっかり油断しきっている。王子様とヒロインちゃんが愛のドキドキイベントを連発しているその裏で、当て馬ちゃんはおいしいお菓子やお茶会で時間を無駄にしてしまうのだ。

そして審判の日がやってくる。王子様を奪い合う「下克上ヒロインちゃんと当て馬令嬢の恋愛ダービー」は、気づけばもはや取り返しがつかない局面になっていた。

婚約のアドバンテージを持つ当て馬ちゃんは、例えるなら逃げ馬だ。対するヒロインちゃんは後方から猛追かける追込馬だ。

そしてこのレースでの当て馬令嬢ちゃんは、最終コーナー辺りで捕まった逃げ馬みたいな状況になってるのだ。アナウンサーのお姉さんがノリノリで実況する。その内容はこんな感じだ。

「ヘイミンデヒロインきた！　ヘイミンデヒロインきた！　驚異的な末脚だ！　レイジョーアクヤクここまでか！　完全にバテているぞ！　ヘイミンデ、ここで抜け出した！　脚色は衰えない！　後ろをぐんぐん引き離して、これは完全にセイフティリード！　余裕の走りだ。後続に大差をつけて今、ゴール板を駆け抜けました！」

大穴ヘイミンデは、一着賞金と副賞の王子様を捕まえて一生安泰なルートに入る。一方一番人気で大敗したレイジョーアクヤクは、引退を余儀なくされてしまうのだ。

そんな彼女の敗因は、待ちの姿勢だ。現状にあぐらをかき、お菓子に舌つづみうちながら「おいしいですわ！　パクパクですわ！」とかしてるのがよろしくなかったのだ。後方から突っ込んできた穴馬のヘイミンデにぶち抜かれてしまう。わたしの場合、食べるのはお菓子じゃなくてじゃがいもで、茶会の代わりに野戦をしているわけであるが、大した違いではないだろう。

帝国では競馬が盛んだ。わたしも馬は大好きなので最近はまっている。

以上のような内容をわたしは身振りを交えてお話しした。ステイシーは、にこにこしながら聞いてくれた。

彼女は言った。

「アリシア様は殿下のことが本当にお好きなんですね」

「そうだよ。お好きだよ」

「では微力ながらわたくしもお力添えいたしますわ」

「ん、ありがと」

優しいなぁ。

わたしは思った。ステイシーは優しい。前はメアリにこういうことを話してたんだ。最初は奴もニコニコして聞いてくれた。でも最近は、全然話を聞いてくれないのだ。くしゃみを我慢するロバみたいな顔で拒否の態度を示すのだ。

「ジークジークジークとうっさいですわ。新種のセミの鳴き声ですか？」

なんて暴言までぶつけられた。

なんという言い草だ。メアリめ、言うに事欠いて主人を夏の風物詩扱いしやがった。ゆえにステイシーの優しさが嬉しかった。

まぁ、彼女は、お力添えするとも言ってくれたが、そっちには期待していない。励ましてもらえるだけで十分嬉しいよ。

わたしの予想は外れた。ステイシーは真剣だった。いくつか質問をされたので、わたしは素直に答えていった。

趣味とか、好きな食べ物とか、逆に苦手なこととかいろいろだ。お見合い相手の下調べみたいだなとわたしは思った。

「一応言うけど、わたしは殿下一筋だからそこんとこはよろしくね。今の情報、変なところに流したらだめだからね」

「承知しました。陛下も喜ばれる思います」

はて？　わたしは思った。ヘイカとは誰だろうか？　でも、考えるのが面倒なのですぐにその日は就寝した。わたしの寝付きは異常によい。その日もぐっすりお休みした。すやすや自慢のアリシアである。

さて翌日のお昼頃。

件のヘイカからお便りが来た。真っ青な顔をした通信手が一枚の紙を持ってきてくれたのだ。

その時、わたしは昼食をとっていた。昼食はバイキング形式だった。食堂は戦場だった。わたしはパン食い競争（スピード部門）に参加して、要塞の大食い自慢の兵士さんと激闘を繰り広げていた。帝国人に、貧乏王女の食い意地を見せつけてやる。わたしは大張り切りで小麦の塊をむさぼりくった。そこにお便りが届いたのだ。

宛名には、カートレーゼと書かれていた。

はて、と思ったがすぐにわたしは合点した。カートレーゼは皇后陛下のお名前だ。わたしだって知ってるぞ。ジークのお母様だからね。ぶっちゃけ逃げ回ってた覚えがある！　なるほど、ステイシーが言うヘイカとは、当代の皇后であるカートレーゼ陛下のことだったのだ。

ジークとの恋路を考えるなら、これ以上ないお力添えといえるだろう。

うっそやろ、お前！

わたしはステイシーを見た。

でかいバゲット大口でくわえたまま顔を見た。口で呼吸ができないので、鼻からフガフガと息が漏れた。ステイシーは素敵な笑顔を返してくれた。

わたしは思った。お前、正気か？　と。今のこのわたしの姿を直視して「アリシア様は殿下のお嫁さんとして相応しい素敵な方です」って言えるのか？　と。蛮勇が過ぎないか、ステイシー？

奴は曇りなき眼でわたしにうなずきを返してくれた。

わたしは動転した。動転したまま陛下からのお問い合わせに大急ぎで返事した。パン食ってる場合じゃねぇ！　本人確認をしたかったが、真偽を判断できるやつが近くには一人もいないのであきらめた。

それから、何度か通信機ごしのやりとりをして、気づけばドレスを一着プレゼントしてもらえることが決まっていた。

とびっきり上等なシルクのやつをわざわざ仕立ててくださるらしい。というかもう型は作ってあるのだそうだ。「歳費から奮発しちゃったわ」とのことだった。

ぐえー！

わたしは死んだ。

7．シルクのドレスとわたし

さて突然だがシルクの話をしよう。突然で恐縮だが、とても大事な話なのだ。

わたしはシルクが好きだ。大好きだ。はじめて出会った時から、あのすべすべの肌触りに夢中になってしまった。

むかーしから、欲しい欲しいと思っていたのだが、前はわたしも手持ちが少なかったので、それこそ屋敷が一軒たつくらい高価なシルクのドレスには手が出せなかった。

でもシルクが欲しい。触りたい！　ということで、王都の雑貨屋で小さなシルクのハンカチを買って、日がな一日中、気の済むまですりすり、すべすべ堪能したことがある。

あのときの感動は言い表せない。奮発したかいがあったと、暇を見つけては頬ずりしていたのだが、たちまちわたしの顔の脂でギトギトになり、駄目になってしまった。

わたしは泣いた。

涙こそ出なかったけど、心の中は涙の川で大洪水だ。美しいものは儚いのだ。大事に使おう。

反省したわたしは、泣く泣く買い求めた二枚目のハンカチをここぞという時のとっておきにした。

そっちは半年もの間、頑張ってくれた。もとを取れて満足したわたしは、その洗いすぎでぼろぼろになったハンカチを作業着の継ぎハギに使ってもらって供養した。

というのがわたしのシルクエピソードその一である。

他にもまだまだある。わたしのシルク好きエピソードは全部で百八まであるぞ！

まぁ、それはうそなんだけど、とにかくわたしは大のシルク好きなのだ。

そんなわたしが、ひょんな経緯でシルクのドレスを贈ってもらうことになった。嬉しい。それは嬉しい。とても嬉しい。

そういえば、シルクのドレスといえば、亡命後、ジークと最初に出会ったときにもしこたまドレスをもらったのだが、あれはどこにやったのだろう？　もうちょっと堪能しておきたかった。

そんな「お前ほんとにシルクちゃんが好きなのか？」って状態のわたしだが、本当に好きなのだ。あのときとは違い生死はかかっていない。しかも今回の贈り主は恐れ多くも皇后陛下だ。より一層、大事に扱わなくてはいけないだろう。

しかし、私達は今、戦争中だ。そんな有事の只中で作戦行動中の指揮官が素敵なドレスを頂いてもよいのだろうか？　この件について、わたしのもとへと寄せられた有識者達の声を紹介しよう。

「蛮族は私達でも倒せますが、殿下を落とせるのはアリシア様だけでございます。どちらを優先すべきかなど、わかりきったことではありませんか」

「アリシア様の恋路は私達の将来にも関わってくるんですよ！　もっと頑張ってくださいませ！」

「というか殿下との交際、皇后陛下の公認なんですね……。嫁姑問題は大丈夫そう」

「いいなぁ」

「わたし、皇后陛下のこと一度だけお見かけしたことがありますよ。とてもおかわいい方でした。なんか、ふんわりふんわりしてました。あと、すごくかわいかったです」

「語彙力が死んでいる」

「いいなー！」

「でも、実は陛下のご実家はあまり大きくないそうですよ。文化事業にはご熱心だけど、ご本人はあまり贅沢はされないのだとか」

「つまり今回贈ってくださるドレスは、少ない歳費から奮発して下さったということですね」

「アリシア様のために？」

「『お会いしたら怒られちゃいそう』ってびびりまくって、挨拶にも行かずに逃げ回ってた外国出身の小娘のために？」

「……それって、おかしくない？」

「お前らの言い草のほうがおかしいよ」

以上、現場からお届けしました。

羨ましい……。妬ましい……。

わたしへの非難と呪詛がうずまいていた。なんということだ。ジークとの婚約が決まった時の祝福ムードはどこへいった。あの時、「よかったですね」と祝福してくれた娘達が今や嫉妬で般若である。おちつけ、諸君。ただちょっと、優しくて、かわいくて、大事な息子さんとの交際をこころから祝福してくれて、少ないお小遣いから綺麗なお洋服まで買ってくださる素敵な方が「お義母様と呼んでくださいましね」って言ってくれてるだけじゃないか。

それがそんなに羨ましいか？

羨ましいわ！　きまってるだろ！　議論の余地すらないわ！　これが他人事なら嫉妬でハンケチの二、三枚は噛み散らかすレベルのラッキーイベントだ！　わかってんのか、バカヤロー！

どれほどの善行を前世で積んだらこういうことが起こるのだろう？　菩薩や聖女の生まれかわりも、ここまで恵まれてはおるまいて。

前の婚約者がクソガキで、その母親が外輪船サイズの輪っかをかけても足りないほどのクソババアであったとしても余裕でお釣りが来てしまう。

「それでアリシア様はどうしたんですか？」

「好きな色とか聞かれたから、オレンジとかピンクが好きですって伝えたよ。陛下は『私は青い色が似合うと思うのよね』っておっしゃったから、じゃあ両方くださいってこたえたら、めっちゃくちゃ喜ばれちゃった」

「強欲」

「これはもらい過ぎなのでは？」

「裁判長、審判を！」

「有罪！　羨ま死刑！」

「では直ちに刑を執行する」

待て、弁護士だ、弁護士を呼べ！　蛮族もびっくりの即決裁判しやがって！　ここは帝国だぞ、早まるな！

抗議は礼儀正しく無視された。わたしは椅子ごと別室まで運び込まれ、そこでみんなとかわいいカートレーゼ様トークで盛り上がった。

楽しかった。普段はキャピキャピトークに消極的なメアリでさえ、積極的に発言してた。めっちゃ早口だった。こいつこんな声で喋るんだ。わたしは新鮮な驚きに包まれた。

謎のテンションで盛り上がった私達は、最終的に全員でお揃いドレスで女子会するぞという目標を得て散会した。

このくだらない催しに皇后陛下をお誘いする大任をわたしは押し付けられていた。こいつらは、一度、恐れ多いって単語の意味を辞書で調べ直すべきだろう。

さて、ドレスが届くまでおよそ半月の期間があった。わたしはその間、読書したり、休憩したり、蛮族の大隊かじったりしつつ穏やかにすごした。わたしはちょっとそわそわしてしまい、一日五回ぐらいのペースで城門に馬車の隊列を探しに行った。

そして、ついに贈り物が到着した。

沢山の荷馬車がテルムにやってくる。もっと沢山の大きな木箱が絨毯の大広間に運び込まれた。全部で五百以上あった。

なんと陛下は、わたしだけでなく北方で戦うみんなの分までドレスを用意してくださったのだ。兵装を準備する時に体のサイズをはかったから、それを元に仕立ててくださったという。

うぎゃー。

申し訳なさと嬉しさで何人かがぶっ倒れた。この瞬間、奴らは帝国人になっただろう。わたしもとっくに魂の故郷は、帝国籍へと切り替えていた。ごめんねパパ、アリシアは帝国の子になります。

わたしは二つの箱を受け取った。どちらもドレスだ。

どきどきしながら箱を開ける。周りのみんなが運命の伴侶を見つけた雌鶏みたいな甲高い声をあげた。

それは青いドレスだった。違いのわからないアリシアちゃんでも「あ、これ、バカ高いやつだ」とひと目でわかるすべらかさが、わたしの目玉に飛び込んでくる。

箱には手紙も入っていた。もちろん、カートレーゼ様からだ。このドレスについてらしい。

素材は頑張りました、一番良いものは手に入りませんでしたが、なんとか納得いく生地をみつけることができました。気に入ってもらえると嬉しいです。一番のこだわりポイントは刺繍です。百合の花と鳥の翼の意匠を入れてみました。百合の花は王国王家の紋章で、鳥の翼は帝国の双頭の鷲からとりました。アリシアちゃんと一緒にいたい気持ちを込めました。

ぐ、ぐわー！

厳しい。ここまで読んでもう厳しい。しんどい。陛下の優しさがわたしにはしんどい。青春を戦争に塗りつぶされた女に、この光は眩しすぎる。今のわたしは幸せゾンビだ。破邪の光に浄化されて綺麗な灰になりかけている。

他にもスカートの形とか、シルエットのこだわりとか、かわいいことがいっぱいいっぱい書かれていた。でもなにより嬉しかったのは胸のところの刺繍だった。その刺繍は、陛下が手ずから刺してくださったとのことだった。意匠はカスミソウ。陛下のお花であるとのこと。

お手紙は、「私のかわいいアリシアに、どうか元気で」と結ばれていた。

わたしはそっとドレスを箱に戻した。

「どうしよう。もったいなくて着られない」

「「わかる」」

みなが頷いた。

季節は夏、お部屋では帝国印の「お部屋を涼しくする魔道具」が全力で頑張ってくれてるけど、実はちょっと暑いのだ。

わたしはちょっとだけ汗っかきだ。だから不用意に試着しちゃうと、わたしから出たアリシア汁で素敵なドレスがつゆだくになってしまうのだ。

許されざる暴挙である。

これは今着るのはまずそうだね。秋になったらでいいんじゃない？　うん、そうしよう。待ちましょう。

わたしは一歩後ずさった。そんなわたしの右腕が摑まれた。メアリだ。その横にはなぜかステイシーが微笑んでいた。

メアリがわたしを睨みつけた。

「後ろがつかえてるんですの。さっさと着替えてくださいませ」

「まてまて話せばわかる。おい、やめろ、無言で服を剝こうとするのはやめろ！」

こわいこわいこわい！　ドレスになんかあったらどうするんだ！

この時、わたしはお手紙の最後の一文を見逃していた。そこには「アリシアさんのかわいさを『誰かさん』にも見てもらってね」と書かれていた。

ええい、強引な奴らめ。着るよ、着ればいいんだろ、わかったよ！　けっ、てやんでい、ばーろーめ！　そして試着したところ、今度は控室に連れ出された。

「では、ごゆっくり」

何がごゆっくりやねんと思ったら、そこには男の人が待っていた。ジークだ。背が高くて精悍な雰囲気のわたしの愛すべきあんちゃんである。

もはやわけがわからない。ゆえに、わたしは聞いた。

「ジーク、来てらしたんですか？」

「ああ、ちょうど今来たところだ」

「左様ですか」

わたしはなんの連絡も受けておりませんが。

わたしがまごまごしていると、ジークはわたしの顔をまっすぐ見据えてこう言った。

「とても綺麗だぞ、アリシア」

ひょ――――――！

ここでわたしの記憶は途切れている。

8．アリシアをめぐる帝国人のあれこれ

クラリッサはアリシアの監視役として送り込まれた女だ。少なくとも形式上は。そしてその役割は、アリシアが帝国入りしてからも変わってはいなかった。

彼女は日々、アリシアについての報告を皇帝のもとに上げていた。そしてその内容を俺にも報告してくれた。

「アリシア様がどんどん美人になるやばい」

「アリシア様がかわいすぎてやばい」

「アリシア様がやばい」

「やばい」

最初からほぼ無意味だった報告の内容が完全に無意味なものと化すまで大して時間はかからなかった。

お前もか、クラリッサ。俺といい勝負だぞ、わかってるのか、クラリッサ。そんなとこまで俺と張り合ってどうするんだ。

アリシアが帝国に到着してから一月ほどたったある日のことだ。

妙に神妙な顔をしたこの女が、俺の執務室にやってきた。

「今日は酔っ払いたい気分です」と顔にでかでかと書かれていた。俺は仕方なくつきあってやることにした。

グラスに氷と水を入れて手渡すと、クラリッサはそれを一息にあおって言った。

「水じゃないですか」

「先に吐き出せ。そうしたら注いでやる」

この女は、うううー、と無意味な唸り声をあげていたが、落ち着くとぽつぽつ喋りだした。

「やばいんですよ。なにがやばいって、私、なぜか信用されてるんですよ。調子狂うんですよ。本当なら警戒されるところじゃないですか……」

話したんでお酒ください。

机に突っ伏したクラリッサが杯をつきだしたので、俺はきつめの蒸留酒を注いでやった。

こいつはざるだからあまり飲ませたくはないんだがなあ。

俺は思った。

クラリッサ・エベルバーン、あるいは狂犬クラリッサ。

彼女は、近衛騎士叙任後、皇帝の姪にあたる令嬢に約二年間仕え、その主人の重犯罪を告発することで叙勲された騎士だった。帝室への忠誠とその貢献大であるとして、柏葉付銀剣殊勲章を授与されている。

ある意味、現近衛騎士団の設立理念にもっとも相応しい功績を挙げた彼女は、当然のごとくそのまま干された。

近衛騎士を用いる皇族からしてみれば当然の話だ。

数多の候補がいる中で、わざわざ主人を売った騎士を身辺に入れたがる人間はいない。

「ツラが割れると、この手のやり口は二度と使えませんからね。一発でできるだけ大きな手柄を立てたかったんですよ」

そう言って酷薄な笑みを浮かべようとするクラリッサの顔を、俺は今でも覚えている。

クラリッサは、非常に醒めた女だ。基本的に人を信用しない。特に高い身分の人間に対する不信感が強い。

間違いなく彼女の生い立ちも関わっているのだろう。俺も信頼関係を築くのに苦労した。実務能力も高い極めて優秀な人材ではあるのだが、扱いやすい類の人間ではなかった。

そんな彼女にとって、アリシアは接しやすい主君であった。

なにしろ、彼女の悪評を知らない。ゆえにまっさらな状態で関係を築くことができたのだ。そんなアリシアの帝国入りが決まり、もっとも焦ったのはクラリッサであったろうと俺は思う。

クラリッサの名声、あるいは悪名は帝国軍でも有名だった。アリシアが、俺達以外の帝国人と話す機会が増えれば、嫌でもその噂を耳にするだろう。

そして間もなく忠義面した何者かがアリシアにクラリッサの噂を吹き込んだ。そのことを、これまたご親切なだれかからクラリッサも知らされたらしかった。

帰ってきたアリシアはいつもと変わらぬ様子であったという。バレてしまっては仕方がないと開き直ったクラリッサは、自分のことを尋ねたらしい。

アリシアは、銀剣持ち騎士の逸話にいたく感銘をうけたと言い、クラリッサを褒めつつも良い騎士をつけてくれたジークハルト殿下にも礼を言ってくれと喜んでいたそうだ。

なにをしてもアリシアに感謝される流れに、俺は神へと感謝を捧げたいと思う。まぁ、俺のような不信心者に祈られても、奴は喜んだりしないだろう。

アリシアに受け入れられたクラリッサだが、最初は主人の態度が単なるポーズであると疑った。だが、アリシアは彼女の予想に反して疎んじるような素振りは見せなかった。帝国入りして右も左もわからないアリシアは、勝手にクラリッサを秘書役に任じると、そのうち町歩きも学業も常に伴うようになったのだった。そのうち私物を貸し借りする仲になり、クラリッサの淹れる茶が一番美味しいからと休みの日はおやつの相伴を申し付けられることも増えてきた。

試しに、アリシアに、他にも側に人を入れないのかと尋ねたが、クラリッサは過労を心配され、しかし新人の採用には断固として反対されたという話だ。「次入れる新人がメアリみたいだったらどうする」とアリシアは主張した。その隣でメアリが力強く頷いていた。

「そこはさぁ！　それとなく私を遠ざける場面だと思うんですよねぇ！　主人に秘密を隠してたんですよ、この私は！」

「まぁ、どうでもよかったんだろうな、アリシアは。それより手酌で酒を飲もうとするのはやめろ、クラリッサ」

「ちぇー」

なにがちぇーだ。体に障るぞ。

クラリッサは彼女の仕事にアリシアの監視が含まれていると考えているようだが、俺達にその意図は薄かった。

俺はこの女がアリシアと合うと思ったのだ。

アリシアは王国時代、宮廷の不正や腐敗に苦しめられた。「黒パン食い荒らすゲバネズミぐらい目障りだ」とのこと。そんなアリシアにしてみれば、クラリッサの不正に対するやりようは間違いなく喜ばれるはずだ。

それに、クラリッサは連絡将校としても有能だ。おそらくアリシアの職能に関する基準は厳しい。今後帝国でアリシアの活躍が増えるに連れ、彼女を助ける人材も必然的に必要になるが、滅多な人員はつけられない。その点、クラリッサであれば安心だった。

今後アリシアは帝国の宮廷にも関わることになる。帝国の宮廷は魑魅魍魎が跋扈するような魔境ではないが、とにもかくにも人が多い。当然、良からぬ輩も混じってくるが、その時、狂犬クラリッサはある種の威圧として働くだろう。

要するに、帝国軍が崇敬するアリシア・ランズデール元帥にもっとも相応しい近衛騎士を用意したつもりだった。それが思わぬ嚙み合い方をして俺のほうが困惑を禁じ得ない。

「アリシア様は、殿下のことがお好きみたいです」

「そうか」

「最近、アリシア様にちょっと良くしてもらってるんです。だからお返ししたいだけなんです」

「頼むぞ」

「アリシア様のためですから！　別に殿下のためじゃないんですからね！」

「なるほどな」

一応これだけは言っておく。貴様にそれを言われてもこれっぽっちも嬉しくない。

というやりとりがあってすぐ、アリシアは出撃した。蛮族の攻勢を受け、俺とクラリッサを二人仲良く置き去りにして、彼女は北へと旅立った。

俺達のやることは一つだった。

「一月だ。一月以内に攻勢準備を完了させる。貴様も手伝えクラリッサ」

「了解」

追いかけるのだ。

当初二ヶ月近かった動員期間を半分に短縮する。

作戦も機動戦主体のものへと変更、不足する騎兵戦力はアリシアの実家から借り受けることで解決した。

当初の十万近い動員計画は四万弱にまで圧縮され、生じた余剰の輸送力を王国友軍支援に振り向けることで俺達は目標を達成。

俺とクラリッサの振るうムチでステレオ式に尻を連打された参謀部と輸送局は、怨み節を撒き散らしつつ職務と義務に邁進した。奴らは声高に不平不満をならべたが、俺達は高性能な耳栓を調達しその騒音を遮断した。

計画の策定が完了、あとは現場の仕事となった頃合いで、俺のもとへと手紙が届く。

差出人は母だった。いますぐに顔を出せとのこと。

俺は母のもとへと急行した。

「ジークハルト、あなたには失望いたしました」

これが、母の第一声だった。

母は怒っていた。眉毛をつりあげ、精一杯の威厳を振りまく中年女の胸元で、やけに大きなよだれかけが異様な雰囲気を放っていた。

「あなたには、私が怒っている理由がわかりますか」

まあな、心当たりはたしかにあった。

「アリシアのことだろう?」

母は力強く頷いた。

「ええ。そのとおりです。アリシアさんのことについて、わたくしはいーっぱい不満があります」

「……言ってくれ」

「まず、あなたの報告書です。あれはなんですか。なんの役にも立ちません」

そして、母は紙を放り出した。それはアリシアと彼女の大隊の異常な戦闘力についての調査報告書であった。

「軍に向けた資料だ。あなた向けに書いたものではない」

と俺は言った。嘘ではない。

肥大化した帝国軍は今、機動力の不足に喘いでいる。

アリシア一党の戦闘力と軽快性はその解決策であるように思われた。彼女らと同等の戦力を有する機動部隊を帝国軍でも編成できないか。そのもくろみに対する回答がその報告書であった。

結論から言うと、不可能だ。

アリシア達の最大の武器は膨大な魔力量と豊富な戦闘経験だ。

そのうちでも特に魔力量の異常な高さが問題だった。およそ適正レベルの魔導師の五倍から十倍程度の魔力を彼女らは有していた。単なる才能とは考えづらい。

そして結果的にたどりついたのが、彼女らの「飢餓」であった。

本来、人間は食わねば生きていけない。しかし、例外はある。魔力だ。魔力によってある程度は熱量を代替することができるのだ。もちろん生理的な飢餓感はなくならない。しかし体は動かせる。彼女らはだからそれをした。自らの魔力をもって代謝を代替することに成功したのだ。彼女らの北方戦線で。空腹に加え、魔力の浪費だ。当然戦闘力は低下する。その極めて劣悪な環境下で、半年にわたって連戦し連勝し、死地を生き残ることができたならば、彼女らと同等の戦力を獲得しうるというのが最終的な調査結果であった。

試してみる価値は皆無だった。百回それを試みれば、百回とも全滅するだろう。千回試みれば一度ぐらいは上手く行くかも知れないが、地獄を見ただろうその実験部隊が地獄を見させた帝国に忠誠を持ち続けられるかは怪しいところだ。

であれば、最初から一般的な手段によって騎兵戦力を充実させろ。というのがその報告書の骨子であった。

その無骨な報告書の内容に、母は爪の先ほども興味をそそられなかったということだ。さもありなん。

母は、盛大なため息を吐き出した。

「こんなものを書く時間があるのなら、あなたには他にすべきことがあるはずです。こんなもの、アリシアさんを知るのにはなんの役にも立ちません」

「違う。これもアリシアを知る上で必要だ」

「いいえ、不要です。絶対に」

母は断言した。俺はムッとした。しかし、母が言葉を重ねてきた。

「では、質問します。アリシアさんの好きなお色はわかりますか?」

はっとする質問だった。

俺は、たしかに知らなかった。首を横に振った。母は得意げに宣言した。

「ピンクや黄色がお好きなのよ」

「かわいいな」

「かわいいわよね」

母は頬に手をやると「それはそれとして、私は深い青が似合うと思う」と言った。俺は白が似合うと主張した。多少の議論を経て、俺達は最終的に、どんな色でも似合うよねという見解で一致した。

「次の質問よ。アリシア様のお好きなものは何かしら？」

「食べることだ」

「それもあるけど。かわいいドレスがお好きなのよ。シルクが大好きなのですって」

それ、母さんの趣味じゃないか？　と思ったが、あえて口にはしなかった。

ちなみにこれは紛れもない事実であり、俺もアリシアの奇行を何度か目にすることになるが、それは先の話である。

「では最後の質問よ。アリシアさんが今、一番大事にしたいものはなにかしら？」

難しい質問だ。だが、一つわかることがある。

「……少なくとも戦争ではないだろう。それぐらい俺だって知っている。彼女は優しい人だ」

「そうよ。そのとおり」

それから母はこう言った。

「アリシアさんが今一番大事にしたいもの。本当に大好きなもの、それはあなたよ、ジークハルト。アリシアさんはあなたのことが大好きなの」

おーっとジークハルト君ふっとばされたー！

謎の実況が俺の頭の中でこだました。

俺の脳内で俺の顔した木偶の坊が顔面に謎の衝撃をうけ宙を舞う。それは地面に落下し、芝生の上で三回バウンドしてから静止した。そのまま死ねと俺は思った。

「……本人に聞いたのか？」

「そうよ。アリシアさんは言ってくれた。ジークハルト様が大好きだって。本当にお優しい人で、わたしはとても大事にされて幸せだって。自分などが殿下のお相手でいいのかと不安になってしまうほどだって、そうアリシアさんは言っていた」

だめだ、ジークハルト君、立ち上がれない！

ピクリとも動かないぞ！　いつまで大地を舐めている？　地面の味は美味いのか？　おっとここで、仰向けにひっくり返った！　にやけ面が最高に気持ち悪いぞ！　それでも皇子かジークハルト！　帝位はともかくアリシア嬢の伴侶として相応しいとは思えないー！

脳内実況の無礼さがとどまるところを知らなかったが、もはやそんなことはどうでもよかった。

「ジークハルト様に相応しいかはわからない。自信もない。でもわたしにはできることがある。だからわたしは戦う。愛する人のために、そして、愛する人が愛する人のために、わたしは為すべきことをなすのだと。そうアリシアさんは言っていた」

母の鼻からは赤い雫が滴り落ちた。よだれかけに赤い華がいくつか咲いた。もしかしなくても鼻血だった。

母の毛細血管が、荒ぶる感情の内圧に決壊してしまったのだ。母の重すぎるアリシア愛が、鼻腔内部の血管を突破して体外に溢れ出していた。

巷では皇后の健康不安が囁かれていた。事情を知る者たちは、みなノーコメントを貫いている。

母が俺の顔を見た。手慣れた様子で鼻に栓をつめている。異様な光景だ。俺は笑ったりしなかった。

「アリシアさんにプレゼントを贈りました。青いシルクのドレスです」

「そうか、ありがとう」

「でもアリシアさんが一番喜ぶプレゼントは他にあります。私はそれを贈りたいと思います。あなたにも私の言いたいことはわかるわよね？」

「もちろんだ」

俺は母の前を辞去した。

宿舎に戻る。既にクラリッサは出立の準備を済ませていた。その晩のうちに俺達は帝都を出立。思えば、俺は軍人なのだ。街道も整備された帝国内を動くのにためらう必要など微塵もない。俺達は馬を乗り継ぎ、道を急いだ。

コンラートの存在は完全に忘れていた。俺達が到着した三日後にはテルムに現れていた。おそらく地面から生えてきたかしたのだろう。

俺はテルムに到着した。

奇しくも、アリシアのもとにドレスが届いたのとほとんど同じタイミングだ。

何かの作為を感じてしまう。俺の急な来訪について連絡を受け取ったメアリは、「サプライズにしましょうか」と笑い、俺に彼女の計画を話してくれた。アリシア様も少しさみしがってらっしゃいました、とメアリは最後に付け加えた。少し胸が苦しかった。

アリシアが届いたドレスに着替える間。俺は控室へと案内された。

そこで待つことおよそ半刻。そして、俺はアリシアと再会した。およそ一月ぶりのことだった。

彼女は、やはり俺の理性を殺す魔法を使う。

アリシアの魅了に抗う術などないのだと、改めて俺は思い知った。

アリシアが選んだのは青いほうのドレスだった。輝く銀色が深い海の色に映えてきらきらときらめいていた。

ここで俺は、ドレスを着たアリシアの美しさや愛らしさについて言葉を尽くし、語るべきなのだろう。しかし、あえてお断りさせて頂く。努力はした。が、どうやってもだめだった。

一応お断りしておくと、詩文の技術は改めて磨き直した。以前の失敗から謙虚に学んだ俺だが、言語野を潰されてはどうしようもない。

予め考えていた話題をすっかり忘れてしまった俺は、困ったら、とりあえず褒めておきなさい、という母の言葉を思い出した。

「アリシア、綺麗だぞ」

俺は言った。アリシアはほころぶ笑顔を輝かせた。

「本当ですか？　嬉しいです」

「ああ、本当に綺麗だぞ」

それから俺は、壊れた蓄音機がごとき愚直さで「綺麗だぞ」を連発した。俺の間抜けなその姿を後に聞いたコンラートは「綺麗だぞＢＯＴ」と表現した。

アリシアは俺の言葉を聞くたびに、くねくねと身をよじらせて喜んだ。盗み見していたメアリは「フラワーロック」とつぶやいたという話であった。ふらわーろっくが何かは知らぬ。ＢＯＴはあれだろ、ロボットのことだろう？　そちらはなんとなくだがわかるぞコンラート。

俺とアリシアでソファに腰掛けると、なぜかアリシアに背中をむけるよう促された。なんだろうか？　いわれるままに従うと、彼女の手が俺の背にそっと触れた。

どっどど どどうど どどうど どどう。

どうしたアリシアと、俺が聞くより先にアリシアが口を開いた。

「実はわたし、シルクの手触りが好きなんです」

「なるほどな」

「シルクの上からだれかに触ったり触られたりしてみたいんです」

「なるほどな？」

エロい！　俺の心が叫びを上げた。だめだ語彙力が蘇生するにはまだかかる。アリシアが続けていた。

「メアリに頼もうかと思ったんですけれど、メアリには逃げられちゃったから……。だから、ジーク、おねがいできませんか？」

「よろこんで」

しばらくの逡巡を見せた後、アリシアの手が俺の背にふれた。

それからゆっくりと俺の背中をなで始めた。小さな手のひらが俺の背を行ったり来たりする。

アリシアの手は、謎の緊張感をはらんで動き、時として、その手は俺の急所と思しき場所の上で不自然な静止を繰り返した。心臓とかレバーの上とかでぐっと止まるのは一体どうしたことだろう。

俺は、心臓を背中側から強打して停止させる暗殺拳の存在を思い出していた。殺されてもいいと俺は思った。

最初こそアリシアは俺の裏側をなでくりまわしていたのだが、その内だんだん大胆になってきた。彼女の体温が近くなり、手以外の感触が背中に触れ、そのうちその手が俺の前にまわりそうになったので、俺はそこで制止した。

「そこまでだ。これ以上はダメだ。少なくとも今日は」

「……えへへ、わかりました」

アリシアは照れつつも、名残惜しそうに手を離した。

俺も正直惜しいとは思ったのだ。もしここで止めなければ、アリシアはどこまでいったのか、俺の痴的好奇心はその先の新たな世界を知りたがった。

だが、ダメだ。ここで折れては男の名折れだ。あとお前も鎮まれ、バレるだろ！

「今日は、我慢しておきますね」

俺の前に体を持ってきたアリシアは、そう言って微笑んだ。だからバレるだろ！　その無駄な主張をいますぐやめろ！

アリシアは、俺をからかうように頬をつつき、そのまま部屋を出ていった。彼女の弾む足取りが遠ざかる。俺は、ソファの上に取り残された。

俺はしばらくぼーっとしていた。この機会をくれた母と、天地神明と、アリシアと、アリシアをアリシアたらしめる骨格とか臓器とか内分泌系とかその他全てに感謝の祈りを捧げていた。そんな俺をクラリッサが回収しにきたのはそれから二時間後のことだった。

9．刺繍とわたし

わたしはわたし史上最高に幸せだった。

理由はもちろん、カートレーゼ様とジークのサプライズプレゼントだ。

時として「わたしは本当に女なのか……？」という自己の同一性に苛まれ夜も八時間ぐらいしか眠れていなかったわたしにとって、それはまさに福音だった。なにせ届いたのはかわいい女の子用のドレスであり、わたしは自分の性別がたしかに女であることを再確認することができたのだ。

わたしはたいそう感激し、これは是非ともお礼をせねばと決意した。

なにかこう、物的な形で。

そして、メアリとステイシー、「もう置いてきぼりにはされませんよ！」と鼻息もあらいクラリッサを交え、わたしは相談したのであった。

いくつかの案が出たり消えたりした結果、「ここはオーソドックスに刺繍がいいのでは？」という結論におちついた。

刺繍。

知らない子ですね。

いや、知ってる。知ってるよ！

流石のわたしだってどんなものかは知ってるよ。というか皇后陛下のかわいい刺繍にハートをずっきゅんされたばっかりだから！

ただ、まぁ、問題があった。お察しの通り、わたしは全然できないのだ。刺繍。

一応王国の学園でも家政系では取り扱っていた。しかし当たり前のようにわたしは履修していなかった。

なにしろ学校のカリキュラムそのものが、戦時特例を理由に国家総動員をかけた軍学校の促成教育みたいになっちゃってたものだから、スキップしても怒られたりしなかったのだ。

それを理由にこれ幸いと、いや違った、涙と共にわたしは刺繍のお勉強を諦めていた。

いやー、残念だったなぁ。本当に残念だよ。なに「あんなこまかいもんちまちま刺してなにが楽しいんだ」って言ってた公爵令嬢がいるってか？　けしからんな！　乙女たるもの、ハンケチにイニシャルの一つも刺せなくどうするんだ！

「で、刺せますか、アリシア様？」

「無理です」

素直でよろしい、とメアリは頷いた。

「で、どうします？」

「どうしますって、誰かに習うしかないじゃない」

「だから誰に習うかって話ですよ」

なるほど。そういえば、メアリも実用的な針仕事はできるけど、飾り物はできないのかも。破れた服とかざっくりいった裂傷をがばっと縫えても、かわいい刺繍をちまちま刺してるとこなんてとんとみかけたことはない。となると頼るべきは新任の二人である。

わたしとメアリはうなずきあった。

そして、クラリッサとステイシーは目をそらした。

そう、ここで発覚した驚愕の事実をお知らせしよう。

クラリッサとステイシーは、なんとこの手の貴族女性系スキルがさっぱりからっけつなのだった。

正直、クラリッサができる可能性は半々だと踏んでいた。彼女は、滅茶苦茶仕事ができる。スーパーキャリアのプリティガールだ。あるいは、大は小も兼ねるとばかりに「刺繍くらい余裕っすよー」って言われる可能性もあったのだが、そんなことはなかったらしい。良かった。もしこれで女子力まで高かったら、完全にわたしの上位互換である。しかしてクラリッサはわたしとご同類だと判明した。セーフセーフ。

だが、ステイシー、貴様もか！　そっちは正直、予想外だよ！

わたしだってバカじゃない。ステイシーは不自然なタイミングで私の側付きに志願した。そして、皇后陛下との伝手もあった。だからわたしは「この子はきっと、皇后陛下がわたしを調査するために送り込んできたのだろうな」と思っていた。

当然、お嫁さん系のスキルも持ってるだろう。

だが、違った。ステイシーからは、完全に戦闘特化という自己申告を頂いた。うそだろお前。

それどころか、ステイシーは生活力も皆無であったのだが、その悲惨な状況については別の機会に譲るとしよう。結論から先に言うと、ステイシーはわたし以上に女として終わった女だった。

一応、お世話係としての訓練はがんばりましたとのことではあった。他はさっぱりと自己申告を頂いた。

それを聞いたメアリの、「マジかよ」みたいな顔は笑えた。二人が小さくなっている姿はもっと笑えた。

ここにいる四人が全員できないならそれはもう多数派だ。女が刺繍という固定観念に反逆してしまえばいい。仲間がいるって素敵なことね、わっはっは！

なわけないだろ、ばか！

わたしは皇子のお妃候補である。未だになにかの夢なのでは？　と思う時もあるのだが、お腹はすくし、ほっぺちゃんをつねると痛いので、コレは現実だといえるだろう。その嫁候補がこのざまで、どの面下げてジークのご両親である両陛下にご挨拶申し上げるのか！

「不束者ですが」って挨拶して、本当に不束者が届いた日には、その場で実家に返送されてしまう。クーリングオフのアリシアである。新古品だよ！　未使用扱いにしておくれ！

なんだろう。泣けてきた。

「というか、メンバーの偏りが酷くない？」

わたしの言葉に、ステイシー以外の全員が「私以外の皆が悪い」みたいな顔をした。

この場には、いい年した女が四人もいる。しかし、その所持技能はそれぞれアリシア：戦闘、メアリ：戦闘と侍女、クラリッサ：戦闘、ステイシー：戦闘だ。

ひどすぎる。パーティー編成が偏り過ぎだ。まともに運用できない。お前ら一体何と戦ってるんだ。あとそれはそれとして、これだけ見ると、メアリだけ凄い有能そうに見えるな。スキルが二個もある。ずるい。

わたしは苦渋の決断をした。

「仕方ない、刺繍ができる連中を呼びましょう。ベティとか得意だったはず」

わたしはわたしの部下でも特に女子力が高いメンバーの名前を挙げた。ベティは針仕事のプロである、ほっとくと画一的なイケメンの顔を布中に縫い始める女だが、技術はたしかだ。モデルはこちらで指定すれば問題ない。

しかしメアリは首を横に振った。

「ベティは、今出撃中です」

「え、そうなの」

「あと、アイシャもメルルもベティマンドも出ています」

「わたし何も聞いてないんだけど」

「『アリシア様の邪魔になりそうな連中を始末してきます』と伝言を預かっています。現地の猟兵隊を案内につけてもらったそうですし、問題はないと判断します」

「まぁ、それなら安心だけど……」

いや、でも、まずいな。困ったぞ。わたしは腕組みして呻吟《しんぎん》し、そしてこうつぶやいた。

「諦めるか……」

「いやいやいや、勿体ないです！　こんな、おもしろそうな、違った、貴重な機会！　先生ならこちらでなんとかしてみます！」

聞き捨てならないことを口走りつつ、クラリッサが調整にとびだした。

ところで、私達が駐屯しているテルムは城塞都市だ。都市である。軍人以外に、普通の街の人も住んでいる。

安全な場所へと疎開した人たちも多いのだがそれでも数万人以上の市民も残っている。当然その中には服飾を生業にしている人もいるはずだ。

そこから先生を呼ぶのかなと思っていた。しかし要塞司令のグライゼ少将からは、「民間人の立ち入りはあまり歓迎できたことではない」と苦言を頂いた。

教師役は兵士の中から探してくれということだろうか。

でも兵隊さんってみんなむさいおじさんだよ？　刺繍とは、うら若き乙女であるわたしですらむずかしい高等技術。むくつけきおっちゃん達には荷が重いんじゃなかろうか。わたしはそう懸念した。あわよくば誰もできないって事態にならないかなとも期待した。

ちなみにむさいおじさん達から探したところ普通にいた。むさいおじさんにはできないと決めつけたわたしの所業は大変に失礼なものだった。ごめんなさい。

そして先生がやってきた。グライゼ・バル・ザリット少将さん、くりくりした瞳とえくぼがかわいい要塞司令。御年六十三歳である。ついさっき、司令部でお会いしましたね。

わたしは先生を見上げて言った。

「閣下が教えてくださるのですか？」

「ええ、おまかせあれ」

グライゼさんは、じいやとおよびくださいとも言った。

なんでも閣下のご実家は、服飾関係のおうちであったそうだ。お姉様は、古い王家で王女様のお召し物を手がけたりもしたとのこと。

ほえー！　王室御用達！　これは頼りになりそうだ。わたしはすっかり感心してしまい、さっさと先生の隣の席を確保した。一番良い席だ。上達の最短コースだ。間違いない。頑張るぞ！

そして、お手本を見せてもらいながらわたしはちくちく始めたのだ。

先生は大きな手で器用に針を使ってさしていく。ふむふむこうするのかと、見様見真似で刺したところ、わたしの小さな手はものすごく大雑把な動きでもってなぞのところに飛んでいった。ばかな。このわたしが外しただと……！

とにかく狙ったところに針がいかない。驚愕に顔を歪めたわたしが四苦八苦する横で、割となんでもそつなくこなすクラリッサがすいすい刺し始めた。コツを掴んだらしかった。メアリも「折角の機会だから」と新しい刺し方を勉強し始めた。やっぱりお前もできたんかい。

そして約一名、敵前逃亡をかました奴が出た。

実はわたしはすごい負けず嫌いだ。ガキンチョの頃から練兵場で大の大人と張り合ってきたのだが、そりゃあ強くてたちまちチャンピオンになった。戦場での実績もご覧のとおりであるからして、つまりわたしは無敗だった。今の今までわたしの鼻は高いまんま、一度も折られたことがなかったのだ。

要は負け慣れていない。

実は、わたしはステイシーにちょっとだけ期待していたのである。

彼女は、女子力が絶無な女だ。自信をもってお届けできる、女子力皆無のお嬢さんだ。そんな愛すべきステイシーなら、この辛く苦しい集まりでわたしをびりっけつからブービーにまで押し上げてくれるだろうとわたしは勝手に信じていた。

それが土壇場になっての裏切りである。わたしは激怒した。激怒しただけで無力であった。持久走で、「明日一緒に走ろーね」と言ってた女の子に、当日タイミングよく病欠されてブチ切れる女の子の気持ちをわたしはこの日、魂で理解した。

難しいよう。苦しいよう。目がしぱしぱするよう……。ええい、めんどくさい！　直接インクでお名前書いてくれようか！

苦行にもだえるこのわたしを先生は、出来が悪い子を見守るようなとびきり優しい目で見てくれた。

わたしはほとんどつきっきりで教えてもらい、SとRとMというたった三文字を縫い付けるのに、わたしとわたしのハンカチはぼろぼろになりながらもなんとか任務を完遂した。

わたしはわたしの処女作を信頼する二人の部下にご披露した。

「殿下のイニシャルを刺してみたの。一応ちゃんと読めるわよね？」

「え、えぇ殿下なら大丈夫です。いけるいける！」

「畑でよく見たミミズちゃんみたいですね」

どっちがどっちの台詞かはあえて言うまい。

わたしは負けるのが悔しかった。リベンジを期したわたしは、それから三回ほど教室を開いて貰い、そして、どうやっても越えられない壁があるのだということをこの歳にして知ったのだった。

結果として、わたしは才能がないなりにイニシャルだけは刺せるようになり、メアリとクラリッサはわたしには何言ってるかわからない高レベルな会話ができるぐらいまで上達した。

そしてやつは最後まで逃げ切りやがった。

三回の刺繍講座で三枚イニシャル入りのハンカチができたので、殿下のところにその都度持っていったところなんとなく嬉しそうな顔をしてもらえたのでそれについては頑張ってよかったな、と思いました。

あと、実は。実は、実は！　実は父にも一枚だけハンカチを刺したのである。

父とは一年近く会っていない。未だに帰らぬこのわたしに、不良娘と怒っているに違いなく、ゆえにご機嫌取りなのである。今回の遠征では実家の連中が帝国まで来るらしいので、帰りがけ奴らに届けてもらおうと思っている。

久しぶりの娘からのプレゼントだ。父も喜んでくれたらいいな、とわたしは思う。

あとお小遣いを送ってくれとも付け加えた。ジークにたかりまくっているのだが、そろそろ申し訳なくなってきたのだ。ちゃっかり娘のアリシアである。

10. お料理とわたし

わたしは怒っていた。そして悲しかった。彼女の、ステイシーの裏切りが。

何しろ彼女は、わたしにとってたった一人の盟友であり、下には下がいるという精神的安定を与えてくれる、わりともう、この地上にほとんどいないんじゃないかっていうぐらい希少な存在だったから。

ゆえにわたしはステイシーに対し、今回の敵前逃亡ならびにわたしの刺繍に対して「流石にこれはRには読めませんね」という言ってはいけないことを言った罪でお説教をした。

「以後このようなことがないようつとめなさい。メアリのようになってはだめよ」

「はい」

「ちょっとちょっとちょっと、どういう意味でございますか」

わたしが厳かに命ずると、ステイシーはうやうやしく頷いた。

わたしの統制力には定評がある。五万を超える兵を直卒して、かの強大な帝国軍を退けたことさえあるのだ。

わたしは一つ頷くと、すぐに二度目の作戦会議を招集した。

ちょうど戻ってきたクラリッサも当然のごとく参加させる。まずいことに気がついたのである。

「わたし、もしかして戦争以外にできることがないんじゃ……」

「え、いまさらですか？」

メアリィィ！

いや、知ってた。わかってた。できれば自覚したくなかっただけだ。

あるいは、もしかしたら、わたしにも天才的な女の子パワーの才能が眠っているかもしれないとほのかな希望を抱いていたのだ。わたしの秘められた才能が土壇場で開花する、そのわずかな可能性にわたしは人生をかけたのだ。

もちろん、秘められた女子力《そんなもの》なかったわけなのだが。現実は非情である。

ないのなら努力するしかない。そして、わたしの私達によるわたしのためのアリシアちゃん女子力向上作戦が立ち上げられた。

メアリが絶望顔でわたしのほうを眺めていた。目からはハイライトが消えている。蛮族に包囲されたときでさえ、こんな顔はしなかった。そんなにわたしが信じられんか。そうだね。わたしだってこんな勝算のない戦いはじめてだよ。

「ではまず、諸君らが考えるお嫁さん的な趣味とか、嗜みとか、アクティビティとかを、思いつくまま列挙してくれたまえ」

「了解です」

「なんも出てこない……」

あきらめるなよ、がんばれよー。

とにかくアイデアを出しまくって、できそうなら試し、できなそうなら、その場で消していく。消去法だ。

楽器、詩文、歌唱、絵画……。発言者が乏しい発想力からやっとの思いでひねり出したアイデアが出た端から消されていった。

ある者は粛々と、ある者は絶望と共に、そしてある者は「こんなこともできないなんて、アリシア様かわいそう」という憐憫もあらわにして候補を一つずつ消していった。メアリよ、お前ほんと失礼だな。

そして、紙は、たちまち黒く染まっていった。

なにしろ、「わたしができそう」と「殿下が喜びそう」の両立がものすごく大変なのだ。主に前者の範囲が狭すぎる関係で。

もう守備範囲が超狭い。歩兵二人ぐらいで守れそう。帝国国境の防衛線も、このぐらい狭かったら楽だったのに……。

そして、消去法の結果「お料理」が残った。

「お料理か……」

「まぁ、基本ですわねぇ」

「基本ですらわたしには遠いんだけど……」

「「……」」

こら、なんか言え。

何しろわたしは、公爵家の楚々としたお嬢様だから勘違いされやすいのだが、結構な食いしん坊だ。

人並み程度にはよく食べるのだが、自分で料理をしたことはほとんどなかった。実は、わたしは貢がれ上手だったのだ。

きっかけは練兵場での出来事だった。

その日の訓練を終えたわたしは、ぽかぽか温かい階段のうえに寝そべって青空を眺めていた。腹が空いたなとは思ってた。

すると隣におっちゃんがやってきて、お酒片手に串焼きを食べ始めたのだ。いい匂いがしたので、わたしはそれを見ていた。

物欲しげに眺めるわたしを見て彼は言った。

「食うか？」

「うん、食べる」

そして、分けてもらった謎の肉を咀嚼しながら、わたしは考えたのだ。わたしのかわいさなら、好きなものなんでも食べ放題なんじゃなかろうか？　と。

明くる日からわたしの暴虐は始まった。

ご飯時になると、近場のいい匂いがする場所に寄って行って幼女のキラキラビームでゆするのだ。売り物だろうが、買ったばかりの新品だろうが関係ない。

公爵令嬢と子供特権の濫用で、目につくところは軒並み略奪して回った。成功率は九割を超えたはずだ。

しくじったのはだいたいメアリの手持ちを狙った場合で、これだけはさすがのわたしにも難しかった。

まぁ、お料理は、貴婦人の嗜みである。茶会で女主人としてお菓子を振る舞うこともあるだろう。難易度的、重要度的、そしてわたし自身のモチベーション的な理由からももっとも適当な目標である。わたしはこれ《お料理》に狙いをつけた。

「よし行くぞ。こうなりゃ当たって砕けろだ！」

「「「あいあいさー！」」」

そして二度目の戦いが始まった。

個人的な好みから、お菓子がいいなと思ったのだが、特にお砂糖がべらぼうに高価なせいで、確実に失敗する練習台なぞには使えんということになり、まずは煮るだけでそれなりに食べられるシチューを作ることが決定した。

クッキングアリシア、はじめてのメニューはごろごろ野菜のシチューである。

「ごろごろ野菜というかごりごり野菜ですわね」

うまいこと言ったつもりらしいステイシーのドヤ顔が腹立つ。

案の定の結果がわたしの前に出来ていた。

ろくに手伝いもせず、完成品試食して品評だけしているステイシーは酷い。だがもっと酷いのは、職場放棄をしたメアリだ。

実は、奴は料理の心得がある。野戦料理が得意なのだ。

酒のつまみに、そこらへんで捕まえたウサギとか蛇とかトカゲとかを炙って食べていた。その現場をわたしは何度も目撃したし、ご相伴にも預かった。クラリッサはシティガールで、食堂などの外食ばかりで料理はさっぱりという話であった。

となると、メアリが一番の頼みである。個人的には、今回の作戦の要であると目していた。しかしその当人はわたしが必死こいて野菜を剝いている最中に、クラリッサと意味深な視線を交わし合うと、ステイシーに後を任せどこかへ行ってしまったのだ。

「ここにレシピは置いておきます。あとは頑張ってくださいませ」

これはなかなかのキラーパスではなかろうか？

訓練未修の新兵を、手練の蛮族の小隊にぶつけるが如き所業である。鬼！　悪魔！　メアリィィイィ！

助手のステイシーは紙にチロッと目を通すとすぐにそれをわたしによこした。笑顔だ。考えることを放棄した顔だ。なんとなくわたしもわかってきたぞ。

そして、その瞬間、わたしは今回の作戦の敗北を悟ったのだった。

わたしも一口シチューをすする。まずい。

とりあえず火だけは通したんだけど、野菜はまだ芯があるし、小麦粉もダマになっている。とても食べられたものじゃない。すぐに匙が止まってしまう。

あーあ、これなら最初から厨房の人を呼べばよかったよ。でも、「あの元王女様、シチューもつくれないらしいぜ！」とか噂されたら恥ずかしいじゃん……。噂が気になるお年頃。見栄っ張りのアリシアである。

食材の残骸が詰まった鍋を前にしてわたしが悲しみに暮れていると、ようやくクラリッサが戻ってきた。

奴は「わかりました！　じゃあ処分しときますね！」と言うや、鍋ごとどこかに消えてしまった。

わたしはその背中を見送った。

これはダメだ。ここでもうちの侍女もどき共が、さっぱり役に立たん。

そしてわたしはまたしても、先生の派遣を要請することにしたのであった。プライドはこの際捨てる。背に腹はかえられない。明日のための種籾で今日のお腹は膨れないのだ。明日よりも今日が大事。世紀末覇王の手下のアリシアである。ひゃっはー！

さてどなたが来るかしら、とちょっとどきどきしていると、殿下が来た。ジークが来た。先生として来た。

「やあ、アリシア。今日は俺が先生だ」

「ありがとう存じます。クラリッサ、ちょっと来なさい」

「すみません、わたしこれから会議なんで」

うそつけ、こら。

そして、厨房には、わたしと殿下が二人きりで残された。

困っちゃうなー。ジークとお料理なんて……。にやけづらが止まらないぜ。わたしはとりあえずお礼を言った。

「ありがとうございます。お時間をとっていただいて」

「お安い御用だ」

「お恥ずかしいのですけど、正直楽しみです」

「ああ、なにを隠そう俺もとても楽しみだ」

ジークも笑顔だ。よし頑張るぞ。そして私達は二人して、お料理をしたのであった。

ふふふ、共同作業だね。わたしとジークのタッグは、王国の内戦で共闘した時以来である。あの時のコンビネーションをもう一度みせちゃるぞ！

お料理が始まる。野菜の皮を剝くジークがかわいい。人参の皮剝きめっちゃ上手い。するするだ。皇子なのに。皮剝き皇子だ。どこで練習したんだろ？

手元を興味津々でながめていたら、手取り足取り教えてくれた。スキンシップにどきどきした。

そして、今、わたしはめっちゃ青春してる。

ああ、これが学校で好きな男の子と実習で一緒になって嬉しはずかしドキドキなイベントであるんだね。

シチューが好物になっちゃうよ。まぁ、最初から大好物なんだけど。

気づけば、彼の体の前にもぐりこんでいたわたしが口を開く。

「クラリッサにお礼を言わないといけませんね」

「少し癪だな」

「少なからず癪ですわ。なので次回の開催も調整してもらいます」

「いい考えだ。ぜひ頼む」

このお料理教室の目的は、わたしの女子力向上だった。

ジークのために女子力を上げるのだ。

それが、彼の手を煩わせてどうすんだって話だが、楽しいので無視である。現場は計画通りにはいかないものだ。わたしはライブ感で生きている。

それからも料理教室は開かれた。わたしは先生の教えにしたがって、人参を洗ったり、じゃがいもを洗ったり、りんごを洗ったりと料理作りに貢献した。

そして、先生であるわたしのジークは、わたしが洗った野菜や果物の皮を剝き、切り分けて水に晒したり調味料につけこんだりして下ごしらえし、それを煮たり焼いたりオーブンに放り込んだりして美味しい料理にしてくれた。

どれもこれも絶品だった。作る段ではおとなしかったこのわたしも食べる時には本気出す。おいしいおいしいと素直な感想を並べて、先生のやる気アップに大いに貢献。ジークも楽しそうに笑ってくれた。「餌付けでは?」とメアリは言った。そうかもしれないし、そうでないかもしれない。

一番楽しかったのはアップルパイづくりであった。

わたしは、率先して味見役を買って出た。切り分けたりんごをパクリ、うん、おいしい。

続いて、下ごしらえだ。どれどれ、味は大丈夫かと一切れぱくり、なるほど、シナモンを使うとこういう風味になるんだなぁ。

その後、オーブンで焼かれたやつをちょっと大きめに切り分けてぱくりとしたら、ジークから「おい、アリシア食べ過ぎだぞ」と笑われた。あら恥ずかしい。「ごめん遊ばせ、おひとつどうぞ」とジークのお口にも放り込んで口封じは完璧だ。わたしは、遠慮なく二切れ目をむしゃむしゃした。

当初の予定より完成品のサイズが幾分縮んでしまったが、最初から目減り分を想定して多めに材料を準備しておいたのでちょうど良いサイズにおさまった。

「天使の取り分だな」

とジークは笑っていた。彼の天使は銀髪でアメジストの瞳をしたおっぱい小さめのカワイコちゃんだそうである。ありがとう！　でもおっぱい小さいって感想はいらないよ！　気にしてるから言わないで！

まぁ、わたしだけ楽しむのも悪い。みんなにもおすそ分けしてあげたのだが、メアリもクラリッサもステイシーもおいしいおいしいと言ってくれた。そうでしょう、そうでしょう。わたしの先生はすごいんだから。わたしは鼻高々だ。

すっかりジークの腕前に自信をつけたわたしは、一応家主であるところのグライゼさんにもお届けしようと思ったのだが、「それは俺のほうで持っていく」とジークが強く主張したので、おまかせすることにした。お二人は仲が良いそうで、「殿下のお手を煩わせるわけにはいきませんぞ」「いやいや、遠慮は無用だ。俺がやるから引っ込んでろ」となにやら楽しくやりあっていた。

そうこうしている間にも北伐の準備は進む。本土より帝国軍の本隊が到着。続いてランズデール領からの援軍も着陣。

その間わたしは楽しく時間を浪費し、「アリシアちゃん女子力向上作戦」はその作戦目標の一切を達成することなく終了し、戦争の時間が始まった。

11. 姫様と皇子様

アリシアはテルムの姫になっていた。

「殿下がアリシア様のお相手というのは聞いています。大事な姫様の伴侶に相応しいか、しっかりと見極めさせてもらいますぞ」

腕組みした守将のグライゼの第一声だ。

お前はアリシアのなんなんだ。と俺は思った。自称じいやであるらしかった。

城市テルムを含む北方領は、数十年前まで小さな王国が治めていた。

蛮族の侵入が本格化するのにともなって帝国の保護下に入った彼らであるが、独立の気風は今なお強い。

中でも、グライゼを始めとした古参の者たちは、かつての王家に仕えていた筋金入りの石頭だ。

彼らにしてみれば、俺達はよそ者だった。中央から派遣したベルナール達も最初は苦労したと聞いている。

いまだ「ベルナールのことは信じるが、中央の連中はまだ信じられん」と言ってはばからない。

田舎者扱いされているという被害者意識がなぜかなかなか消えない連中がこいつらだった。皇子殿下の涼しい顔が腹立つと言われては、俺も憮然とせざるを得ない。

要塞に到着したアリシア達は、そんな彼らの洗礼にさらされた。

アリシア達が到着したその日、蛮族の包囲を突破した少女たちには、すっぱい黒パンとじゃがいもとクズ肉の詰物と謎の野菜の酢漬けが供された。

「ともに戦場に立つ同士なら、将軍だろうが王族だろうが特別扱いなどしない」という彼らなりの意思表明だ。

本音を言うともっといいものを用意してあげたかったのだが、あまりに急な来訪であったがゆえに歓待が間に合わなかったとのことである。

中央出身のお姫様だ。見目もとんでもない美人ときた。さぞや贅沢三昧していただろう。どんな不満を言われるか、と身構える守備隊を前にしてアリシアは大喜びしてのけた。

「初日から温食にあずかれるとは思わなかった！　司令と皆様に心からの感謝を捧げます！」

彼らは思った。

さすがの我らも、食事ぐらいは用意するわ！　と。

あるいは北の田舎者は、満足な食事すら用意できないという嫌味なのかと思った彼らは、「芋ならいくらでもありますが」とぶつけたところ、アリシアからは「お肉も食べていいですか？」という返答がきた。これには「デザートに果物ぐらいは付けますよ」と返さざるを得ない。アリシア達は大層な喜びようであったという。

「奥ゆかしくもじもじしてたら、食いっぱぐれて餓え死にですよ！」

アリシア、魂の言葉であった。

さて、ある意味でアリシアは礼儀正しい客人だった。出されたものは残さず平らげ、足りなければ厨房にまでおしかけておかわりを督促する。

うまいうまいと喜ばれて、厨房もそれを見守る将兵達も喜んだ。

礼儀には礼儀で返すのが北の流儀だ。これはきちんともてなさねばと思った北方軍だが、ここで困った。

アリシアは王女だったのだ。美しい白銀の髪に滑らかな白い肌、桜色の唇が紡ぐ言葉は大軍を統率する勇将のそれ、見た目は完璧な王族である。お付きのものものみなそろって見目麗しい。

そんな彼女らに相応しいもてなしとはなんだろうか。

守備隊の心配を他所に、彼女らの働きは目覚ましかった。たった二日で蛮族の包囲を粉砕した彼女らは、掃討戦でもその力を遺憾なく披露してテルムの軍と市民を救ってくれた。

相応しいもてなしをできなければ、それこそ北の名折れである。婦人会への呼びかけがあり、富裕な商家などから娘達がアリシア達の世話係として集められた。

しかし彼女らは特別な訓練など受けていない。王女様のもてなしなど、市井にある小説で夢見る程度のものだったが、一通りのカトラリーが使えればとりあえずよしということで選ばれた。当然のごとくやらかした。

やらかしたのはよりにもよってアリシア付きの少女であった。王女様の肩書と令嬢然とした雰囲気に緊張しきったその少女は盛大にすっころび、手に持っていた汁物をアリシアへとぶっかけたのだ。

迫る飛沫を見たアリシアは、汚れよりも倒れる少女の安全を優先した。

おっと、危ないと笑いながら少女の体を支えたアリシアは、

「気にしないで。ボロボロの軍服を新調するいい口実だから」

と、笑って粗相を許したのだった。

感激と混乱でその娘がボロ泣きすると、扱いにこまったアリシアは懐から飴玉を寄越してくれた。

お菓子で喜ぶ年じゃない……、彼女はそう思ったがありがたく拝領し実家へ帰宅、見た目こそ粗末なその飴玉だが、味はさらに粗末であり、仄かな甘みとひどいえぐみが少女の涙腺を決壊させた。

ああ、アリシア様はこんなクソ不味いものを食べながら私達のため戦ってくださったのだ。

遠き地より駆けつけた高貴なる姫騎士への感謝と尊敬で、少女は大いに混乱した。そして混乱したまま両親にアリシア様の素晴らしさを訴えた。

言ってることはわからなかったがアリシア様の素晴らしさを雰囲気で理解した両親は、父親は叔父である守将グライゼにその逸話を伝え、母親はテルムの婦人会を招集した。

あとは流れだ。アリシアは北の姫となったのだった。

さて、この地における俺の評価だ。

「健気な姫を僅かな兵で北の辺地に追いやったクソ野郎」という感じで定着しつつあった。

その後、俺がアリシアを追いかけてこの地に来ると、「姫が活躍したので節操なく手のひら返したクソ野郎」という評価に変化した。

安定の低空飛行だ。これで墜落しないのはかえってすごいことではないだろうか。しかも恐ろしいことに、ここから更に高度が下がるのだ。もはや曲芸飛行である。

到着早々、アリシアを密室に呼び出した一件がなぜか噂になっていた。

アリシアに無理やりドレスを着させると、いかがわしい事をしたりさせたりしたのだと、どこかのだれかが言い出したのだ。

いやいやいや！

「待て、俺は無罪だ！」

「つまりいかがわしいことはなかったと」

そうだとも。

あの日、積極的だったのはアリシアだ。

ドレスを着たアリシアは、「シルクの手触りが好きなのです。ジークを触らせてくれませんか？」と甘えた声でおねだりし、俺をソファに座らせると背中を愛撫し、頬ずりし、次に脇腹とか大胸筋とかをまさぐった。俺は内心大興奮で彼女の好きにさせていたのだが、手がだんだん下の方に伸びてきたので、流石にこれは制止した。

あのまま何もしなければ、俺達はいったいどこまでいったのか。毎夜、妄想で悶々とさせられる日々である。

どうだ！

誓って、やましいことはやってるな！　どうみても有罪です。本当にすみませんでした。

「……黙秘する。だがアリシアが嫌がることは誓ってしてないぞ」

「ま、知ってますけどね。でも、噂はどうしようもないですよ」

クラリッサよ、そこはもう少し頑張ってくれ……。

当然、無理だった。

実はアリシアが清楚でかわいい見た目に反して結構エッチな女の子などという事実をこいつが言いふらせるはずもなく、日頃の信頼とビジュアル面の先入観からテルムの軍民は皆が俺を助平野郎と断定した。

ついたあだ名がむっつり皇子だ。俺史上もっとも不名誉な称号である。

しかしアリシアの名に傷をつけるわけにもいかぬ。俺は涙と共に「アリシアも俺と同じくらいエッチだぞ！」という魂の叫びを飲み込んだ。

実際アリシアをエロい目で見ているのは事実である。

だが、俺は紳士だ。イエス・アリシア・ノータッチ。なおアリシアから誘われた場合はこの限りではない。

市を代表して守備司令のグライゼが俺に釘を刺しに来た。

「姫様には指一本ふれさせませんぞ」

「だからお前はアリシアのなんなんだ、グライゼ少将」

保護者気取りか。俺から婚約者を遠ざけるなど許さんぞ。大いに抗議したいところであったが何しろ手下の一人もいないので、俺は極めつけに無力だった。

アリシアの身の安全のため接近禁止令をくらった俺は一室に閉じ込められた。

うるさい、アリシアから希望があるなら、好きに会いに行ってやる。

ということで、クラリッサに渡りをたのんだところ、「んー、ちょっと今は会いたくないそうです」と言われて俺は完全に沈黙した。

思った以上にこたえるな。前にもあったような気がするが。

原因はなんだろう？　臭かったかな。触りまくっておきながらその評価はあんまりだと思うのだが……。

そして数日が経過した。

その日は、刺繍教室とやらがある日であった。得意顔したグライゼが「姫様から頼られたのだ」と自慢げに言いに来た。

おのれ、中央軍を舐めるなよ！　俺は吠えたが、鼻で笑われて終わりだった。まごうことなき負け犬の遠吠えである。

そして夜、俺の執務室と名付けられた軟禁部屋に客が来た。ノックの音に、俺は不機嫌な目を向ける。

なんだ？

本日の営業時間は終了だ。面会なら明日まで待て。俺は今、不機嫌の権化なのだ。イライラ皇子とは、俺の。

「殿下、失礼します。アリシアです」

何をチンタラしてる！　さっさと開けろ！

扉の前に突っ立っている護衛のふりした監視役を睨みつけると、奴らは極めつけにゆっくりした動作で部屋の扉を開いた。

アリシアが入ってくる。

今日は軽やかな平服姿だ。若草色のワンピースにエプロンの白が輝いている。なにやら恥ずかしげにもじもじしていたので、関係ない連中はちょっと外で待っていろと、俺は目で命令した。衛兵は、反抗期のロバのような緩慢さで部屋の外に出ていった。

頬を染めたアリシアは、うつむき加減にしばし逡巡していたが意を決したようにこちらを見た。

そして、彼女は一枚のハンカチを差し出した。

「今日、刺繍を刺したのです。今まで良くして頂いたお礼をしたくて……。頑張ったつもりなのですが、不格好で申し訳ありません」

俺は人生最高に幸せであった。愛天使がバリスタで俺の心臓《ハート》にボルトを叩き込んでくる。

俺は今日、死ぬかもしれない。

「ありがとうアリシア。とても嬉しい。不格好などと言わないでくれ。必ず大事に使わせてもらう」

「本当ですか！　そう言って頂けると嬉しいです！　もう少し練習するつもりなんですけれど。もしよければ、殿下のご希望も教えて下さい」

「そうだなぁ。俺は貴方の髪の色が好きだ。よければ銀の色で刺してくれ」

「わかりました。次は銀糸で刺してみます。……銀色お好きですか」

「大好きだ」

「ううっ!?　あっ……いやその……へええ……」

少し赤くなったアリシアは、指先で自分の髪をつまんでいじっていた。

彼女の肩の下まである髪に手がかかって、銀色が揺れる。

男は、ゆらゆらきらきらしたものに惹かれるらしい。クラリッサは、「鳥みたいな習性ですね」と言った。情緒もへったくれもないな、おい。

アリシアは次こそはもっと上手く刺してきますと意気込んで退出。

その後、宣言通り頑張ったアリシアは出来上がり品を俺にプレゼントしてくれたので、俺は三枚のイニシャル入りのハンカチを手に入れた。保存用、観賞用、実用の三種類で使い分けている。


「おい、そろそろ俺も動くぞ」

「まぁ、あんたなんのために来たんだって感じになってますからね」

テルム到着後、俺は完全な置物と化していた。

アリシアは母にお礼の手紙を出したらしい。喜びに満ちた未来の義娘のお便りを見て大興奮した母親は、俺に作戦の前倒しを強く督促。

連日のように送られてくる母からの手紙は、通信手と守備隊の司令部をドン引きさせるに十分な質量を持っていた。

今やむっつり、幼女趣味に追加してマザコンの三重不名誉称号だ。いい加減汚名を返上したい。

あと、怒りに任せて軍務と政務にあけくれていたところ、仕事がなくなったというのもあった。

「というわけだ。なんとかしろ、クラリッサ」

「口の利き方に気をつけろよ、デコスケ野郎」

「助けて下さい、お願いしまぁす！」

クラリッサは、残業を命じられた便所の悪魔《ベルフェゴール》のごとき面持ちでため息を吐き出した。

なんという屈辱だ。

見かねたメアリが、フォローをしてくれた。

「アリシア様は『殿下が来てくださっただけでとても嬉しい』と喜んでいらっしゃいました。わたしからもお礼を言わせてくださいませ」

「ちっ、おもしろくないなー」

もうどっちが生粋の帝国軍人か、俺にもわからなくなってきた……。

とにかく何かアリシアの希望があったら俺に伝えてくれとお願いしてその場はお開きとなった。

結局、どこまで虐げられようとも、俺はクラリッサを手放せない。

愚痴ったその翌日に、俺はアリシアと二人厨房で、野菜の皮を剝いていた。

アリシア向け料理教室の講師役を任じられたのだ。クラリッサの手腕であった。

兵隊共のご機嫌取りに鍛えた料理の腕が、こんなところで役に立つとは思わなかったと思いつつ俺はいそいそと教師役を買って出た。

その日のアリシアも侍女のような格好だった。

今日は少し癖のある豊かな銀髪を後ろで団子にしてひっつめている。白い首筋とうなじが眩しかった。エプロンドレスの雪妖精だ。

食べる前から俺はお腹がいっぱいです。雪妖精の手下たちは「邪魔はいれさせませんから」と城外に出撃中だ。

みんな、ほんとに優しいんだから、とアリシアは少し恥ずかしそうに笑っていた。

お野菜洗うのは得意なんですよとアリシアが袖まくりした。

「実は手がぼろぼろなのが恥ずかしいです」

「なにを恥ずかしがることがある。綺麗だぞ。俺も誇りに思っている」

「ジークの手もごつごつですもんね。でも、わたしは女の子だからなぁ……」

少ししんみりしかけたが、ここでアリシアが嬉しそうに手を叩いた。

「でも、最近はお手入れしてるんですよ。カートレーゼ様からクリームをもらったんです。どんどんすべすべになっちゃうから、ほんとびっくりです。陛下に、本当にありがとうって伝えてください」

「ああ、わかった。母もとても喜ぶだろう」

指でピースサインを作る母の笑顔が見えた。

ああ、母よ。ほんとうにあなたはすごい。あなたの息子でよかったと心の底から思う。あとクリームを開発した化粧品会社には俺の名で報奨を出そう。エトランゼ商会よ、よくやった。

下準備が終わったので、本格的に調理開始だ。

「次は野菜の皮剝きですね。頑張るぞー」

「うむ、だが刃物は危ないからな。アリシアはここから見学だ」

「ええー、それじゃわたしの練習になりません！　それに、こんなナイフじゃ怪我なんてしませんよ？」

「ふふふ、だがダメだ。今日のアリシアは甘やかされる練習だ。黙ってお姫様扱いされなさい」

「へへえ……、わかりました」

アリシアは赤くなると、ふにゃふにゃした笑顔でこたえてくれた。

少しは男にいいかっこさせろ。俺の料理スキルはなかなかだぞ。まさか人生で披露する機会があるとは思わなかった。

俺がドヤ顔で芋を剝くのをアリシアは楽しげに見守っていた。

「楽しいです」「エプロンのジークとか眼福です」としばらくはおしゃべりしていたのだが、やおら身をかがめると、するりと俺の腕の中へ潜り込んだ。

そして俺の手の上に、自分の手を添える。

「へへへ、これでわたしも練習できますね」

「こら、危ないぞ」

「もし怪我しちゃったら、わたしが手当して差し上げます。わたしには優しくお仕置きしてくださいませね」

おっと、小悪魔の本性見せてきたな。思ったより積極的だ。流石はアリシア、流石のパワーだ。

だが、俺の理性を見くびるなよ。だんだんと慣れてきた。今のは確実に致命傷だ。オーバーキルだぞ、加減しろ。

理性は死んだ。弱いな、お前。これで死ぬのは何度目だ？　アリシアは、俺の手が芋とナイフと人参で塞がっているのをいいことに手や腕をなでまわしたり、指の股に指をからめたりと好き放題して遊んでいた。まだ生きてるのか俺の理性。装甲はぺらぺらだが、耐久力で受けるタイプか、俺の理性。

アリシアはこれで男性経験皆無という話であった。大変に疑わしい。

それからも他愛ない話をした。アリシアは、如何に自分の女子力が乏しく苦労しているかを、なぜか楽しそうに話してくれた。その姿は年相応の娘であった。

その後も機会を見つけては、二人して厨房を占拠した。

城の連中の妬みと嫉みと「姫様に手を出したら許さんぞ」という殺意の波動は、アリシア手製のアップルパイで沈黙させた。奴らは感激することしきりであった。

だが、すまんな、その生地をこねたのはこの俺だ。

そしてやせっぽちだったアリシアが最近肉がついたと嘆き始めたあたりで、帝国軍の本隊がテルムに到着した。

12・北弦作戦（前段）

テルムにて、北伐の主力が集結した。

帝国軍本隊三万余とランズデール領軍七千に前方斥候なども含めた北方軍の多目的部隊、総勢約五万の戦力だ。

特にアリシアの故郷からの増援であるランズデール領軍は精鋭だ。彼女が前線に出る以前より、ランズデール公ラベルの率いる騎兵部隊は帝国にとっての脅威として我々の前にたちはだかった因縁の相手であった。正直味方になると頼もしいことこの上ない。

彼らは職業軍人であり、傭兵であり、ゆえにアリシアは彼らについてある程度の戦死と出血を最初から許容していたのだ。

戦略的な脅威度でいえば、アリシアが臨時で編成した女学生達の部隊よりも遥かに高い。

「他所様からお預かりした大事な娘さん」達ではない。ある意味で死ぬことをその役割とする王国の槍が彼らだった。それでなくとも万に近い騎兵部隊は強大な脅威である。

一方の蛮族は、戦力の一部を失いつつも、もとが十万近い大勢力を維持していた。先鋒集団の喪失により一時的に動きは停滞したものの、結局その侵攻は止まらず、捕縛されたキャラバン経由で北方の諸都市に降伏を呼びかける脅迫文が送られてきたと報告が入っていた。

まぁ、おとなしく引くことはないだろう。奴らにとって、略奪は一大産業だ。この略奪旅行に失敗すれば王自身の首が飛ぶ。大軍を動員した以上、奴らも帝国の北方を劫略し戦果をあげなければならなかった。

もちろん殺す。

会議が招集された。

北伐は郷土軍の意味合いが強い北部方面軍に代わり、中央軍の管轄となる。

アリシアをやっとの思いで追いかけた俺を、やっとの思いで追いかけてきた参謀団と前線指揮官、それにオブザーバーの北方軍守備隊首脳部を加えた面々が参加者だ。

「では早速だが本題だ」

居並ぶ諸将には特に緊張の色もない。

歴戦ということもあるが、守護妖精の存在も大きそうだ。俺の隣ではアリシアがこころもちきりっとした顔で座っている。かわいいなぁ。

「既に諸君も知っての通りであるが、北方での蛮族の行動が活発化し、既に戦端が開かれている。奴らの作戦行動はアリシアおよび北方軍の働きによりその初期段階において頓挫している。我らはこの機に乗じ、先鋒集団を喪失した蛮族の大集団を叩き、北方の脅威を根絶する」

根絶と言うが、せいぜいもって十年だろう。

だがそれだけの時間が稼げればいくらでも防備は整えられる。攻めるに難しとなれば、奴らは他所に向かうものだ。そのための北伐である。

「では、具体的な作戦をアリシア頼む」

「承知しました」

アリシアが頷き起立した。

北方遠征の骨子は彼女の発案によるものだった。彼女には実績がある以上、その知恵を借りるに越したことはない。

自分で口にした「アリシア、頼む」の響きがとても良かったので、是非、また口にしたい。

今回の北方遠征は、大まかに二段階の作戦からなる。

前段は蛮族の小集団に対する各個撃破策。

敵集団は、いまだ集結を完了していない。この分散した部隊を、遠見の魔術師などを用いて索敵、騎兵の機動力でもって各個に撃破するのが第一段階だ。

この攻撃はアリシアが統括することがきまっていた。

大小、二十近くの戦闘全てをアリシアが直卒する。

連戦が予想される以上、単独の部隊ではアリシアに追随できないため、複数の待機部隊を交代させて敵襲団を襲撃することが決定した。

各個撃破が進めば、これに対抗するために、蛮族は戦力を集結させるだろう。

後段作戦では、この集結した敵部隊を撃破殲滅し、もって作戦の全段階を終了する。

この戦闘にはアリシア率いる騎兵隊に加え、投射攻撃力を有する帝国軍部隊を主力とする。

事前にこの作戦をアリシアから伝えられた俺は、一つの引っかかりを覚えていた。

具体的には後段作戦。敵に戦力の集中を促すとアリシアは主張したが、それは用兵としては愚策にあたる。

味方戦力は集中して運用し、敵は各個に撃破する。戦争における大原則を、アリシアはこの作戦で崩していた。

俺がその疑問を率直にぶつけると、アリシアはほころぶ様な笑顔を浮かべた。

「はい殿下。おっしゃられるとおりです。敵は一箇所に集めますが、この時、戦力を発揮させないよう細工する必要がございます。ゆえに今回の作戦は、わたしアリシア・ランズデールを五十人に増やしてあたりたいと思います」

そして、アリシアは、戦備の中にアリシアのトレードマークである鉄製の三角帽子を五十余り追加させたのだった。

最終的に、俺はこの作戦に同意し、参謀達が具体的な運用計画におとしこんだ。

この大規模な作戦は、前段作戦におけるアリシアの機動に由来して、北弦作戦と命名された。

俺はアリシアに、彼女の戦争について尋ねたことがあった。

以前、戦場で相対した時、彼女の戦い方にある種のこだわりを感じたのだ。

アリシアは「いくつか秘訣があるのですけど」と前置いてから言った。

「戦いをカードで例えますね。カードには一から十までの数字があります。数が大きいほど強いカードです。わたしの手元には十のカードが一枚と八のカードが三枚あります、相手には九のカードが一枚と五のカードが三枚あります。すべてのカードで一度ずつ合計四回戦うとして、一番強い十のカードは、相手のどのカードにぶつければよいでしょう？」

答えなど決まりきっている。

「こちらの十のカードを相手の九のカードにぶつけるべきだ。全勝できる」

「ええ、そのとおりです。実際の戦闘に置き換えると、わたしが十で殿下の部隊は九のカードということになります。とても手ごわくて大変でした」

俺は笑った。

俺も、そこそこ強いカードではあったわけだ。ただアリシアのカードに書かれた数字は、十ではなく二十とか百だろうとは思う。わりと手も足もでないほどボコボコにされたような記憶がある。


北弦作戦が開始された。

帝国軍主力にランズデール領軍を加えた連合軍はテルムを出立。アリシア率いるランズデール騎兵隊が、帝国軍本隊に先行し北方国境線を突破した。

前段作戦では、事前斥候により捕捉した実に十七の蛮族部隊への攻撃が予定されていた。狙う敵集団の総勢は二万近く。

ランズデール騎兵隊に帝国の騎兵も加えた集団は計十四に分かれて展開、それぞれの獲物を捕捉しつつ主の下命を待っていた。

俺はもちろん本隊だ。

またアリシアに置いて行かれた。しかも今回はアリシアがこれまで率いてきた娘達を護衛として寄越された。

完全なお客様待遇だ。

「戦争には勝ったのに殿下だけ無駄死にしそう」

というクラリッサの言を、アリシア含めた全員が真に受けたのだ。

珍しく全員から本気で心配されて、本当に死にそうな気がしてきた俺は、代わりに観戦武官を遣わしてアリシアの戦いぶりを記録させた。

今回は彼らの証言をもって前段作戦である各個撃破の詳細とさせてもらいたい。


北方、敵支配地域進出より四十二時間が経過した段階で、アリシア率いる騎兵隊は、最初の敵集団を捕捉した。

時刻は早朝、先制攻撃の優位を生かして太陽を背に持つと突撃隊形を形成した八百の騎兵隊が突撃を開始する。

敵は、千五百余り、すべて歩兵。乱戦に優れた兵装の典型的な蛮族軍だ。

アリシアは、一人突出するように先頭を駆けていた。

彼女のこの日の得物は、彼女の身長を優に超える大槍だった。

蛮族は群れるが、組織だった隊列をほとんど持たない。高い戦意と命を顧みぬ蛮勇で敵兵を囲み数の優位で圧倒する。

その雑然とした隊列に、大槍を手にしたアリシアは突入した。

アリシアのトレードマークたる鉄帽子を赤い飛沫がまだらに染める。少女が繰り出す槍の一閃に、蛮族数人が宙を舞い、本格的な戦いが始まった。

いや、戦いというにはあまりに一方的であったかもしれぬ。数を頼むゴロツキの群れを一方的に蹴り飛ばす妖精の暴虐は蹂躙に近かったか。

かつて王国の西部戦線で吹き荒れた鋼鉄の暴威がそこにいた。

一人で突破口をこじ開けた彼女に続いて、槍先を揃えた騎兵達が突入した。

お手本のような騎馬突撃。騎兵隊の者達は、その後はほぼ一方的に残る蛮族共を切り捨て、槍で突き倒した。演習用の木偶を狩るがごとくであったという。

しかし数の優位は蛮族にある。彼らは二倍近い戦力を持っていた。

ゆえに戦意は残されている。その敵陣のただ中で、アリシアは、自身の姿を誇示するように一人、突出していた。

無謀にも挑みかかった者たちは、彼女の槍の一振りでポロでスマッシュされた球のように宙を舞い、人生の終着点へとゴールを決めた。

彼女の前には自然と道が開かれていた。分け入るというでもない堂々たる戦姫の行進だった。

それはある種の挑発だった。

蛮族の指導者とは、その群れにあって、最も強い戦士である。

そして彼らは、その地位に相応しい力と知恵を常に誇示する必要がある。ゆえに、あからさまな挑戦を受けたなら、これを迎え撃つ義務を持つ。

この部隊の長もまた同様だった。悠々と歩を進めるアリシアを最大の強者と見定めると、子飼いの手下を引き連れ迫ろうとした。

しかし、それは未遂に終わる。アリシアが投げつけた重槍に胴体を粉砕されたのだ。

捕捉、照準、投擲が全て一瞬だったと目撃者は語っている。

「捕捉されたら、確実に殺されます」

と、観戦武官は証言した。ああ、俺も良く知っているぞ。

人間的な膂力の強さや頑健さなど、アリシアの暴威の前では無意味だった。

その男は、隣国で、老若男女の百人以上を殺害し物品を略奪したという。我らにとっての悪名は彼らにとっての勇名だ。憎悪ゆえに名を知られていた男の亡骸が上半身に風穴を明けて転がった時、敵軍の戦意は四散した。潰走。

戦闘は決着した。四半刻にも満たぬ間のことであったという。

この場に居合わせた敵にとって、アリシアの鉄帽子は、絶対に抗し得ない絶望の象徴となっただろう、と観戦武官は語った。それほどにアリシアの武威は圧倒的だった。

アリシアに後続の騎兵隊が合流する。

アリシアは、その中から十騎ほどを引き連れて、次の攻撃隊へと合流すべく出立。一方で残された者たちは掃討戦へと移行した。

しかし、そのやり方は見た目だけならおざなりだった。

彼らは、手柄首とおぼしきめぼしい目標を数人がかりで打ち倒すと、残る残敵は槍でつつきまわして逃したのだ。

彼らは、立ち向かってきた者達を掃討し、逃げるものは見逃した。

「前は、お仲間のところまで案内させたりもしたんですがね」

アリシアに後を任されたギュンターという部隊の指揮官はそう語った。

これが前段作戦、最初の戦いの模様である。

アリシアは後に語った。

「蛮族の指揮官は自分から出てきてくれるのです。だから彼らの一番強いカードを一番最初に打ち取れるのです。この点、帝国軍相手ではこうは行きませんでした」

アリシアは最も強い敵手に対し、必ず自らが盾となり戦おうとする。

それが最も効率的なのだと彼女は言っていた。それは、おそらく事実だろう。しかしそれだけが理由でもなかったと俺は思う。

アリシアが持つ弱いカードが、相手の強いカードとぶつかった時、彼女の手元からは手札が一枚失われる。

その失われた戦力を取り戻すのに、どれほどの時間と資源が必要となるのかを彼女はよく知っていた。

単純な優しさではない。ある意味で冷徹な損得勘定がそこにはあった。だからこそ、アリシアは手勢を愛しながらも「死ね」と命じることができるのだ。

そして、部下たちもアリシアが死ねと言うのなら嬉々として命をかけるのだろう。

それとは別に、アリシアは、自分がいかに弱いのかも語ってくれた。

槍の一撃で吹き飛ばせるのは、せいぜい数人というところ。敵中に一人で突出するのは、背後が怖い。弓兵の一団がいて矢をまとめて射掛けられたら、乗馬は間違いなく失われる。

「わたしは、とても強そうに見えるかもしれません。でも本当はとてもこわがりなのです。必死になって槍を振り、こわいこわいと震えながら馬を進めているのです」

そう言って、アリシアは笑ってみせた。

危険を恐れるアリシアがそれでも前に出られるのは、背後を信頼する者たちに任せられるからだからという。

それは、ランズデール騎兵隊であり、彼女が組織した魔導師達であり、個人で言うならメアリであり俺であった。

アリシアが窮地に陥れば、彼ら彼女らがすぐ駆けつけてくれると、アリシアは信じているのである。

一人は弱い。その認識と仲間への信頼があればこそ、アリシアは一人、敵前に出られるのだと語ってくれた。

なお騎兵隊の構成員から寄せられた証言によれば、アリシアは今までただの一度も窮地に陥ったことはないらしい。

アリシアに窮地を救われた者は、両手の指の数に余るという。実はアリシアは後ろにも目がついているらしく、危機に陥った味方がいると、自分の背後であってもきっちり察知して、隠し玉の投槍で敵の頭をぶちぬくらしい。

彼らはこうも証言した。

「アリシア様は貫通した槍が味方を傷つけたりしないよう弾道を調整するのがむずかしい、と言っていました」

「万が一巻き添えを食らった日には、メアリ様から死ぬほどに絞られます」

「敵を怖いと思ったことはありませんが、お嬢の暴投は死を覚悟します」

アリシアの投槍は、直線軌道で長弓の最大射程を超え、その精度も熟練の射手に匹敵する。つまり彼女に捕捉されると、ほぼ確実に死ぬ。失投されると味方が危険だ。デッドボールが文字通りの死球である。

俺のアリシアに対する評価は、臆病で用心深く連携を非常に重視する天才ということで固まった。

彼女の花のようにほころぶ笑顔を想い、とても本人にこの評価は教えられぬと、俺は決意を固めた。

さて、ここで、アリシアの投槍についても紹介しよう。

アリシアは弓など使わない。代わりに投槍をよく用いる。

槍を投げる動作は、弓をひくのにくらべて隙が少ないうえに彼女の膂力を活かせるため、アリシアはお気に入りにしているとのことだった。

「飛び道具って素敵ですよね。安全に遠くから戦える」

そう言って彼女が見せてくれた投槍は、アリシアの小さな手でも扱えるように幾分小振りに成形された全鋼鉄製のボルトだった。

「これ徹甲弾だ」

それを見たコンラートは断言した。

蛮族の長の中には、その武勇を誇り陣頭に立って戦おうとするものもいる。アリシアはその手の目立つ輩を見つけると、いそいそと先行し、槍をよいしょと投げつける。相手は死ぬ。

「だいたい三回投げれば殺せます」

ちなみに、騎兵隊の証言も載せておくと、だいたい一発という話だ。

命中率は九割を超え、三回も投げたところは見たことがないと彼らは語った。

アリシアの自己評価はあてにならない。俺は学習しはじめた。

今回の前段作戦でも、アリシアは投槍を使う機会に恵まれた。

とある襲撃の際、アリシアたちを待ち受ける蛮族達の隊列の先頭に、見るからに体格に優れた偉丈夫がいたそうだ。彼女は、ためらうことなく槍を投げた。

その大男の胸に大穴が空く。遠目にも致命の一撃であったという。頭を無くした蛮族達は一目散に逃げ出したという話だった。

戦闘開始後、三十秒で掃討戦。

「おそらく今回の戦役の全戦闘で最も楽なものだったと確信します」

とのことだった。

また別の戦場では、狙撃手を投槍にて逆狙撃し討ち取ったという報告も受けている。

アリシアが遮蔽物の陰に槍を投げ込んだため、戦闘終了後に確認したところ、男が頭を撃ち抜かれて倒れていたらしい。傍らには弩が転がっていた。

重量と直線軌道のせいでアリシアの投槍を弾くのは難しく、また彼女は体の真ん中を狙うがゆえに避けるのも至難。ついでにアリシアは、やたらと勘が鋭く、動体視力もすさまじい。

「弾切れを考慮しなければ、これだけで戦争勝てますよ……」

とはコンラートの言だった。

重量がかさむため携行できるのは五発が限度であるそうだ。

ところで籠城するのなら、その重量制限は存在しない。

給弾要員、弾着観測、指揮官狙撃、いろいろと俺の胸に去来するものがあったのだがそれらはしばらく俺の内にしまっておこうと思う。

帝国軍を相手にしたアリシアの慈悲心に俺は心から感謝した。

総括する。アリシアはとても強い。

そして彼女の強さに裏打ちされた前段作戦は、極めて順調に推移した。

13．北弦作戦（決戦）

蛮族部隊の集結が確認された。

俺はもっぱら本営で、軍司令官としての作業に従事した。前線はアリシア任せだ。今度はお守りもついている。

「また留守番か」

と俺は呻いた。

「司令官なら、その姿が正しいのでは？」

そうかもしれん。

蛮族の集結をうけて、帝国軍およびランズデール領軍の指揮官達が招集された。

前方斥候からの報告によれば、敵総数はおおよそ六万弱。

対するこちらはおよそ四万。数的優位を確保してから戦端を開く帝国軍の慣習にてらすなら、若干こちらが少ないか。負けはしないが、相応の損害を覚悟せねばならない程度の戦力差だ。

ふと見ると、アリシアとメアリが非常に険しい表情でひそひそと話し合っていた。

俺は訝しく思った。

「懸念があるのか？　敵戦力はおよそ想定の範囲内という認識だが」

アリシアが真剣な顔で頷いた。

「はい、殿下。敵が思ったより弱勢です。場合によっては戦わずに逃げられる可能性がございます。先んじて叩き過ぎたかも」

「どうも相当数、逃げ出した腑抜けがいるようで」

メアリがそう付け加えた。

前段作戦では、延べ一万以上の蛮族を敗走させていた。

その敗残兵の相当数が本隊へと逃げ込んだが、独自に戦域を離脱したものも多いらしい。

同時に、旗色の悪いことを察知して逃げ出した者たちもいるようで、「王国の戦争を知る者たちかもしれません」とアリシアは言っていた。

まぁ、アリシアとぶつかった経験があるのなら、逃げる以外の択はない。

「状況によっては、ランズデール領軍のみで決戦を挑むほうがいいかもしれません。あるいはこのまま各個撃破を続けて、相手を失血死させるかですが」

とアリシアは言った。

これを聞いて慌てたのは、帝国軍の者たちだ。これまでは補給線の確保や斥候、連絡線の構築などもっぱら後方支援にあたってきた。未だ戦闘には参加していない。

補給や通信の重要性を知らぬものはこの場には存在しないが、それはそれとして戦いへの渇望もある。もとより当初の予定戦力を半数にまでしぼって、選抜した精鋭達だ。それがはるばる北の地まで遠征しながら、決戦へ参加できないとなると流石に口惜しいということだろう。

帝国軍指揮官達のすがるような視線が俺に向けられた。

気持ちはわかるぞ。一応は聞いてやる。

「帝国軍にも主交戦軸の一つを任せてもらえないだろうか。今回の作戦、戦闘は全てランズデール領軍任せが現状だ。これはまずい。我々の存在意義にも関わってくる」

アリシアは苦笑した。

「私達だけで戦ったなどと言うつもりはないのですけど」

「兵科の相性の問題もありますしね」

二人は悩む仕草を見せたが、すぐに決断した。

「であれば、可及的速やかに決戦を挑みます。敵が瓦解する前に仕掛けなくては。早期決着もまた望むところですし悪いということはないでしょう」

安堵のため息がそこここでもれる。俺も一安心だ。

「感謝します、ランズデール閣下」

「我らまで閣下のスカートの影に隠れていたとあっては、面目が立ちません」

「まて、貴様、我ら『まで』とはどういう意味だ」

「そのままの意味であります、殿下」

思い返すに、この頃の俺達はアリシアに毒され始めていたと思う。

決戦に先立って敵軍の戦意崩壊を心配する軍隊がどこにいるのか。もはや、我々の戦力が蛮族と比較して数的劣勢にあることなど誰も気にしていなかった。

早期決戦。

アリシアの示した方針にしたがって、俺達は慌ただしく動きはじめた。

幸いにもというべきか、決戦を挑むべく南西から接近する帝国軍に対し、蛮族の軍は迎え撃つ構えを見せた。

帝国諸将の安堵は、いかばかりのものであっただろう。

あるいは、蛮族も動くに動けなかっただけなのかもしれないが、兎にも角にも我々は決戦へとこぎつけたのだ。


そして北辺の地、ゴラム高原にて帝国軍と蛮族軍は対峙した。

両軍とも横陣を敷き睨み合った。

時刻はおよそ正午。

蛮族達は、雑然たる隊列を敷いていた。彼らは氏族ごとに集団を形成する。

兵科など一顧だにせぬ、蛮族らしいといえば蛮族らしい布陣。その数的優位を陣の分厚さに回したらしい。おそらく、緒戦で散々に苦しめられた騎馬隊の突撃を警戒したのであろう。

肉の壁で騎馬突撃の勢いを殺し、数で押し包んで、倒す。

単純ではあるが、数の優位に任せた力押しを得意とする蛮族にはふさわしくそして確実な戦術だ。

対する帝国軍は、前列に連弩《れんど》を携えた猟兵を置き、その直後に軽装歩兵。そして後列には戦術予備としてランズデール騎兵隊を配していた。

連弩とは機械式の弩だ。弾倉に矢弾を詰め込み、これを連射する。

短時間内に集中して大量の矢を打ち込めるのが特徴だ。

問題も多い代物なのだが、今回の決戦にはおあつらえ向きであったため、配備しておいた。

日は中天を過ぎ、西に傾きつつあった。帝国軍ラッパの音が響き、蛮族の陣太鼓が鳴らされる。

開戦の合図だ。

横隊を組んだ帝国軍は、歩む速さで、整然と蛮族の隊列に行進を始めた。

対する蛮族も応えるように、進み始める。

彼我の距離がおよそ三百まで迫った時、蛮族の最前列が雄叫びを上げながら突撃を開始した。

迫りくる蛮族の群れ。それに対して帝国軍の前列で連弩を構えた猟兵達が猛射を開始した。

空を覆うのは、死を呼ぶ黒いイナゴの群れ。闇雲に打ち出された矢の嵐が、時ならぬにわか雨のように頭上から降り注ぐと、貪食の悪魔のごとき容赦の無さで蛮族の隊列内に死と恐怖を撒き散らした。

血しぶきにまじって絶叫が上がり、前を走る蛮族がばたばたと倒れていく。

しかし、無論、それだけで蛮族を殺し尽くすことは敵わない。

前を進む仲間たちを盾として、後続の蛮族達が迫る。

「抜剣！」

白兵にて迫る蛮族を迎え撃たんと、帝国猟兵は連弩を捨て剣を抜いた。

この後は、両軍が激突し、血で血を洗う闘争が繰り広げられるというのが常である。乱戦になり、状況は膠着しがちだ。

しかし、今回の戦いではそうはならなかった。

津波のようにせまる蛮族達。

その中の、蛮族の中の野盗のようななりをした男の一人が、走る足を止め、そしてまた走り出した。

後ろに向かって。

敵手である帝国軍に背を向けて、なにより今までにない必死さで。

彼は、敵前逃亡を始めたのだ。

何事かをわめきながら、あたう限りの速さで、よろけ、まろびながらも走っていく。

なぜ彼は逃げたのか。

彼は見てしまったのだ。

自分の向かう先、帝国の歩兵のその後ろに、つば広の鉄帽子をかぶった騎士が待ち構えているのを。

それはアリシアの象徴だった。

かの敗北の権化たる鉄帽子の騎士の被り物だ。

決戦に先んじた前哨戦で、散々に同胞を狩り尽くした死神の装束だ。

その死を具現化した恐怖の将が大槍をしごきながら、歯向かう者の首をはね飛ばさんと大槍を構える姿を彼は目撃してしまったのだ。

あるいは戦場の狂騒に酔っていられたなら、彼もまだ前に進めたのかもしれなかった。

しかしそれはできなかった。

死を意識してしまったからだ。

弓射戦において、連弩による帝国軍の物量は圧倒的だった。そして男は矢の雨に撃ち抜かれて死んでいく仲間の姿をつい今しがた、目の当たりにしたばかりだった。

死ぬ。このままいけば自分は死ぬ。だが、死にたくない。まだ、俺はなにも残していないのだ。

故に男は逃げた。敵に背を向け、同胞を見捨てて逃げた。

ただ己が生き残るために。

もしもこの敵前逃亡が彼一人のことであったなら、広い戦場の中でその穴は覆い隠せたのかもしれない。

しかし、そうはならなかった。

彼と同じような逃亡者が、戦場のいたるところで発生した。

なぜなら、かの鉄帽子の騎士は、一騎ではなかったからだ。

帝国の戦列に、数多の鉄帽子が並んでいた。

俺達が並べた。

予めアリシアのトレードマークである鉄帽子を騎兵隊に配っておき、等間隔に四十八ほど並べておいた。

アリシア手勢の少女たちから背格好の似通った者たちがその帽子をかぶり並んでいる。

実はきっかり五十の数を用意したのであるが、アリシアが出撃中に二つほど壊してしまい四十八となったのだった。

アリシアが四十八人も敵にいたら、逃亡者が出るだろう。帝国軍でも逃げるはずだ。もちろん俺も逃げだすぞ。

蛮族の統制力は帝国軍にはるかに劣る代物だった。

そしてこの「ARSA48《アリシアアリシア48》」を目にした蛮族からも、敵前逃亡が続出した。

前段作戦での敗残兵も多かったのだろう。これが、アリシアが敢えて敵を殺し尽くさなかった理由だった。

矢の雨にさらされて、死への恐れを思い出した彼らは、目の間に立つ、アリシアの幻影に恐慌状態に陥った。

敵前逃亡を図る者たちは、未だ戦意を残す同胞に恐怖を撒き散らした。

恐怖を。死への恐怖を。そしてかの鉄帽子の騎士、アリシア・ランズデールに対する恐怖を。

恐怖は瞬く間に臨界に達し、蛮族軍全体に伝染した。そして軍そのものの戦意が粉砕された。

蛮族軍は、潰走を開始した。

ただの一度も干戈《かんか》を交えること無く、己が命惜しさに、彼らは戦場に背を向けたのだ。

さて、こちらだ。突撃の指令を待つばかりだった帝国軍の諸部隊だ。目の前で総崩れとなった蛮族部隊の背中を睨みつけていた。

彼らは思った。

これはもしや、追撃戦に移行したのでは？　と。

おう、そうだぞ、追撃戦だぞ。戦果拡張の時間であるぞ。

「殺れ！　一兵たりとも生かして帰すな！」

そして、帝国軍指揮官の怒号が戦場にこだました。

状況は予定通りだ。そしてある意味想像の埒外《らちがい》でもあった。いずれにせよ帝国軍としてやることに変わりはない。

北方の安寧を脅かす敵性勢力は排除する。その根の一本にいたるまで、徹底的に。敗残兵に植え付けられた恐怖と悔恨が不可視の国境線に防壁を築くまで我らは戦う。

帝国軍は突撃した。

前を向き抗うものよりも、背を向け逃げるものを打ち倒すほうが遥かに容易い。

人は、背後から突きこまれる剣や槍を、防ぐすべを持たないからだ。殆どの戦死者が、追撃戦で発生する所以である。

だから、それより繰り広げられたのは、戦闘ではなく蹂躙であった。無防備な背後を晒した蛮族を、後ろから追いすがった帝国兵が、散々に切りちらした。

もはや勝利は揺るぎない。

戦果を最大化するため、帝国軍の追撃は執拗を極めた。

以上のような状況を俺は本陣から一望した。

戦況を追う俺の視界の隅で、騎兵の一団が動くのが映った。

アリシアだ。

万が一、蛮族軍が潰走せず、正面からのぶつかりあいとなった時に備えて、彼女は騎兵隊の一部を抽出し、帝国軍陣列の後ろに控えていた。その時は戦場を迂回して、側面からの騎馬突撃で蛮族の隊列を踏み潰す算段だった。

しかして、蛮族は潰走した。

故にアリシアも次なる目標を定めた。

敵首領、蛮族の王の首だ。蛮族にも精鋭はいる。その最たるものが、彼らが王の親衛隊だ。この敗勢にあって、おそらく最大の戦力を残しているはずの一団である。これを襲撃し粉砕する。そのためにアリシアが動き出したのだ。

俺の傍に控えていたメアリもまた騎乗していた。何人かの手練を連れて、俺の護衛にあたっていた彼女もまたアリシアに合流するのだろう。

「殿下、私も参ります。アリシア様に伝言などあればお伝えしますが」

俺は少し考えて言った。

「愛していると、伝えてくれ」

メアリは笑った。

「ありがとう存じます。とても嬉しいお言葉ですけど、アリシア様が頑張りすぎてしまいそうですわ」

「心からの言葉だと伝えてくれ」

メアリは「必ず」と短く受けおうと、アリシアのもとへ駆け出していった。

メアリを迎え入れたアリシアが弾かれたようにこちらを向いた。そして手にした大きな剣を振り回した。

斬馬刀だ。大きすぎてサイズ感がおかしくなる。

俺も手を振った。アリシアは投げキッスを一つ残すと部隊と共に出撃した。

後に俺の台詞を聞いたコンラートからは、死亡フラグみたいだからやめろ！　と苦言を呈された。

死亡フラグの一つや二つ、踏み潰せずしてなにが王かと俺は思う。

戦場を大きく迂回したアリシア達は、敵の後方を遮断するように進出、間もなく目標を発見した。

三々五々、散り散りに逃げていく蛮族の群れ。その中で軍旗を掲げ、整然と退《さ》がろうとする一団があったのだ。

あれが、蛮族王の親衛隊だろう。

「捕捉」

「よろしい。襲撃隊形だ」

この時、最先行するのはメアリだった。彼女の号令一過、騎兵隊は縦隊を形成した。

迫りくる騎兵の集団が敵であると蛮族達も察知した。逃げ惑う者たちを尻目に、それを迎え撃たんと王の親衛隊も動き始めた。

敵陣に、長槍のふすまが出来上がる。

彼らもまた弱点を知っていた。機動力と突破力で優る騎兵に抗するには槍の隊列でもって迎え撃つのが最適だ。彼らはその備えを持っていた。

メアリは敵陣へと接近すると、その眼前で進路を変えた。

その眼前を駆け抜けざま、鋭い号令が戦場を割く。

「放て」

そして騎兵隊は、駆け抜けざまに槍を敵陣へと投擲した。

至近距離からの投槍の豪雨だった。

蛮族の隊列から悲鳴と苦痛の呻きが上がる。ばたばたとまばらに人が倒れた。

しかし彼ら蛮族の親衛隊は、戦わずして逃げ散った弱兵どもとは違う。

彼らは、投射武器の猛打に晒されながらも隊形に乱れを生じさせたりはしなかった。

投槍など、数はすぐに打ち止めとなる。第一波をやり過ごしたらその後ろに食いつけば良い。

そのまま乱戦に持ち込めば、勝機はまだこちらにある。

蛮族達の眼前を、騎兵隊の隊列が通り過ぎようとした。先頭を駆け抜けた者たちは反転してこない。

隊列の後ろから一撃する。そしてついに騎兵部隊の最後の一騎が、隊列の中にあらわれた。

こいつで最後だ。

蛮族達が、突撃を叫び走り出す。

さあ、槍を打て。そこからが俺達の反撃の時間である。

騎士は槍は投げなかった。そのまま敵陣へと突撃する。

その最後の騎士だけは、進路をそらさず、ただまっすぐに蛮族の群れへの突破を図ったのだ。

それこそがアリシアだった。

アリシアは、蛮族の隊列に疾駆する騎馬の速度で突入した。

人馬一体の勢いが蛮族を跳ねる。続いて振り回された大剣が血の颶風《ぐふう》を巻き起こした。

いままさに、攻めかからんとした矢先のことであった。攻勢を正面から叩き潰された蛮族達は乱れ立った。まさに機先を制されたのだ。

戦争というのは勢いだ。特に局地戦ではその効果は顕著である。剣と槍を主体にした戦いでは、勢いに乗った小勢が大軍を蹴散らす例も少なくない。

ましてやそれがアリシアなら。

わずか数分の激闘だった。気づけば蛮族の隊列に真っ赤な穴が空いていた。

そこに、さらなる一撃がやってくる。ランズデール騎兵隊だ。一度転回した騎兵の群れは一度距離を置いてから突撃隊形へと隊列を再構築。

アリシア単騎の攻撃による効果がもっとも大きくなった瞬間を見計らい、今度は肉弾戦をしかけたのだ。

全て、メアリの采配によるものだった。アリシアの片腕の面目躍如だ。平時と戦時で知能指数が違いすぎるとアリシアは嘆いていた。よくわかる。

ランズデール騎兵隊の突撃は、蛮族にとって致命となる一撃だった。

乱れていた隊列を食い破られ、彼らの組織的な抵抗は潰えた。

陣を食い破ったランズデール騎兵隊の勇猛は凄まじかった。

なにしろここに至るまで、手柄首のほとんどはアリシアのものとなっている。

だが、最後だけはちがうのだ。

最大の首級は、早いものがちと定められていた。アリシアは不参加を表明している。大本命不在の戦場はまたとない機会なのだ。

騎兵隊の者達は、皆、勇躍して本陣に乗り込むや、次々と敵を打ち倒していった。

この戦いで王を始め、蛮族の主だった部族の長たちもまたその首と軀を晒した。

そして帝国北方の脅威は潰えたのだ。

アリシアと彼女の率いる部隊の敵精鋭に対するセオリーは常に一つだ。

初撃、部隊による一撃離脱で敵陣列を崩す。続いてアリシアが突入、隊列に穴を空け、最後の騎馬突撃をもって、敵の息の根を止める。

あるいは、最初からアリシアを陣頭に立て突撃しても、勝利は得られるだろう。だがアリシアはそうしない。

強敵と相対したアリシアは、必ずその鋭鋒を削り、彼女自身を盾にこれを砕かんとする。必ずだ。

そのために、アリシアは、ありとあらゆる戦術と機動を彼女が直卒するランズデール騎兵隊の精鋭に仕込んでいた。

アリシアは言った。

「死なぬこと。すべての戦いで、わたしがランズデールの者達に望むことは、ただこれ一つです。生きて帰るための力と知恵が、我らランズデールの強さです」

「要するに命あってのもの種ですわ」

この北伐は、彼女のこの言葉を裏付けるものだった。

北方遠征を通じて、蛮族の死者は三万を超えた。

対する帝国側の損失は、帝国軍七十二名、ランズデール騎兵隊二十名、その他三名。戦死者は遂に百に届かなかった。

王国内戦で見せた手腕が、偶然ではなかったことを、アリシアはこの北の地で証明した。

そして、戦いは終わり、我々は帰途についた。

14・北方遠征とわたし

わたしの帝国北方、蛮族自治区観光が終わった。

などと言うと、怒られてしまうかもしれないが、今回の北伐はそれぐらい順調だった。

期間は、移動に二十日間、作戦そのものが十日間の約一ヶ月で完了だ。

後方要員も合わせると延べ十万人近くも動員した大規模な作戦だったのだけど、大きなトラブルもなく、私達はそろって帝国北部の国境まで戻ってくることができたのだった。

感想を言おう。

帝国の組織力ってすげー！

そんな感じの作戦だった。

いや、テルムの街に駐屯した時も、「すげえ物量だ。こんな美味いもん食ってる奴らと戦争して、よく生き残れたな私達……」って結構驚愕してたのだが、まぁいってもあれは籠城戦だ。備蓄があるならできなくはない。王国は金がないので備蓄がなかっただけなのだ。

だが、今回は遠征だ。敵の支配地域に「こんにちは、死ね！」とお邪魔するのが仕事である。当然相応の苦労があると私達は考えていた。楽勝だった。

そんな今回の作戦でも、特に印象深かったことを挙げよう。

一つ目は、蛮族お得意の浸透戦術を完封できたことだ。

浸透、と言われるとあなたはなにを思い浮かべるだろうか。

わたしは、暑い季節の汗染みを思い浮かべる。あれは、乙女の大敵なのだ。

なんか今日あっついなー、ちょっと汗かいちゃったかなーとかのんびり構えていると、気付いた時には、ドレスに濃い色の染みができていて手遅れになっている。

それと同じ感じで、じわじわっと前線を超えてこちらの勢力圏に入ってくるのが浸透戦術だ。

ドレスに汗が浸透すると周囲の視線がやばいのであるが、後方に蛮族が浸透すると軍の補給線がやばいのである。あと連絡線もやばい。

さらに村も街も宿営地も物資集積所もやばい。やばいを連呼しすぎて、馬鹿っぽく見えてしまうくらい、とにかくやばいのである。

三年前、王国に蛮族が侵攻してきた時に、わたしが一番苦労させられたのもこの浸透戦術だった。

王国軍は、わたしがいる戦場では勝てるのであるが、いないところだとだいたいのように苦戦していた。

数が違いすぎたのだ。いわゆる蛮族多すぎ問題である。だから、できるだけ戦線をコンパクトに纏めて戦いたかったのだが、困ったことに後方に浸透されて後ろに抜けられてしまった。

こうなるともう、前線がどうのって話じゃない。

救援要請があっちこっちから来る。全方位敵だらけだ。

そのおかげでアリシア・ランズデールは引っ張りだこになり、わたしは人生初のモテ期にてんてこ舞いになってしまった。そんなモテ期要らないよ！

おやめになって！　ワタクシ、体は一つしかないのよ！

西に東に走らされて、わたしはとてもじゃないが攻撃になんて移れなかった。それでも根性で攻撃に移ったけれど、栄養失調で死にそうになったものだ。わたしのおっぱいが発育不良になったのもこれが原因だ。間違いない。わたしの遺伝は悪くねぇ！

しかも問題はこれだけじゃなかった。

前線を超えられてしまったから、安全な場所というのが存在しない。そう、夜寝る場所も危ないのだ。

わたしもやられた。ちょくちょく夜寝ているところを襲われて、その都度撃退していたのだが、火攻めを食らった時は流石のわたしも死を覚悟した。

なんと奴らが放った火が、わたしの髪に引火したのだ。あれにはびっくらこいた。

髪は女の命というが、わたしも否応なくその意味を理解した。髪を燃やされると、死ぬ。

あと髪ってすごく燃えやすい。

転がったり、叩いたりしてみてもさっぱり火が消えなかったので、大慌てで帯剣を抜いて髪を切り落とした。

あのときは本当に焦った。

敵の襲撃には、わたしの燃え散った哀れな髪の分までがっつり逆襲してやったのだが、翌朝、水瓶に映った自分の頭を見て大変なことになったと青くなったものだ。

強心臓で知られるメアリもこのわたしの惨状には動揺を隠せず、このちりちりアフロヘアーに果たして嫁の貰い手があるのかと二人で頭を抱えたのをよく覚えている。

思い出は美化されると言うが、この時の記憶は、まったくこれっぽっちもいい思い出に昇華されていない。

なにしろ、この銀色の髪はわたしの自慢なのだ。

あのような悲劇は二度と御免である。そんな大変厄介な蛮族の浸透戦術であるが、今回の遠征では完全に封じ込めることができた。

すべてジークの采配と、帝国軍の皆様のおかげだった。

ジーク率いる帝国軍は、後方への浸透を防ぐために、進出した私達の後方で外郭防衛線を形成した。

そして程よく目立つ場所に、大きな物資集積所を作ると、そこを鉄条網でがっちがちに固めて陣地化してしまったのだ。

蛮族は鼻が利く。どういう原理か知らないが、食べ物や金目のものがある場所を、どこからともなく嗅ぎつけて襲ってくる。

ゴキブリかネズミみたいな奴らだ。本当に忌々しい。程なくして、とある蛮族の一団が、この囮の集積所を嗅ぎつけた。

この時、蛮族には二つの選択肢があった。

防衛線を突破して、帝国軍の後方を荒らすか、この見るからに怪しい物資集積所を襲うかだ。リスクとリターンを天秤にかけた蛮族は、防御は固いが実入りも良さそうなこの集積所を襲うことに決めた。まぁ、国境線超えた連中がぼこぼこにされてたから当然の選択である。

積み上げられている物資や食料が偽物ではないことを、彼らは地道な張り込みで掴んでいた。蛮族は知恵も回る。奴らは世紀末になっても通用しそうな、パンクでロックなビジュアルをしているのだが、驚くべきことに人間に少し劣る程度の知性をもっている。

幾つかの部族を集めて人数を増やした奴らは、太鼓を盛大に鳴らし、大量に旗を立てて見せびらかすことで大軍を装って攻めかかった。

集積所を守っていた帝国軍は、敵の数が多いことに不利を悟ったのか。ほとんど戦わずに逃げ出した。

蛮族は略奪のために集積所に殺到した。

物資はたくさんあっても、一番いいところは早い者勝ちなのだ。

みな我先に集積所に侵入すると、喜び勇んで略奪を始めた。

そして、この様子を近くで見ていた人達がいた。

帝国軍猟兵隊の皆さんだ。指揮官はベルナールさんという。涼やかな顔したイケメンのオジ様だ。

わたしもお世話になった。娘っ子共がきゃーきゃーしてた。できるオーラが出てるーと騒いでいた。

どうも腕っ節もいける口であったらしい。

彼らは、蛮族が集積所の中に入りこむのを待っていた。

そして、頃合いを見計らって集合するとあっというまに陣地を包囲してしまったのだ。

あとは、わざとせまーく作った出入り口を封鎖するだけだ。遠隔式の着火装置で集積所内部の火薬に火をつけたら、作戦の肝は終了である。

またたく間に集積所を炎が飲み込んだ。

焼け出された蛮族は、当然逃げ出そうとした。

が、できなかった。

集積所の周囲が、がっちり鉄条網で囲まれていたからだ。帝国軍が念入りに張り巡らせた鉄条網は、敵の侵入を防ぐための防壁ではなかった。侵入してきた蛮族を逃さないための檻だったのだ。

集積所の中に閉じ込められた蛮族は、大半がこんがりローストされてお亡くなりになった。

猛火をくぐり抜けて出入り口までたどり着いた勇者は、周囲を包囲した帝国軍猟兵の矢の嵐で蜂の巣になった。

鉄条網に組み付いていたものは、外から猟兵の皆さんが槍を突きこんで倒した。こうして蛮族の一団およそ三個大隊は一人残らず全滅した。

対する帝国軍の被害は、猟兵隊の負傷者が数名だったそうだ。

「コンラートは、この作戦を蛮族ホイホイとか言っていたな」

と作戦の立案者であるジークは語っていた。試すのは三回目ということだ。

正式名は、散兵型浸透攻勢に対する誘引式能動防御戦術というらしい。

蛮族ホイホイのほうが覚えやすいな、とわたしは思ったが一応黙っていることにした。

わたしは、ジークがちょっと難しい感じのかっこいい名前が好きなのを知っているのだ。

ジークはこうも言った。

「浸透戦術の肝は、どこを突破されるかわからんところにある。ならば誘導すればいい。敵の選択肢をこちらで準備してやれば、相手の出方に悩む必要など存在しない」

毒入りのまんじゅうか、毒入りのショートケーキかの二択を相手に強いるのだ。

わたしなら迷った末にショートケーキを選ぶだろう。

その囮に使った集積所にも物資は確かに積まれていた。一個連隊がおよそ一月にわたって戦えるだけの備蓄物資だ。だからこそ敵は騙された。そしてジークは惜しげもなくそれらを焼き払った。

兵の命を、金で買えるのなら安いものだとジークは笑った。

正直に言う。超かっこいい。わたしのときめきポイント大増量だ。

もっとも、わたしは彼に惚れているので、その分の加点が大きいことは認めるよ。えへへ。

蛮族を完封してもらったわたしは、おかげで攻撃作戦に専念できたのだった。

すごかったことの二つ目は、帝国軍の連絡将校だ。

今回の作戦、わたしの指揮は大変円滑で、アリシアちゃんは終始ご機嫌に戦争指導にあたれていた。

実はこれすごいことなのだ。

帝国軍とランズデール領軍は、指揮系統が違う。運用方法もぜんぜん違う。

合同演習すらしたこともない二つの軍が、一つの作戦に従事するのは、実のところかなり難しい。

片方が五百とか千とかならまぁ、お互い好き勝手すればいいのだけど、今回の援軍は一万近く。普通にやると混乱するか大混乱するかの二択である。

そんな難しい状況を乗り越えて、すいすい作戦を進められたのは、優秀な連絡将校の働きによるところが大きかった。

その将校とは、つまりクラリッサなわけなんだけど、わたしはもう彼女を手放せないと思う。一度置き去りにしてあらためて、彼女のありがたみを思い知ったよ。

ところで、連絡将校ってなんであろうか。

軍と軍の間をつなぐメッセンジャーみたいな仕事を想像されたあなた、お仕事的には間違いではない。そして、わたしにはただのメッセンジャーは必要ない。

わたしが蛮族との戦いで、領主連合軍の指揮官をしている時にも、各領主と連携を密にするためにこの手の将校がつけられたことがある。

彼らは、現在の状況を、微に入り細を穿つように伝えてくれた。そしてわたしは、三日目で我慢の限界に達し、全員を副将メアリに押し付けた。

情報量が多すぎたのだ。

指揮官は、情報をインプットしたら答えを返す機械ではない。わたしのクレバーな頭脳にだって限界があり、しかも前線をひーこら言いながら駆け回ってくたくたなのである。

できれば、その点についてご配慮頂きたかったのだが、彼らは自分の職分を優先した。仕方がないことではある。

「状況を漏らさずアリシア様に伝えろ」というのが彼らに与えられた使命だった。

しかし、わたしは凡人なので、彼らの期待には応えられなかったのだ。

その点、なんでもおおざっぱに済ませるメアリは、当時のわたしに都合が良かった。

彼女は、将校たちの長話をいつも簡潔にまとめてくれたから。

「状況は、極めて不利です。では、皆さん今日も一日頑張りましょう！」

うん、アリシア、今日も頑張る！

当時の王国における蛮族との戦いは、毎日こんな感じであった。

戦線がとっちらかって、もうどうしようもなかったのである。各自、現場を死守して力戦せよ、ぐらいの指示が精一杯だったのだ。

しかして今回の北方遠征である。

作戦初日、クラリッサは、ランズデール領軍の諸将に補給もろもろの連絡を済ませると、わたしに尋ねた。

「何かご質問はありますか」

「ないわ」

そのまま会議は終了となり、作戦が開始された。わたしは、帝国軍の状況について一切気にせず襲撃部隊を指揮し、首を刈って回った。

それから何日間か同じように過ごした。

作戦も後半に差し掛かったある日、試みにわたしはクラリッサに尋ねた。

「後方の状況を教えて」

結果から言うと、クラリッサは、帝国軍のほぼすべての状況を把握していた。完璧だった。

戦いの場にあっては、戦局すべてを見通すことは難しい。戦場の霧というやつだ。

彼女は、これを晴らすために、自らの足を使って駆け回り、部隊指揮官からも直接の情報を集めてまとめてくれたのだ。

情報は集めるだけでは意味がない。相互矛盾する情報については、関係する情報を精査して正誤を判断しなくてはならないが、クラリッサはそこまでを自分のお仕事として頑張ってくれていた。

ちなみにクラリッサは第四攻撃部隊の観戦武官まで兼任している。

「質問なし」の一言で済ませるわたしみたいな指揮官のために、この気が遠くなるような作業を毎日ずっと続けてくれていたのだ。

わたしは感動した。クラリッサに後光が差して見えた。

ちなみに、今までのわたしの副官、脳筋メアリの場合を比較のために話そう。

やつは、ほぼどんな質問にも「問題ありません」で済ませようとする。ろくに情報の裏付けも取らずにだ。

問題ありそうな場合でもいっつもこの返答で、問題が発覚しても力ずくで解決してから「やはり問題ありませんでした」で貫き通す。これこそが、メアリ流副官道だ。

力こそパワーを地で行っている。

メアリの性能を数値化したら、武力九十二、知謀八ぐらいだと思う。

頭脳は余裕の一桁だ。間違いない。

ちなみにジークが武力八十八、知謀百、わたしが武力九十八、知謀八十ぐらいの自己評価でいる。なかなか正確な評価だと自負している。

わたしはこの日、メアリを首にして、クラリッサを副官に据えることに決めたのだった。

折角なので、戦後の話もちょっとだけしよう。

クラリッサの頑張りにいたく感動したわたしは、副官をクラリッサに替える旨、メアリに通達した。するとメアリは大変喜んで「よっしゃ！」と言ってガッツポーズした。

喜ぶのかよ！　わたしの副官、そんなに嫌だったのかよ！

首にしたわたしのほうが、何故かダメージを受けてしまったので、わたしはクラリッサに慰めてもらった。クラリッサに頭をなでなでしてもらいながら、でもわたしは気づいてしまったのだ。

もし、クラリッサにまで見捨てられたら、わたしはぼっちになってしまうということに！

大変な事態である。

クラリッサは有能だ。超有能だ。こういう人材は取り合いだ。いつ引き抜きがかかっても不思議はない。

ちなみに帝国から来た他の人たちだが、ぶっちゃけ厳しい。例えば、今回の戦いできたステイシーさん。

皇后陛下との連絡役だから、結構できるひとなのかなって思ってたけど、蓋を開けたらメアリと同レベルの脳筋だった。

断言するけど、あの子には副官は絶対無理だ。

本人も、「腕力以外は当てにしないでくださいませ」といい笑顔で断言された。それでいいのか、ステイシー。

つまりクラリッサは貴重なのだ。人材豊富な帝国でも珍しいほどに。そんな彼女に見捨てられたりしないよう、わたしは賄賂を贈ることにした。

ご褒美に何をあげたら忠誠度って上がるのだろうか。たくさんの帝国軍士官を従えて人望がすごそうなジークに、わたしは相談した。

「勲章はどうだ？」

「なるほど」

勲章とは、戦争とか戦争とかで頑張った時にもらえる金属製のメダルとかだ。王国軍でのそれは、「頑張ったで賞」以外の価値はなく、故にわたしは実家の靴箱にまとめて放り込んでいたのだが、そこはさすが帝国軍。年金とかがついたりするので、実利もちゃんと存在する。

うーん。一応、わたしも将官だから、勲章の推薦状を書いてもいいんだけど、それだと帝国からのご褒美になってしまうんだよな。

できれば、わたしはクラリッサを私物化したいのだ。

「クラリッサには、わたし個人からご褒美をあげたいんですよね」

「なら、アリシアお手製の勲章にしよう。デザイン含めて軍で準備してもいい」

「ほんとうに!?　ありがと、ジーク！」

わたしが、欲望をお礼に隠してジークにハグすると、ジークは、任せろ！と力強く請け負ってくれた。

割とすぐに完成したので、わたしは早速クラリッサにプレゼントすることにした。予め、わたしは意匠には翼を使うとだけ聞いていた。帝国軍旗も双頭の鷲だ。

だから猛禽の翼のような雄々しいデザインを想像していたのだが、出来上がった勲章は、天使の羽を模したような、かわいらしい見た目のものだった。

「アリシアにちなんだ勲章だからな」

とジークは笑った。あんまり強そうじゃないな、とわたしは思ったが、ジークはこの意匠が気に入ってるようだった。個人で作ったプレゼント用の勲章である。

黒字に白銀の翼が映えてとても綺麗だし、これでもいいか、と思ったわたしは、折角なのでちょっとしたサプライズと一緒にプレゼントすることにした。

砦の謁見の間に暇な将校さんを集めて、ちょっとした授与式を開催したのだ。賑やかしにはわたしの手下の女どもも動員すればいい、と思っていたのだけど暇な人が多かったのか、かなりの人が参加してくれた。

呼び出されたクラリッサは、ちょっとびっくりしていたみたいだけれど、しかつめらしく気取ったわたしが勲章を胸につけてあげたらすごく喜んでくれたのだった。

「ありがとうございます。アリシア様」

って、受け取ったクラリッサの、はにかんだような笑顔がとてもかわいかったので、わたしも頑張ってよかったなと思いました。参加してくれた将校さんたちからも温かい拍手を頂いて、とてもいい授与式だった。

うん。ここまでなら、いい話だなー、で終われただろう。

ところが、そうは問屋がおろさなかった。

アリシア白銀翼付武勲章。

後に、このお手製の勲章が、公式に帝国軍の勲章として登録された事を知って、わたしはたいそう恥ずかしい思いをすることになる。ジークのいたずらは国を平気で巻き込むからほんと困ってしまうよね。

ところでわたしには、最近もう一人部下ができた。

ステイシーだ。皇后であるカートレーゼ陛下から密命を受けてきたいちおうできるらしい近衛騎士だ。

「アリシア様のお役に立たせてくださいませ」とのこと。まぁ、いいかとわたしはうなずいた。戦闘力は大丈夫そうだったから。

出身もクラリッサと同じ近衛騎士だし、同枠って感じかな、と思ったのだ。

とんでもない失敗だった。一言で言うとステイシーは、近衛騎士珍プレー好プレー集の珍プレー担当だった。

彼女の大活躍についても語っておこう。またの名を大迷惑ともいう。

ステイシーはわたしの護衛を自認しているらしく、常にわたしについてきた。

テルムに逗留していたときと同じ感覚で、蛮族への連続強襲作戦にも同道したのだが、最初の攻撃に参加したら撤収するという取り決めを無視して、第三次攻撃にまでついてきた。

ランズデール領軍は、戦意過多による抗命には、おおらかなところがある。

だからここまでであれば、「おー、あの姐ちゃん気合入ってるな！」ぐらいで済んだのだが、なんとステイシー、宿営所に帰る途中で迷子になってしまったのだ。

今回の北方遠征、初の行方不明者がわたしの側近の近衛騎士だ。

アリシア・ランズデールの面目は丸つぶれで、恥を忍んで帝国軍の皆様に捜索を依頼することになったのだった。

ステイシーは割とあっさり見つかった。迷子になって見つけてもらった犬みたいに嬉しそうな顔をしてくれた。

彼女を保護してくれた猟兵隊の指揮官の方が、わざわざ挨拶に来てくれたのだが、わたしは顔から火が出るほど恥ずかしかった。

「わたしのステイシーがお手数をおかけしてしまい、本当にすみません」

「いえ、こちらこそアリシア様のお手を煩わせてしまい申し訳ありません」

わたしと捜索にあたってくれた猟兵隊の指揮官の方（先も出てきたベルナールさん三十二歳）で、この後しばらくお詫び合戦が続いた。

この間、ステイシーはずっとにこにこしていたので、宿営地に戻ったわたしは流石に怒って拳骨を落とした。ステイシーは「解せぬ」みたいな顔してた。わたしはだんだん、この子との付き合い方がわかってきた。

その後しばらくは、ステイシーがわたしと同じ宿営所となるよう調整したので問題なかった。

しかしこの問題児は、決戦時にもやらかしてくれたのだ。

わたしは精鋭部隊を率いて敵の本陣に攻撃を仕掛けたのであるが、なんとこの女、勝手に部隊に潜り込んで来やがったのだ。

ところで帝国軍の正規騎兵は、ランズデール騎兵と装備が違う。

帝国の騎兵は投槍がオプションになっているのだ。そのため投槍を持っていないことが多い。騎兵の正規訓練は受けてるらしいステイシーも持っていなかった。

そして本陣攻撃時、ランズデール騎兵隊がせっせと敵に槍をぶん投げてぶつけている間、ステイシーだけは何もせずに敵の前を素通りし、隣を走っていた騎兵隊指揮官のギュンターさん（三十三歳）はとてもびっくりしたそうだ。

「え、この娘、何しに来たの？」

と思ったらしい。そりゃびっくりするよ！　危ないだけで、敵に攻撃できないなんて、それじゃ単なるお散歩じゃんか！

ちなみにだが、ちゃんと仕事はしてくれた。本陣突撃後の近接戦闘ではべらぼうに強かったらしく、味方を支援してかなりの数の死傷者を減らしてくれたのだ。

この活躍がなければ、本気で解任を考えるところだった。

作戦終了後に褒めて褒めてオーラを出しながらわたしのところに報告に来たので、わたしはご褒美にまた拳骨をくれてやった。

「解せぬ」

みたいな顔をまたしていたけど、わたしは君のその懲りない図太さが解せないよ！　この娘は軍隊を一体なんだと思ってるのかね！

要するに、ステイシーは、もう次の遠征は連れてくの止めよっかなってレベルの活躍ぶりであった。強いだけじゃなくて、集団行動も覚えてもらわないと、アリシア困ります！　まぁ、強いから勝手についてきちゃうんだけどさぁ……。

最後にメアリについても語っておこう。基本的に脳筋なので今回はジークの傍に置いてきた。ジークは智将派なので、メアリの知育を狙ったのだ。結果から言うと何も学んでこなかったので、知力強化は一切諦めて前線で使うことにした。

決戦時に部隊の統率を任せたのだが、お留守番の鬱憤をはらすべく部隊の先頭に立って突撃していた。

こんなにもかわいいのに、なぜメアリはわざわざ女を捨てに行くのか。お前がそんなだから、他の皆も「あ、わたしよりもまだ下がいる」って安心しちゃうんだ。

それで、アリシア一党は、女捨ててる戦争屋だって言われちゃうんだ。ほんと、もう、わたしは悲しい……。わたしを巻き込まずにやってくれ。

今回の北方遠征は、終始こんな感じだった。

なんだかんだ色々あったけれど、まぁ、みんな無事に帰ってこられたから、総括すると、この遠征うまくいったのではないかな、とわたしは考えている。

15．長期休暇とわたし

「暇ができた」

その時、私達は帝国北部国境線沿いの宿営地にいた。

北方遠征は無事完了した。私達の完全勝利だ。

ちょっとした戦勝パーティーも済ませて、終わったね、無事に勝ててよかったね、という雰囲気が漂う会議の席上でジークが言った。

暇ができた、と。

今回の遠征は、作戦行動に二ヶ月という予定が組まれていた。

だが、皆の頑張りもあって、おおよそ一ヶ月半で、すべての作戦は完了した。

結果、私達には、半月の思わぬ暇ができたのだ。

臨時休暇。

ジークの言葉を聞いて、帝国軍の皆さんがそわっとした雰囲気を出した。

ランズデール騎兵隊の皆は、それをちょっと羨ましそうな顔で見ている。

そして、わたしをはじめとした女性陣はじとーっとした目線を彼らに向けた。

戦争で大勝利して、休暇と臨時ボーナスが出た兵隊さん達が、楽しみにしていることとは何か。

古今東西、答えは一つである。

女の人に会いに行くのだ。

帝国軍の皆さんも、ランズデールの馬鹿共も、綺麗な女の人のところに行って、戦場の辛さや苦しさを優しく慰めてもらいたいと思っている。

ここで、これまで鉄の結束を見せていた帝国軍と王国軍、というかランズデール領軍に温度差が生じていた。

帝国軍の皆さんにとっては、帝国領内はホームである。

彼らにとっては、もう今回の作戦は終わっていて、これからはお楽しみの時間である。

一方のランズデール領軍は、まだ帰還の途上にある。

わたしも常々、勝っておうちに帰るまでが戦争であると、口を酸っぱくして言っている。無事、領都に帰還するまでは、まだ作戦は終わっていないのだ。

当然、女の人に会いに行くのもおあずけである。

しかも、奴らは今回分が悪い。わたしとわたしの生物学上は女性であるところのお友達は奴らより長く戦っていた。あとから増援でやってきてワガママ言うのはやっぱり少しかっこ悪い。でも、俺達にもご褒美が欲しい。

そんな願いに背中を押されてランズデール騎兵隊の一人から提案があがった。

「アリシア様、我がランズデール領軍も一旦ここで解散し、この後は各自の責任で帰還としてみては如何でしょうか」

「だめです」

いい年したおっさんのすがるような提案をわたしは無慈悲に却下した。

どこの司令官が作戦行動中の部隊を現地解散させるというのか。貴様らはわたしを馬鹿にしとるのか。

そんなわたしの様子を見て、ジークが少し残念そうに眉を下げた。

「そうか、残念だな。こういう機会でもないと暇もできないし、一緒に観光でもと思ったのだが……」

「お待ち下さい、殿下。考慮します」

わたしはマッハで手のひらを返した。手首ぐるんぐるんである。ドリルハンドアリシア、高速回転モード！

わたしは並行してクレバーな頭脳も回転させた。焦るなアリシア。よく考えるんだ。

今、わたしはジークとのラブ度の高まりを感じている。お城でのいちゃいちゃイベントから、激戦での吊橋効果を経た今は、関係を一気に進める絶好機だ。

ジークの好感度チェックも問題ない。わたしのセクハラまがいのボディタッチもジークは嫌な顔ひとつしていない。幼女にペタペタ触れられて嫌な顔する人間は少ないと言うが、わたしはこれでも成人女性だ。つまり女扱いされているはずだ。いい感じに下がってきたガードを、素敵な観光地の雰囲気にまかせて一息に突破してしまいたい。

なあに、期限内に全部隊が帰還出来ればそれでいい。

こいつらだって子供じゃない、現地の人に案内してもらえれば問題ない。ウォーモンガーのアマゾネスどもは、口先で言いくるめてどっかの街にでもおくってしまえ。

大丈夫、いけるいける。

わたしは頭の中で、楽観論を必死に並べ立てた。

ジークとの初の観光旅行は、それぐらいわたしにとって魅力的だった。

でもなぁ……。

わたしは、横目で、僕達なら大丈夫だよオーラを出しつつ眼からキラキラビームを放ってくるおっさん達を睨んだ。

懸念はやはりこいつらであった。

今のランズデール騎兵隊は、戦争が終わった解放感に溢れ、臨時支給されたボーナスと十分な長さの余暇があり、そして国外の大規模戦闘に参加できるほどの重装備を所持している。

そんなおっさんを七千人も野放しにして、何も起きないはずがなく……。

わたしは迷った。

迷った末に屈した。

このおっさん達と、なにより自分自身の欲望に。

せめて問題が起こらぬようにと、案内と通訳に帝国軍から人を借り、小隊単位の行動を厳命したうえでわたしは現地解散の許可を出した。

女どもも同道させようかと思ったが、火の粉が返ってきそうなので、結局やめた。いや、わたしがプライベート楽しむのが最大の目的であるからね。お目付け役付けるのは流石にちょっと可哀そう。

「全員欠員なく二月以内に帰還すること。現地で問題を起こさないこと。この二点が守られなければ、次からはわたしが帯同してでも絶対に帰還させます。いいわね!?」

「「「はっ！！！」」」

ほんと返事だけはいいんだよなぁ、こいつら。

わたしは半目になりながら、帝国兵の皆さんと一緒に繰り出して行く王国南部出身のお上りさん達を見送ったのだった。

わたしは切り替えることにした。

自分ではどうしようもないことを、いつまでも心配したところで仕方がないのだ。

なるようになるさ、と開き直ったわたしは、騎兵隊の皆と別れて、ジークと行く初の観光旅行に出発した。

目的地は北部森林地帯の入り口、ブルッフザールだ。

女の子達は、テルムの街の人たちに挨拶して帰りたいと独自に進路を取っていた。

わたしも行ったほうがいいかな、と思ったのだけど、なぜかジークが「行く必要はない」と強く主張したので、代わりにお手紙を渡すことにした。

美味しいご飯とお裁縫の先生になってくれた守備司令のグライゼさんにお礼状をしたためたのだ。

「まぁ、手紙ぐらいなら我慢するか……」とジークは言ってくださった。

見た目仲良さそうだったけど、男同士でなにか秘密の関係があるのやもしれぬ。特に興味はない。わたしは一部の貴腐人たちとは趣味を同じくしないのだ。

ジークとメアリと親衛隊の皆様を引き連れて、ブルッフザールとかいう街へと出発だ！

「待て、アリシア。一人で行かないでくれ。道がわからないだろう」

「いえ、このあたりは一度来たことがあるんです。お任せください」

初のデート、しかも外泊付きである。

わたしのテンションはがんがん高くなり、どんどん先行して皆を引き離し、追いかけてきたメアリにがみがみと説教された。

独断専行ならぬ先行がひどかったわたしは、そのまま自分の乗馬を取り上げられてしまった。

「楽しみにしてもらえているようで、嬉しいよ」

「ちょっと、はしゃぎすぎました。お恥ずかしい」

ジークに苦笑交じりに囁かれたわたしは、えへへ、と笑ってごまかした。わたしを怒ったメアリであるが、徒歩で走るか、ジークハルト殿下に同乗させてもらうかしろと、二択になってない選択をわたしにせまった。

わたしは一も二もなくジークの鞍に飛びついた。

メアリ！　ナイスアシスト！

我が友メアリはとんでもない策士である。わたしはるんるん気分で、二人がけにしたジークの鞍の前に乗り込んだ。

他の人に手綱を任せるのは本当に久しぶりだ。両手がフリーになったわたしは、馬の背を撫でたり、ジークの手をくすぐって怒られたりしながら楽しく道中をすごした。

澄み渡る青い空と、北に望む山々の白い尾根のコントラストがとても綺麗だ。

風光明媚な草原を馬に乗ってかける、お嬢様みたいにおめかししたわたしと、正装してきりっとかっこいいジークは、もしかしてとっても絵になるんじゃなかろうか。

わたしは心の中でにんまりした。

「えっきし！」

だがちょっと寒いな。

鼻水がたれなくてよかった。

わたしはすまし顔を取り繕うと、ジークの腕の中でしゃんと背筋を伸ばしたのだった。

「ようこそ、ブルッフザールへ」

目的地にたどり着いた私達を、街の入口で延々と同じ挨拶を繰り返す暇人みたいな台詞とともにコンラートが迎えてくれた。

メアリが眉をひそめた。

「どうしてあなたがここにいるのですか……」

「君に会いたくて」

コンラートがキメ顔で言った。

「口説くのなら、先に俺たちを案内してからにしろ、コンラート」

そのジークはしかめっ面だ。

こんな町の入口で、大所帯抱えながらの立ち話は通行の邪魔だ。みんなで連れ立ってお宿に向かうことになった。

宿は、この街の一番いい旅籠にお部屋を借りた。皇室だから街の有力者さんからも招待があったようだが、ジークはお断りしていたようだ。

「挨拶やら晩餐会の招待やらがあって面倒くさい」

とのこと。心から同意するね！　さすがジークだ。

これなら、どっぷり楽しめそう！

明日からは、観光旅行の始まりだ。とてもとても楽しみである。

16．お菓子とわたし

今回の観光旅行では、わたしは食欲と物欲とほんのすこしの色欲にまみれて過ごした。

思い返してみても、わたしの生涯を通じてもっとも有意義な体験であった。旅行っていいなと心の底から思った。

一応お断りしておくと、わたしの「生涯でもっとも有意義な体験」は、この後もしょっちゅう更新されることになる。

わたしの生涯がその程度のものだという点、皆様には予めご承知おき願いたい。

まずはわたしの一番の原動力である食欲のお話からさせてもらおう。

私達は到着してすぐ、お宿のお部屋に通された。

ほんのちょっぴり同室となることを期待していたのであるが、ジークとは別室であった。残念無念。

一応、夜間襲撃を想定してジークのお部屋の出入り口と採光場所だけは確認しておいた。機会があれば、上手く使いたい。

窓は枠ごと外せばよい。これ豆知識な。

一方のわたしのお部屋であるが、最上階の大きな大きな一室をお借りすることになった。他国のお姫様がご宿泊になるようなお部屋らしい。言ってて気がついたがわたしも他国のお姫様だった。自分でもすぐに忘れてしまう。戦争ばっかりさせられる世情が憎い。

立派なお部屋に当然のごとく気後れしたわたしは、そろそろ馴染んできたクラリッサとステイシーに招集をかけ、同じ部屋で寝泊まりするよう命じた。

「でかい」

部屋に入ったメアリも子供みたいな感想を漏らしていた。

それなりに帝国でもいい待遇をしてもらっていた私達だが、さすがはロイヤルスウィート、私達の体験のその上を、簡単に超えていく。

一方のクラリッサとステイシーは、豪華なお部屋も慣れっこであるらしく、テキパキと身の回りの支度をしてくれた。ここでわたしは、この旅、最初の美味しいものとの出会いを果たす。

クッキーである。

はい、そこ、しょぼいとか言わない。

わたし、この時のが人生初クッキーだったんだよ。いや、まじでまじで。

王都のお茶会で見かけたことはあったのだが、わたしはまったく手を出す気になれなかったので全スルーしていた。どっかの転生者が作ったやつは甘くておいしかったのだが、奴いわく「これはクッキーじゃなくてクッキーの生地を固めたものだ」とのことだった。

これだっておいしいじゃんと思っていたが、わたしはその違いを身をもって体験することになる。

見たことはあるお菓子である。

さてお味はどんなものかと、小さな四角い一枚を口に放り込んでみて、わたしはたちまち虜になった。

甘いのだ。そしてさっくりした口あたりがとても優しい。

たっぷりのお砂糖とバターのおかげだろう。贅沢な風味にわたしは眼を見開いた。

「高い部屋だけあって、良い茶菓子置いてますねー」

見れば、クラリッサも一枚かじっていた。

ステイシーとメアリも手に取ってもぐもぐしながら、おいしい、高そうとそれぞれ感想を口にした。

いや、君たち、ちょっと反応薄くない？　こんなに美味しいのに！

メアリだってわたしとビスケットとりあってたじゃん。軍用のあれもおいしかったけど、流石にこれは格別だよ！

カゴの中を見るとそれなりの分量のクッキーが積まれている。

でもここにいる人数で分けるとすると、すぐなくなってしまいそう。

わたしは食い意地の張った意地汚い女だ。

この贅沢な甘さを最大限味わいつつ一枚でも多く食べるんだ、と心に決めたわたしは、みんなに遅れをとらないようしゃくしゃく食べ始めた。

さくさくした食感が楽しい、おいしくて飲み込むのがもったいない。

二枚目を口に含みつつ三枚目をかじりはじめたわたしの顔を、クラリッサとステイシーがじっと見ていた。

ひゃん！　貧乏性こじらせすぎたか！　露骨にいやしんぼなところを見られてしまった。恥ずかしい……。

わたしは泣く泣く口の中のクッキーを飲み込んだ。

「クッキーって美味しいのね。ホンモノを初めて食べたのだけど、びっくりしちゃったわ」

「わたしの分もどうぞ。端からかじって食べてください」

ステイシーが、長めの筒みたいにくるっと一巻きしたクッキーをくれた。

食べ方を指定されたが、くれるというならわたしに拒否する理由はない。

できればリスみたいに、というリクエストをもらったのでなるべくそれっぽい仕草でかじる。リスには劣るが、わたしも頬袋には自信があるのだ。

一枚食べ終わったわたしに今度はクラリッサが同じものを差し出した。

「いままでおやつにクッキー出しませんでしたっけ？　この絵、初めて見る気がするんですけど」

「ビスケットやマフィンはあったけど。クッキーはないわ」

「オゥ！　シット！　わたしとしたことがぬかったわ！」

クラリッサが、よくわからない悔しさを爆発させた。そのせいか、かじるスピードに緩急つけてくださいとかいう高度な要求を突きつけてくる。

緩急ってなんだ。頑張って、食べるスピードを速くしたり遅くしたりしてみたが、食べ方に意識をもっていかれたせいで味がよくわからなくなってきた。

「味がわからなくなるから、もう普通に食べていい？」

「ちょっと待っててください！　追加分を持ってきます！」

クラリッサは慌てて部屋を出ていくと、すぐに籠をかかえたジークを連れて戻ってきた。コンラートと近衛騎士の男の人も一緒だ。

「俺の分をやろう。食べ方は任せる」

今度はジークだ。好きに食べていいというのでパクっとわたしは食いついた。

ジークの指にカスが残っていたのでぺろっと舐める。ジークはちょっと吃驚した顔をした。

「とても、かわいい」

「ありがとう」

褒めてもらったわたしは、素直にお礼を言った。おいしいものをもらってかわいがられるのだから、婚約者とはつくづくお得な立場である。

それからしばらく、ジークとステイシーとクラリッサに代わる代わる給餌されたが、際限なくわたしが食べ続けたため、食性が偏ることを心配したメアリに中断させられた。

籠一つ分ぐらい一人で食べ尽くした気がする。

大満足であった。

そのメアリもコンラートにあーんさせられて、ひどくめんどくさそうな顔で一枚だけクッキーを受け取っていた。

「メアリは酒飲みだから、塩気を聞かせた干し肉とかのほうが喜ぶわよ」

「知ってます。でもできれば、酒はほどほどにしてもらいたいんです」

コンラートの目が一瞬でどろりと濁った。メアリはわたしから目をそらすと下手くそな口笛を吹いていた。メアリ、コンラートさんにどんな醜態見せてるの……。

そしてわたしは、大好物のリストにクッキーと名前を刻み込んだのだった。


次はチョコまんである。

今回の観光は、ジーク、わたし、コンラート、メアリのお客様面子に、うちの近衛騎士二人を含む護衛四人の八人で回ることになった。

今は夏なのだけど、ブルッフザールは内陸の街なので結構冷え込む。

観光で外を歩き回った私達が、ちょっとした暖を取るために立ち寄ったお店で、わたしはそれに出会った。

赤や緑を内装にたくさん使った、少しエキゾチックな雰囲気のお店だった。

私達が温かい軽食が欲しいと注文すると、愛想の良い店員さんがとっておきだと言ってメニューを見せてくれたのだ。

見ると、王都の喫茶店でも見たことがないお品が並んでいる。

おすすめを聞こうと帝国組のジークとコンラートに目線をやると、コンラートが難しい顔をしてメニューを睨みつけていた。

「こんな高級な店で、中華まんを注文することになるとは……」

向こうならどれも百円ちょっとだろ、というか季節感考えろとぶつくさ言うコンラートは不満げだ。

わたしもお値段を見たけれど、軽食代と考えるとたしかにお高い。

貧乏領地出身のメアリもお値段には敏感だ。眉をひそめた。

「わたしは相場を知らないのですけれど、これは高いのですか?」

「いや、妥当だ。コンラート、あまりおかしなことを言うな。気に食わんのなら外で待っていろ」

「いや食べますよ。食べますけど。やっぱりこの値段は納得いかかねぇ…」

俺は肉まんにします。他のを頼むと負けた気になりますから。そう言って、コンラートは、一番安い肉入りの饅頭を二つ頼んでいた。

甘いものをあまり食べないメアリは、同じく肉入りのとトマトソースにチーズを絡めたものを一つずつ頼むらしい。

わたしも遠慮してお安いのにしたほうが良いのかしら。そう心配したが、これはいらぬ気遣いであった。

何しろ、わたしのジークは帝国の第一皇子ですごいお金持ちなのだ。

「なんでも好きなものを頼んでいいぞ」

「やったぁ!」

じゃあ一番高いやつから二つ頼もう。遠慮を知らぬ女アリシア、この手の機会を逃しはしない。

玉の輿ばんざいである。

そしてその、一番高いお品が、チョコレート入りの饅頭だった。肉入りの一番安い饅頭と比べてお値段が五倍ぐらいする。

中身のチョコレートが高いらしい。

待つことしばし、一番お高い注文にニコニコ笑顔のお店の人が香り高いお茶と一緒にお品を出してくれた。

蒸したてで湯気を立てる饅頭にわたしはがぶりとかみつく。そして、かっと眼を見開いた。

甘い！　おいしい！

わたしはこのチョコレートの濃厚な甘さにまたしても虜になった。

とにかく甘かった。クッキーのふわっとした甘さと違って、なんというか濃い感じがする。

元気が出る美味しさであった。

両眉の端がシャキーンと跳ね上がる感じだ。

ふがふがと白い饅頭皮にかぶりつくわたしを、ジークは楽しそうに眺めていた。

「アリシアは、なんでもうまそうに食うな」

「美味しいです！　世の中には素敵なものがいっぱいあるんですねぇ！」

「帝国にはほかにもいろいろ珍しいものがある。今度いくつか取り寄せてみようか」

「はい！　楽しみにしてますね！」

ジークは、彼が注文した饅頭も一つわたしにくれた。

カスタードクリーム入りの饅頭だ。これもとても美味しかった。前に一度だけ食べたプリンを思い出しちゃうな。この分だと帝国にもあるかもしれぬ。

しかし、チョコレートか。名前だけは知ってたけど、こんなにも美味しいものだったのか！

そして、わたしは大好きなものリストに深くその名を刻み込んだ。

「今気づいたけど、ほとんど中華関係ねぇじゃねーか！」

コンラートは最後まで不満が残ったようだ。おいしかったからいいじゃないか、とわたしは思った。

メアリも同意見だったようで、コンラートの頭をなでて慰めていた。


そして最後はアイスクリームだ。

一日観光を終えて、宿へと帰る道すがら、ジークが言った。

「夏らしいものを食べよう」

コンラートは答えた。

「流石に中華まんはないと思います」

「よしきた。ならばアイスクリームだ。どうせなら、一番うまい食べ方をしようじゃないか」

そして二人はなにやらひそひそと悪巧みを開始した。

わたしもだんだんこの二人のことがわかってきた。この人達、結構馬鹿だ。

わたしとメアリ、二人して同時に半眼になってしまい、期せずして認識を共有することになった。

ここブルッフザールは北に位置する街だ。避暑に選ばれるというだけあって、涼しくてすごしやすい。でも、そういう過ごしやすい場所はアイスにふさわしくないのだそうだ。

そこで、狙うのは風呂あがりだ。サウナも交えた我慢比べをしたあとに氷菓子を持ち込んで、今いるメンバーで食べることに決定した。

いや、そんなにおいしいものなら、いますぐに食べたいよ。わたしどこでも美味しく食べられるよ。と思ったが、スポンサーの楽しみ方に水を差してはいけない。おとなしくジークに任せることにした。

私達は氷菓子の取り扱いがある高級レストランにお邪魔した。

なお、夏場に氷菓子を取り扱っているような高級店で、お持ち帰りなんてサービスをしてるところは存在しない。

ならばどうするのか。

こうするのだ。

「夜分にすまない。帝国第一皇子のジークハルトだが、この店のデザートだけ持ち帰らせてもらえないだろうか」

身分を振りかざしての無理難題、ジークが大好きな馬鹿皇子ごっこだそうだ。

もしお店が、ジークが依頼したものを用意できたら多めに礼金を払い、用意できないと迷惑料を置いて去っていく。いろんなものを無駄遣いしているが、やるとすごく楽しいらしい。

一応このおバカ行為にも理由がある。ジークは歳費をダダ余りさせているせいで、「国の経済回すためにきちんと使い切れ！」とお父様から怒られるのだそうだ。

羨ましい限りだ。うちの公爵家なんて父娘二人で倹約に努めているというのに！

ジークが名乗ると、案内の人がめっちゃ大慌てで奥の方に走っていった。すぐに支配人の方が出てきて、すごい勢いで応対してくれた。

このアホな名乗りで、果たして身分を信じてもらえるのかと心配したのだが、皇子の身分を詐称すると問答無用で極刑なので、俺以外に名乗るような馬鹿はまずいないとジークは自慢げに教えてくれた。

ジーク、馬鹿なことしてる自覚はあるんだね。

一応身分証の提示を求められたら、提示する用意はあるそうだ。帝国軍のドッグタグらしいけど。もうどうでも良くなったわたしは、急な出来事に動転しきっている支配人さんに、このアホな試みの裏側を説明してあげた。

「なるほど、そういうことでしたら」

そして、私達は、保温の魔術具の箱を一つ貸し出してもらい、そこにおみやげのアイスクリームを詰めてお宿に戻ることになった。

大事な魔術具まで一つ借りることになってしまったので、その分の礼金もきちんと払った。明日は、宿から人をやって箱を返却させるそうだ。

こうやって人を使っては、気前よくチップを弾んであげるのが、良いお金持ちの振る舞いなのだと教えられた。

へー、とわたしは感心することしきりだったのだが、後にクラリッサから「馬鹿なことは真似しないで良い」と釘をさされた。関係した者たちは皆、喜んでいるのだから、これは良い道楽なのだとジークは笑っていた。

そうかもしれないし、そうでないかもしれないが、わたしはちょっと楽しかったので、ジークの言うとおりでいいかなと思いました。

お宿に帰ってきてからお風呂に入る。お水が豊富な街らしく、お風呂も入り放題だ。

あー久々で生き返るー。のんびりふやけてから、さっき調達してきたアイスクリームを頂くことになった。

冷たい飲み物も一緒だ。もう牛乳を一本いただいたが、それとは別に果汁をもらった。

さて、どれをいただこうか。

わたしは悩んだが、一番基本らしいバニラのアイスクリームと、気に入ったチョコのアイスクリームを二段にして、ウェハースと一緒にお皿の上に乗せてもらった。

匙にすくってぱくりと食べる。

ヒヤッとした感じが舌の上に乗ってからすっと溶けると、ミルクの優しい甘さが口の中に広がった。

甘ーい！　美味しーい！

はー、と満足の息を吐く。これがアイスクリーム……。おいしい。果汁を凍らせたものは見かけたが、これはさらに一手間かかっている。なんかこう柔らかいのだ。ふんわりして、でもひんやりの甘々である。まあ、要するに超美味しい。

そして、三度、わたしは虜になった。

わたし、今日一日で虜になりまくりである。しかし、よく考えてみたらわたしは姫騎士なのだ。捕まりまくるのは、ある意味、職分を全うしているといえなくもない。蛮族に捕まりたくはないが、美味しいお菓子に捕まるのなら大歓迎だ。

冷たくておいしいなぁ、と感動したわたしは、ゆっくり味わって食べることにした。

わたしの取り分はこのお皿に載っている分だけだ。こんなに素敵なもの、次はいつ口にできるかわからない。大事に頂かなくては。

「一気に食べても良いんだぞ」

「そんなのもったいないです。ゆっくり味わっていただきますね」

「そうか……」

ジークにがっかりされた。その横で、さっきぱくりと一口でアイスを食べ尽くしたメアリが、いたいいたい頭がいたいとこめかみを押さえてうめき始めた。

コンラートがほっこりした目でジークを睨むと、彼はわざとらしく視線を逸らした。

わたしがじとっとした笑顔を浮かべている。ははぁん、そういうことね。

もうひと匙アイスをすくって口にする。やっぱりおいしい。

わたしはなぜ風呂上がりのアイスが贅沢なのかを考えた。

そして一つの推論に至った。

暑い時に冷たいものを食べるとおいしい。

あたりまえじゃねえか、と脳内のわたしがつっこんだ。真理とはこの当たり前の中にある。大事なのはその小さな気づきなのだ。

うむ、わたしはこの哲学的な気づきに大いに満足した。

あるいはこの発見は、もっと他のことにも応用できるかもしれない。

わたしは悩んだ。うんうん悩んだ。そうやってしばらく悩んでみたのだが、特に何も思いつかなかったので、考えるのをやめた。

とにかく夏場のアイスクリームは美味しいのだ。

わたしはそのことだけを強く記憶することにした。

美味しいものを沢山発見できて、その日のわたしは大変な幸せものであった。

その日の夜、わたしは夢を見た。わたしは夢の中、三年前に戦場でジークに初めて出会ったときの格好をしたままお腹が減って動けなくなっていた。

疲れて果てて、もう一歩も歩けないとうずくまっていると、そこに敵国の皇子ジークハルトが現れる。彼は、ほっこりした笑顔を浮かべると、わたしをお姫様抱っこで連れ去ってしまう。

「くっ、わたしを一体どうするつもり!?」

「貴様を天国に連れて行ってやろう」

わたしは内心ドキドキだ。これはいわゆる姫騎士的な展開ではなかろうか。そんなわたしの期待を他所に、ジークはばーんと、唐突に目の前に現れた牢屋の扉を開け放った。

部屋の中の光景を目にして、わたしは叫ぶ。

「こんなものに、わたしは屈したりなんかしないんだから！」

「そんなことを言って、お前の体は正直だな！」

そして、盛大に、わたしのお腹が鳴った！

お部屋の中には、おいしそうなお菓子がいっぱいだ！

「ほら、腹が減っているんだろう。たんと食え」

ジークはわたしをやさしく椅子の上に下ろすと、かわいい前掛けをつけてくれた。

口元に運ばれたクッキーからわたしは目をそらすが、欲望に耐えきれずに食いついてしまう。ジークはそんなわたしの顔を優しい笑顔で見守りながら、せっせと甘いお菓子を運んでくれた。

……うん。

この展開について、わたしは、言いたいことが沢山あった。

とりあえずわたしの身長が、三年前基準で小さくなっていることが一番の不満で、ジークが小さい子供に向けるみたいな、超絶優しい笑顔を向けてくるのが次の不満だ。たしかにわたしはお菓子が大好きだが、せっかく夢でジークに会えたのだから、それ以上にやりたいことがたくさんあった。

にもかかわらずこの展開。

一体全体、どんなわたしの潜在的欲求がこの夢を見せているのか。わたしは内心、不平たらたらだった。

そんなわたし本体の気も知らず、口の中を甘いお菓子でいっぱいにした姫騎士のわたしが叫ぶ。

「くっ、殺せ！」

「アリシア、口を開く前にちゃんと中の物を飲み込みなさい」

お母さんか！

わたしの心の叫びもどこ吹く風で、だらしない笑顔を浮かべたちびのわたしは、一心不乱に美味しいお菓子を頬張っていた。

なおその日の朝、わたしは、寝よだれを垂らした間抜け面で寝台の上にひっくり返っているところを発見される。

第一発見者のステイシーはこれを目撃すると、慌ててクラリッサを呼びに行った。そして画用紙とパステル持参で駆けつけた天才クラリッサは、半刻ほどで我がアホ面の似顔絵を描き上げた。

この決定的瞬間を捉えた姿絵の存在は、わたしには一切秘密とされ、裏から両陛下への定期連絡に添えて帝国本土へと送られた。

お義父さまとお義母さまにご挨拶に伺った折、これら自分のマヌケ面と対面することになるわたしの気持ちを、この時のわたしはまだ知る由もなかった。

17. 街歩きとわたし

わたしが食欲魔神であることは事実であるが、食べてばかりいたと誤解されるわけにもいかない。

ちゃんと観光もした。

ブルッフザールの街へ繰り出す前に、わたしは従者三人に傅《かしず》かれて身支度を整えていた。

今は夏だが、一番暑い時期は過ぎていて、しかもそこそこ涼しい場所なのであまり薄着でなくても過ごしやすい。

ステイシーの見立てで白のブラウスと濃紫のドレススカートに繊細なレースで彩られたショールを羽織るわたしは、どこからどう見ても良家のお嬢様だった。

そう「お嬢様」だった。

「わたしの格好、なんだか子供っぽくないかしら」

わたしはわたしのコーディネートを担当したステイシーに確認した。

「とても良くお似合いです。アリシア様」

ステイシーの回答に意図的なものを感じるね。

子供っぽさは身長のせいだと信じこみたいわたしは、少しでも高さを稼ぐためにかわいくてなるべく高さのある帽子をさがしてきた。

地元じゃ麦わら帽子を被っていたけれど、ステイシーが選んだのは布製の紫のかわいい帽子に濃い色のリボンがついてるやつだ。うん、いい感じ。

外に出るとジークとコンラートと護衛の騎士二人が待っていた。

わたしは早速左手の手袋を外してジークに差し出す。

ジークはニヤッと笑って右の手袋を外すと、わたしの手をきゅっと握った。わたしはジークに直接手を握ってもらうのが大好きなのだ。

「当然のように自分の右手をフリーにするアリシア様まじぱないっす」

わたしのエスコートの常識を根底から覆す振る舞いに、コンラートと護衛騎士の人たちはビビっていた。まぁ、ジークはわたしが守るからね。仕方ないね。

「アリシアは、夏の装いもよく似合うな」

「ありがとうございます」

「まぁ、秋も冬も春も似合うがな」

「一年中ですね」

「当然ですね」

ジークの褒め言葉に、ステイシーとクラリッサがうなずいた。メアリはあくびした。

でもジークはわたしのなりを見て気になることもあったらしい。

「しかし全く飾り気がないのももったいないな。アリシアは装飾品が嫌いか？」

「単に手持ちがないだけです」

はい。実はちょっとしたコンプレックスであります。わたしは装飾品の類を持っていない。

というか、ジークに幾つかもらうまでは一つも持っていなかった。

今回の遠征も、服はパーティーもあるということで軍服以外にかわいい私服を準備しておいたのだが、装飾品の類は持ち合わせていなかった。階級章とか勲章はあるのだが、まぁ、似合わない似合わない。

ということで、今のわたしが身につけているアクセサリはベルトぐらいのものだった。我ながら、驚きの飾り気のなさ。シンプルアリシアである。

チェインや指輪は、乱戦の時に危ないという実用上の問題もある。軍人しながらおしゃれを目指すのはなかなかに難しいのだ。

「どうせなら少し飾ってみよう」

「であれば、髪飾りがよろしいでしょう」

わたしの嗜好を知っているメアリのアドバイスを受けて、私達は、民芸品のお店に行くことになった。

森の直ぐ側に拓かれたブルッフザールは、林業の街だ。天然の良質な木材を使った特産品がたくさんある。

綺麗な家具などがその代表だが、木工細工を使った装飾品でも有名だった。街で一番の品揃えというお店に入る。

店の中は家具や飾り棚のような大物から、カップやお皿、お茶会で使うおしゃれな小物まで沢山の木工品でいっぱいだった。わたしは目を輝かせた。

「素敵！　かわいいものもいっぱいありますね！」

「アリシアのほうがかわいいがな」

「おう、のろけてないでさっさと入って下さい、殿下」

ジークに褒められてわたしは、照れてしまった。

あとコンラート、敬語が滅茶苦茶だよ。ジークと悪口仲間というのもよくわかる。

しばらくお店の中をうろうろした私達は、髪飾りが置いてある一角を見つけた。木彫の優しい手触りと、素朴な意匠がかわいらしい。

ジークは他のアクセサリを見繕うと奥の方へ歩いていった。

「どれが一番似合うかしら」

わたしが鏡の前に立つと、メアリとステイシーとクラリッサが代わる代わるいろいろな飾りをわたしの髪に当ててくれる。

わたしは、鏡の中の自分の顔をじっくり吟味する。どれもかわいい。

やっぱり元の素材がかわいいから、どれでも似合うな。ジークの褒め倒しのおかげで、最近、自信過剰気味なわたしである。

わたしの従者は、しばらくの間髪飾りをつけて外してを繰り返していた。

しかし、面倒くさくなったらしいステイシーがワンステップ飛ばし始めた。

つけて外しての、外す部分を飛ばしたのだ。結果髪飾りを、つけてつけてつけてになってしまいわたしの頭装備の重量がどんどんと重くなりはじめた。

見ていたクラリッサが、得心したように手を叩いた。

「これだ」

「やりますか」

なにがこれなのか説明したまえ、クラリッサ。あとなに無駄にやる気出してんの、メアリ。

止めるべきかとも思ったが、下手に動くとお店の売り物を落としてしまう。結果、身動きとれなくなったわたしの頭に、すごい勢いで髪飾りが積まれていった。

沢山つけすぎたせいで、髪飾りがただの木片みたいに見える。それからしばらく作業は続き、およそ目につく範囲にある髪飾りをわたしの髪に貼り付けると、アホ三人はやりきった笑顔を浮かべて額の汗を拭った。

「できましたよ」

そうかできたのか。ならジークに見せてやんよ、このみのむしアリシアを。

わたしは髪から木切れがこぼれ落ちないよう気をつけつつ、しずしずとジークのところに歩いていった。

「どうかしら、この頭」

「いいな、よく似合う。全部買おうか」

ジークよ、お前もか。やけくそになったわたしは、そのままお会計に向かったが、お店の人まで

悪乗りしてとてもかわいいと太鼓判をおしてくれた。

売り物がなくなってしまうのは困るだろうということで、半分ほどは棚に戻したが、残りの木片は全部おみやげとして買い上げた。

軽く半年は着回せる量の髪飾りを手に入れて、わたしのテンションはだだ下がりである。まったく、全然、ありがたみがない。

売るほど手に入ったので、テルムでぐだぐだしてるだろう女の子達に適当にばらまくことにした。わたしが布袋いっぱいの髪飾りをステイシーに押し付けている横で、ジークはお店の人と他のアクセサリについて話していた。

「この店では一品物は取り扱っていないのか？　既製品は候補が少なすぎる」

「でしたら、木彫館はいかがでしょうか？」

木彫館というのは、この街にある木彫品の展示場のことだ。一品物から、街の子供達が作ったような素人作品まで幅広く展示されているとのこと。

展示品もお金を出せば買えるらしい。私達も行ってみることにした。

目的地に向かう途中で、はちみつとレモンを溶かした冷たい飲み物を露店で買った。ほっとする味だ。おいしい。

陶器の器に多めに注いでもらったので、ジークと回し飲みしたのだが、残念ながらわたしは間接キスの経験値が高すぎた。騎兵隊の演習中に、部隊のおっさん達と水筒を回し飲みすることもざらだったからだ。折角の乙女シチュエーションなのに、ドキドキ度があまりなくて、わたしは少し悲しかった。

木彫館は、うちの実家よりも大きな立派な建物であった。入り口で館長さんが案内を申し出てくれたのだが、「自由に回らせてもらうつもりだ。気遣い無用」とジークはお断りしていた。

館長さんは残念そうにしながら、お茶会室を用意しておくので、休憩するときは使って欲しいと言って館内に戻っていった。

実はジークとも知り合いらしい。このブルッフザールに来て初めてジークの知り合いと会った気がする。

帝国内での第一皇子の知名度が、わたしにはいまいち掴みきれていない。

館内は、家具も調度品もなにからなにまで木製だった。

木の香りでいっぱいの館内は、とても優しい雰囲気だ。落ち着く。アクセサリ目当てであったけれど、私達はゆっくり中を見て回ることにした。

「木彫りの熊がある」

立派な魚をくわえた熊の木彫の前でコンラートが足を止めた。大きいだけの机の上に、ぞんざいな感じで大量の熊が並べられているコーナーだった。

二段に積まれているのもある。全部で二百ぐらいあった。

「ご自由にお持ちください」

記念品コーナーか何かだろうか、無料で配っているらしい。あとで館長さんに伺ったところ、とある物好きなおじさんが、このモチーフの置物ばかり作っては、できる端から寄贈してくれるらしい。置き場所にも困るので、貰い手を探しているのだが、なかなか減らずに頭を悩ませていると教えてくれた。

雄々しい表情の熊を見る。

うん、わたしもいらないな。実家に飾ると妙に合いそうな気もしたけれど、荷物がかさばりそうなので、引き取りは見合わせた。

「魔除けか何かかしら」

「知らんなぁ」

事情に詳しいジークも知らないとのこと。謎である。木彫館でわたしが一番気に入ったのは、からくり仕掛けの人形コーナーだ。

可笑しな顔をした人形が、ネジやゼンマイを巻くと、くるくる動く。とても楽しい。大掛かりなものになると、天井から吊るされた曲芸師の人形が、十体以上もひゅんひゅん飛び交って、傍目にはなかなか壮観であった。

ふと横を見ると、窓には「開放厳禁」の張り紙が。なんでも風が強い日に仕掛けを動かすと、勢いのまま飛んでいってしまう子がいるらしい。

「攻めますね」

「いや、攻めすぎだろ」

メアリにコンラートが突っ込んでいた。よく見るとくるくる回る人形たちの体は、ぼろぼろだった。たいていの人形は箱の中で座っているだけの簡単なお仕事であるはずだが、激務を強いられる子もいるのだなぁとわたしはしみじみ思った。

簡単な仕組みの人形も沢山展示されていた。お土産ものとして値札が付けられている。わたしはその中の一つを手に取った。くるみ割り人形だ。

かっぷくのいい女の子が台に腰掛けている。ネジを巻くとその台がめりめりくるみにめり込んで、殻を割る仕組みであるようだ。

この娘のお尻の重さに耐えきれず、くるみが割れる。人の体重を馬鹿にした失礼な仕掛けであるのだが、そのまるまる太った女の子がすごいドヤ顔で、わたしも思わずニンマリしてしまった。

見ろよ、このわたしのパワーを、と言わんばかりの表情に親近感を覚えたわたしは、その人形をお土産にもらうことにした。

「これが欲しいわ」

「気に入ったのか？」

「ええ、わたしそっくりでしょ」

ジークが笑った。失礼なことである。ジークからは見事な細工を施した、白檀の扇子をプレゼントしてもらった。広げて口元を隠してみる。

「お嬢様みたいですよ、アリシア様」

「でしょう？」

メアリからもお墨付きをもらったので、わたしもドヤ顔で決めた。アリシアお嬢様である。

木彫館を出てからも、私達はいろいろなお店を冷やかして回った。

町の人達はみんな穏やかで、優しい人が多かった。それから日が沈む前に、私達はお宿に撤収した。

実に楽しい一日だった。

そしてその夜。

わたしを狙った賊がお宿に侵入した。

らしい。

18．ブルッフザールと皇子

北方遠征にて、蛮族の掃討を終えた俺は、メアリを陣幕に呼んだ。遠征最大の功労者に対する論功行賞について話し合うためだ。

「アリシアの功に報いたい。彼女が一番喜ぶものはなんだろう」

「ジークハルト様をいただければ大喜びすると思います」

そうか、俺を褒美に与えれば良いのか。俺としても望むところだ。アリシアも幸せ、俺も幸せ。みな幸せで素晴らしいな。

だが予約済みだ。

「残念ながら、それは三年も前からアリシアのものだ。今更褒美にはならん。他に頼む」

「そうですねぇ。そういえば、アリシア様は、殿下と過ごす時間が少ない事を残念だと言ってました。どこかでゆっくりとご一緒できると嬉しいと」

「なるほどなぁ」

たしかにこれまで慌ただしかったような気がするな。王国の内戦から、帝国軍との調整に、俺の婚約者で、著名な軍人で、加えて王国の王女で大貴族の令嬢であるアリシアと仕事人間の俺である。

思い返すとゆっくり話す時間は意外と少なかった気もする。

「であれば慰安旅行はどうだろう。北方が早く片付いた今ならば、まとまった時間がとれるはずだ」

「いいですね」

「問題はどこに行くかだが……」

帝国の第一皇子とその婚約者で王国の王位継承権第一位になる姫の旅行先だ。

一番最初に浮かぶのはやはり北部一番の街だった。

「一つ目の候補は、リップシュタットだな」

帝国の中心都市リップシュタットは華やかな街だ。地域における、経済と社交の中心地でもある。

「俺とアリシアが出向けば、連日連夜、夜会や舞踏会にひっぱりだこになるだろうな」

「そしてアリシア様は、蔭で下賤の娘だ、山猿だと蔑まれるわけですか」

メアリの口ぶりは吐き捨てるようだった。

王国の脳みそが欠落した宮廷貴族相手だとそうだったのかもしれんがな。

だが帝国は違うぞ。

俺は首を横に振った。

「いや、絶対にそうはならん。アリシアが何をしようとも皆ほめそやすだろう。たとえどんな粗相があろうとも、彼女は王国の姫として、さらには俺の婚約者として、今までの人生で一番の歓待を受けることになる」

メアリは多少の驚きを見せたが、表情は険しいままだ。俺は続けた。

「で、アリシアはその扱いを喜びそうか」

「おそらく怖がられましょう。あれでアリシア様は人見知りです。わけがわからぬと不安に思われることでしょう」

「だろうなぁ」

アリシアは軍人だが、根は意外と引っ込み思案だ。一人でのんびりしたり読書したりという過ごし方が好きらしい。その反面、綺麗なドレスに憧れても社交にはさほど興味がなさそうだった。

その不慣れな姫をいきなり連れ出すのは、帝国の社交界にとって危険すぎる。

慣れぬ社交に不安な表情を浮かべて、俺の腕にすがりつくアリシアを愛でてみたい気もしたが、俺はその欲望に蓋をした。アリシアを絡めての火遊びは危険だ。大炎上しかねない。

「となると純粋な観光だな。景勝地なら山間のルシュタットか湖水の街ニーハイム、温泉地エルマウ、水晶街ローゼンブレンツ……」

幾つか候補地を挙げて話し合った結果、メアリの推薦で森林の街ブルッフザールに向かうことになった。林業を地盤とする街で、候補地の中では一番田舎にある地味な場所だ。

住民の気質も穏やかであるし、市長はじめ街の人間にも俺の顔が利く。気楽な観光旅行先と考えると悪くなかった。

なかなか良いところに目をつける、と俺はメアリの選択を評価した。

なお後に、メアリはなにも考えておらず、街の近くにある狩猟場目当てでこの街を選んだことが判明する。この従者、アリシアを第一に動くのは確かだが、それ以外の場所では自分の欲望に忠実だ。

本当に自由な女である。「あなたとのことは遊びですから」と断言されたという、コンラートの苦労が窺えた。

アリシアの訪問を打診されたブルッフザールからは、大歓迎する旨の返事が早馬で届いた。彼らのアリシアに対する感謝は深い。

ブルッフザールは、帝国北部の主だった都市の中でも北辺にほど近い街だ。テルムとの違いは城壁だ。街を守る石壁は、賊や野生動物に対するためのもの。とても軍の攻勢には耐えられない。

そこそこに辺境で、そこそこに中央とも近いこの街は大規模な侵攻を受けた時もっとも難しい立場に立たされていた。一たび攻撃に晒されれば、街は焼かれ、多くの命が失われることになっただろう。

住み慣れた街を捨てて疎開するか、身の危険を承知で留まるか、ブルッフザールの市民にとっては辛い選択の期限がせまっていた。

そんな中、アリシアが主導した北方遠征成功の報がどれほどの喜びを持って迎えられたか。街の者たちは、今回の遠征の殊勲であるアリシアへの感謝をこぞって並べ立てた。

既視感があった。無闇にアリシアを大歓迎した結果、やたらと警戒された帝国軍とかいう馬鹿共のことを俺はよく覚えていた。なにしろ一番警戒されたのは俺だった。

公務の外遊ではなく、慰安の旅行である。

ブルッフザールの市長にはそう強調し、市の衛兵隊にも協力してもらい平時と変わらぬ対応を要請した。

アリシアは、貴族の令嬢としては珍しいほどに、市井の生活に馴染みがある。家が貧乏だったからと笑っていたが、本人もそのような生活を好んでいたようで、よく楽しげに思い出話を語っていた。俺とても、つまらぬ作法に縛られるよりは、気楽な付き合いを好むところがあった。ゆえに今回の滞在も、公館ではなく街の宿を借りて、好きに遊び歩くことに決めた。

この情報を得たブルッフザールでは、アリシア滞在先をめぐって宿泊所間で熾烈な争いが発生した。絶対にうちに来ていただくのだと、各々の旅籠がしのぎを削った結果、伝統と格式と延床面積の差で一番の老舗がアリシア宿泊の栄冠を手にする。それでも諦めきれぬ者たちは、アリシアの滞在先に店の従業員を入れることを交換条件として認めさせると、当然のごとく、自分の身内をその旅籠に送り込んだ。

残念ながら、その手の新参者は、挙動が不審者そのもので、あっという間に近衛騎士に検挙され強制的に退去させられる運びとなる。強面の軍人に囲まれた十五の小娘が、震えながら「アリシア様にお会いしたかったのです……」と涙を浮かべる様は哀れではあったが、こちらも仕事なのできっちりつまみ出した。

すまんな。

ブルッフザールに到着したアリシアは終始楽しげであった。彼女に用意された部屋は、真新しい壁紙も眩しい豪華な一室で、アリシアはあちこち見回しては、しきりに感心していた。俺の部屋にも興味があったようで、やたらと鋭い目で出入り口や、採光窓を観察していた。

流石だな。まぁ、俺も警戒を怠るつもりは毛頭ない。

おそらくアリシアの癖なのだろう。俺は彼女への尊敬を新たにした。

アリシアはよく食べ、よく遊んだ。

部屋の茶菓子に感動しては目一杯頬張り、宿を出てからもあちらこちらの店先を覗いては、食べ物をつまみ、飲み物を口にする。アリシアは、あの小さな体のどこに入るのかと不思議になるぐらいの量をその腹に詰め込んでいた。

街の中を散策しながら、沿道を見渡す。

「屋台が多い街なんですね。街の名物なのかしら」

「そうだな」

そんなわけあるか。俺達の前では、靴職人らしき禿が飲み物を店先にならべ、鞄職人らしき髭が串に刺した肉を焼いていた。市長からは、店を空けることは許さぬ、アリシア殿下の周りを囲むような真似をしたらただでは置かぬ、と予め通達が出ていた。

結果、一部の連中が浅知恵を働かせて、臨時に出店を開業していた。裏の店も確かに開店している。ゆえに店は空けていないと言い張る魂胆のようだ。事前に市長からアリシアの好物について質問があった時点で、俺はなにかを疑うべきであった。

あとどうでもいいが、アリシアに品を手渡す前に、店主が必ず試食、試飲するのはいくらなんでもわざとらしすぎるのではないだろうか。この大根役者振りには、流石のアリシアも気づいたらしく、ありがとうと言って笑っていた。

後にこの不自然な営業形態について、俺が市長に問いただしたところ、蛮族撃退を記念したブルッフザールの祭りであって他意はないとうそぶいていた。いい年した中年オヤジの茶目っ気など腹立たしいだけである。

むしるぞ。

最初に俺達は木彫品の店に入った。そこは、端的に言ってごみごみしていた。理由はまたしても店側にあった。

アリシアの体は一つだ。

しかもブルッフザールに滞在できる期間は限られている。当然すべての店を見て回ることなどできない。

ゆえに店主たちは一計を案じた。

彼らは、一番大きな展示スペースを有する店に、すべての目玉商品を集結させたのだ。

結果、俺達が立ち寄った店は、街中から選りすぐった木彫品をこれでもかと詰め込まれて、非常に手狭になっていた。もとは家具屋だったそうだ。床面積が一番広かったがゆえに選ばれたらしい。

「この街の人間は馬鹿なんじゃないか」

「愛すべきかどうかは難しいラインですね……」

俺のつぶやきに答えた近衛騎士のクレメンスは、何とも言えない顔をしていた。アリシアは髪飾りが展示されている一角に連れ込まれると、早速、近衛騎士の着せ替え人形になっていた。

「飾りをつければつけるほどかわいくなるのだから、ありったけつければ最高にかわいくなるはず」

この素晴らしく頭の悪い理論を掲げたのはステイシーだ。結果アリシアは、積載制限いっぱいまで髪飾りを盛る羽目になった。あの女はアリシアから遠ざけたほうがいいやもしれぬ。俺は警戒を強めた。

「どうかしら、この頭」

従者のイタズラで、山盛りの髪飾りを載せられたアリシアがやってきた。彼女は憮然とした表情を浮かべている。森の妖精のようだと俺は思った。

「いいな、よく似合う」

アリシアは一つ頷くと俺の手をひいて会計に向かう。会計に立った店員も、アリシアのそのあまりの愛くるしさに衝撃を受けたらしい。全品ただにすると言っていたが、それでは商売にならぬだろうとアリシアは言い、半数を定価で買い付けた上で、残りはもとの棚に戻していた。

金は当然のごとく全部俺が出した。店員は、店を出て行くアリシアを最敬礼で見送った。ところでこの店員、只者ではなかった。件の髪飾りに、一度アリシアが身につけたという付加価値を載せて、二倍の売値で店先に並べたのだ。

あっという間に売り切れたらしい。この時あがった収益で、かの店員は木彫協会に一つ特注の髪飾りを注文した。

後日、一本の髪飾りがアリシアのもとへと送られてくる。

色合いも艶やかな黒檀の髪飾りだ。

アリシアはこの贈り物を大層喜んだ。彼女は、店員にお礼状をしたためたそうだ。

ここで終われば綺麗な話なんだが、残念ながら続きがある。贈り物を喜んだアリシアは、木彫協会にもお礼をすることにしたらしい。お返しは何が良かろうかと悩んだ末に、彼女は北方遠征で自身が振るった鋼鉄製の帯剣を贈ることにした。

後にその鉄剣を巡り、市の文化財として取り上げようとする市長と、絶対に渡さぬと抵抗する木彫協会の間で血みどろの闘争が勃発する。その報告を受けた俺は、やっぱりあいつら馬鹿だったかと、天を仰いだのだった。

店を後にした俺達は、次に木彫品館に向かった。俺たちを出迎えたのは、館長を名乗る市長によく似た中年男だった。その乏しい髪の本数まで一緒なんじゃないかというぐらい、市長と瓜二つだった。寡聞にして、やつに双子の弟がいたとは知らなかった俺は、館長を名乗る男の申し出をきっちりきっぱり謝絶してアリシアをエスコートした。

やつはお茶会室で軽食の用意をして待ち構えていたらしいが、その魂胆を見抜いた俺は徹底的にそれを無視した。

後日市長からはあまりに無情であると泣きつかれたが、館長と市長は別人であるというヤツ自身の建前をふりかざしてみたところ、「ぐぬぬ」と言って黙りこくった。

阿呆が。あと、なにがぐぬぬだ。

その日は、日が暮れるまで街の中を回った。街のあちこちでなんとも言えない歓待を受けたアリシアは、終始楽しげな様子であった。宿へと戻る帰り道、アリシアは目を細めて笑う。

「ここまで歓迎されてしまうと、なんだか面はゆいですね」

「楽しかったか？」

「ええ、とても」

アリシアはとても楽しかったらしい。ブルッフザールの連中にも、出立前に教えてやることにしよう。

いま教えるとうざくなりそうだから、出立直前にな！

俺達はただ観光を楽しんでいた。

アリシアは王国でも、帝国でも彼女に課せられた義務以上の働きで、彼女が言う「よくしてくれた人たち」に報いてくれていたと思う。

俺はそんなアリシアが好きだったし、そのことを尊敬してもいた。

そして多くの者たちも同じ気持ちであったはずだ。

例外はいる。

その例外を俺達はこの街で始末した。

19．婚約者とわたし

わたしは、メアリが淹れてくれた少し濃い目の紅茶を片手に読書を楽しんでいた。

本は、クラリッサから貸してもらった帝国の大衆小説だ。

なんでも、優しい皇子と勇敢な姫騎士の恋愛譚で、いま帝国で大人気なのだとか。観光疲れというわけでもないがゆっくりしようという提案があり、私達はお宿でくつろいでいた。

物語は、まさにクライマックス、皇子の危機にさっそうと駆けつけた姫騎士が、宿敵である黒騎士を退けんとするシーンに差し掛かっていた。ただ己の力のみを信じて自らを鍛え続けた黒騎士に対し、姫騎士は皇子との強い絆を武器に立ち向かう。

わたしは、当然のごとく、黒騎士に感情移入した。

二人がかりの攻勢を受けて徐々に追い詰められていく黒騎士。その姿に、黒い鎧に身を包んだ自分を重ねて、わたしはたいそう憤慨した。

だって、頑張って頑張って強くなったのに、最後は愛の力の引き立て役なんて、そんなのあんまりじゃないか。わたしは絶対納得できない。

断固、抗議してやる。

袋叩きにされつつある黒騎士の、つらい半生を思ってわたしが心の中で涙を流していると、朝から部屋を出ていたステイシーが戻ってきて、わたしの耳元で報告した。

「報告します。昨夜、アリシア様狙いの賊が一名、宿へと侵入いたしました」

「それで？」

「捕縛しました。背後関係を洗っています」

「わかったわ。報告ありがとう」

ステイシーはいつもの静かな微笑みを浮かべると踵を返し部屋を出ていった。

メアリが物言いたげにわたしを見た。

「わたし狙いで賊が入ったらしいわよ」

「何個小隊でございますか」

「一人」

やる気が感じられませんね、といって彼女は空になったわたしのカップに紅茶を注いでくれた。

わたしが黒騎士だったらこの姫騎士を皇子ともどもぼっこぼこにしてやるのに、とちょっと物騒な感想が浮かんだ。

半分以上はかわいい姫騎士に対する嫉妬だ。

そんなわたしの思いとは裏腹に、追い詰められた黒騎士は、崖から突き落とされて谷の底へと消えていった。かなしいなぁ。

わたしは黒騎士に哀悼の意を表すると本を閉じて立ち上がった。多分呼び出しがあるだろう。

着替えておかなくてはならない。

それからすぐに、私達は談話室に呼び出された。

至急ということだったので、わたしは軍服に着替える暇がなかった。私服だ。ちょっと悔しい。

部屋には、ジークの他、コンラート、ステイシーが待っていた。わたしの随行はメアリとクラリッサだ。席につくとすぐにジークが口を開いた。

「早速だが、今回の件について報告をたのむ、ステイシー」

ステイシーが進み出た。

ステイシーの報告をまとめるとこうだ。

ここ一週間ほど、ブルッフザールでアリシア様の居場所について嗅ぎまわる一味がいたらしい。

この時点でだいぶ怪しい。

なんでもわたしの逗留場所について街の人たちは大騒ぎして決めたらしく、ゆえにわたしのお宿を知らないなんてありえないことなのだそうである。それもどうかと思うが、この街の人的にはわたしことアリシアちゃんが最大の観光スポットらしい。

そんなアリシア様の事を知らない奴がいる。こいつら超怪しい、と彼らに絡まれた町の人は思ったらしく、ジークに警告を入れてくれた。

その話を聞きつけたステイシーが、親衛隊から選抜チームを編成して問題の一味をマーク、情報をわざと摑ませてお宿に誘い込んだとのことだった。

わざと開けておいた裏口から侵入しようとしたところを現行犯で捕まえたのだとか。

ついでに街に潜伏していた一味も全員身柄を押さえたらしい。全部で二十人近くも捕まえて、まとめて尋問中だそうだ。

水も漏らさぬ対応だった。

わたしは、賊の侵入よりも、ステイシーの辣腕に衝撃を受けていた。

今までダメな子扱いしてごめんよ。でも、ほとんどわたしにつきっきりだったのに、いつそんな準備をしたのだろうか。時々「少し離れます」とクラリッサにお仕事を任せていたのは見たけれど。

「今回の賊ですが、ジークハルト殿下のお相手を目標としたものと断定されました」

彼女はそうしめくくるとジークに話を譲った。

ジークは頷いた。

その表情がなんとも面倒くさそうだった。

「すまんな、実は俺は訳あり品なのだ」

「お買い得品なら、買い占めちゃいたいです」

みんなが笑った。

「まぁ、大した話でもないんだがな」

そもそもの始まりは彼の家族構成にあった。

ジークは皇后陛下の長男で、他に全部で四人の弟がいた。側室の子もそこには含まれるのだが、どの后も皇帝となった場合の後ろ盾としては十分なのだそうだ。

ジークは考えた。他に四人も弟がいるんだから、俺は多少無茶しても大丈夫なんじゃないか、と。

皇帝陛下は仰った。

いいぞ。どんどん冒険しろ、と。

帝国は、大きな国だ。多くの国や地域を取り込むことで、拡大してきた。民族も文化も多様になった帝国を、一つにまとめ発展させていくには、相応の手腕が求められる。宮廷の中で大事に守って育てるだけでは、不足するものがあるかもしれぬ、と陛下は考えられたらしい。

実は、現皇帝陛下も若い頃に、帝国各地を飛び回っていろいろな経験を積んだのだそうだ。もっとも陛下は次男だったそうだが。

ジークもこれに倣うことにした。陛下のお墨付きをもらったジークは、考えた末に士官学校に入学。皇子であるにもかかわらず、前線での勤務を希望した。うっかり死んじゃっても、弟がいるからいいやぐらいの割り切りっぷりだったそうだ。もちろん護衛はつけたうえでのことだ。

初陣で、負傷した小隊長に代わって部隊を指揮したり、雪山で遭難した兵士の捜索にあたったりと、いろいろな経験をしたらしい。最初からドラマチックな展開を引き寄せるあたり、なにか持ってると言わざるを得ない。彼は兵士たちにとっても、身近な皇子だ。

「皇子と兵士だからな。もちろん同じ目線というわけにはいかないが、たまに同じ釜の飯を食うぐらいならできる」

とのこと。わたしも心の底から同意したい。

彼の冒険譚は巷では有名で、国内における人気も高い。ただ結構な頻度で死にかけたりもしているそうで、そろそろ次期皇帝として身辺をかためて、落ち着いてもらいたいという声が上がっているそうだ。

「そんな俺は今年で二十六になったが、未婚で婚約者もいない。これをどう思う?」

「随分と遅いですよね」

「そうなんだよなぁ」

ジークが笑った。

実はジークにも縁談はあったのだ。二十歳になった時、さる良家のお嬢さんと婚約を結ぶ事になったらしい。もちろんジークもお相手も合意の上。

しかしそのお相手の女性が、彼女に一方的に思いを寄せていた男性に害されてしまった。その後、別なお相手との婚約の話が持ち上がった。だが本決まりになりそうになったあたりで、いきなり白紙撤回されてしまったそうだ。

ここでジークとその周辺も異変に気付く。

三回目の婚約の打診が不調に終わったことで、本格的な調査が行われ、帝国の議会が容疑者として上がった。

議会。

うちの王国にはありませんでしたよ。

「俺達、帝室と仲が悪いのだ。俺、というか親父の直系が目障りということらしい」

なんでも、数十年前まで、帝国は議員制だったらしい。それでよくわからないが、汚職がはびこったり、利権で政治が上手くまわらなくなったりしたらしい。

他国に侵略された一部地域を見捨てるみたいなアホな決定がされかけたために、本来権限を制限されていた皇帝陛下がクーデターを興して実権を奪ったのだとか。

「やったのは俺の祖父だ。以来、権力の奪い合いをやっている」

「なるほど」

「基本、皇族全員が狙われているのだが特に俺は人気があるからな」

「連中も必死なんですよ」

と、コンラートが付け加えた。

なにせ帝国の歴史は三百年を超えている。議会の隆盛も百年以上。その腐敗の根は深く既得権益にしがみつく汚い元老院のおっさん連中がとんでもなく多いらしい。

それでも最近になっていよいよ大鉈を振るえるようになったけど、おかげで相手もなりふり構わず強硬手段に出るようになったのだとか。

なんでもヤクザとか飼ってるらしい。これについては、まぁ、そうだろうねぇとしか言えないが。なにしろうちの実家のランズデール家も極論すればヤクザなので、あんまり強くは言えないのだ。

さてここでジークに出会った当時のわたし、アリシア・ランズデールの性能を帝国の視点から確認してみよう。

身分は王国の公爵令嬢。釣り合いは取れなくもない。

田舎領主の娘となるとちょっと厳しいが、ギリギリ許容範囲内だ。年齢は十五歳。ジークとは少し離れているが、貴族同士であれば珍しくもない年齢差。

敵国の人間ではあったが、王国の併合がなされれば、帝国と王国の和平を象徴する意味でも都合が良い。

というのは建前だ。最大のポイントは強いことだ。現在、女性と認められている全人類の中で、おそらく最強。男性をのぞく全人類とした、わたしの乙女心はわかってもらいたい。当時のわたしの婚約者は、帝国でいうところの二代目の馬鹿だった。アリシア嬢は、政略結婚について、海より深い理解がある、と思われたらしい。

我が帝国の第一皇子はちょっと理屈っぽいところはあるが、誠実で有能な男だ。婚約についても前向きに検討してもらえるに違いないと彼らは考えた。

確かにちょっと疑問だったんだよね。ジークはわたしを歓迎してくれたけど、周りの人はどうなのかしらと正直疑問に思ってたのだ。なるほどこれは納得だ。

わたしはこの話を聞いて、とても嬉しくなった。自分がジークの隣に立つ理由ができた気がしたからだ。

さて、ここで明言しておかなければなるまい。

実はわたしは、ジークとの結婚をお断りさせて頂くつもりであった。

いや、ちゃんと考えあってのことなのだ。ジークのことはもちろん好きだ。大好きだ。愛してる。そこんとこは譲らんよ。だが、結婚は難しいとも思ってた。

理由は皇妃という立場である。

ジークと結婚するとわたしは皇子妃となる。その時の自分の姿をわたしは想像できなかった。

わたしだって乙女だ。素敵な殿方と結ばれて、契を結ぶ自分を夢見なかったわけではない。お相手はかの帝国の皇子、自分が座するは妃の座、もっとも華やかなりし乙女の夢の実現だ。

そうやって、わたしが思い描いた皇子妃のアリシアちゃんだが、はっきりいって厳しかった。

一言で言うと地の利がない。なにしろわたしは戦争しかできないのだ。

一方で社交ができない。さっぱりだ。

最低限の礼儀作法はあるが、それだけだ。各国の代表とか、国内の有力者とやりあうのは無理だ。顔に滅茶苦茶感情が出ちゃう。あと実はすごいビビリなのだ。皇后って女の人のトップなのだけど、正直やれる気がしない。バリバリの新兵が海千山千の猛者相手に満足に指揮できるかって話である。

しかも、女性的な嗜みがてんでだめ。

経験がないのは社交と同じだだが、こちらは努力でなんとかなるかもとも思った。結果はこてんぱんだ。

刺繍がいい例だ。もう、さっぱり才能がない。絶無だ。普段は「できない理由を才能にもとめるんじゃありません」みたいなことを言うお母さんのメアリも、あの時は「向き不向きがございますから」と優しかった。これはよっぽどだ。やはりのたくったみみずでは厳しいか。

加えて、比較となる対象が、天才肌のクラリッサであったのが致命傷だったとも思う。

一応、わたしは政務についても多少の経験を持っている。有能な秘書となることはできるかもしれない。

でもジークは、わたしなどよりもずっと専門的な知識と優れた識見がある。彼を支える官僚もいる。

皇妃としてのわたしには、ほとんど必要性が見当たらなかった。

もちろん戦いの場で彼を助けることはできるだろう。これは間違いなくわたしの独壇場だ。でもそれは、多分妃の役目じゃない。それこそ親衛隊長かなんかになるべきだ。

これ以上は、わたしのガラスハートが耐えられないのでお許し願いたい。

ジークの好意におおいに甘えながら、わたしが至った結論を述べよう。アリシアは、ジークハルトの妃にはなれない。

という事情があるので、さてどうっすっかなぁとわたしは悩んでいたのである。実は悩んでいたのだ。夜も八時間しか眠れなかった。夜の十時から朝の六時までふかふかお布団でぐっすりすやすやだったのだけど、それはそれとして自分の将来についてそれなりには考えていた。

しかしこれはいいぞ。確実にお役に立てる。

わたしはウキウキした。

「では、婚約を大々的に発表しましょう。私達の健在をアピールすれば、敵はその分焦ります」

わたしは勢い込んで申し出た。コンラートが受けて答える。

「俺たち皇帝派からしてみれば願ってもない申し出です。ただアリシア様を囮に使うのは、正直俺は反対です」

「実利を考えるならそうすべきです。ジークのお役に立てるのならわたしは本望ですわ」

ジークに不慮の事態がなければ、次期皇帝は彼で決まりだ。

そもそもげんろーいんぎいんとか言う連中がタンスの下のゴキブリみたいにがさがさするのは、ジークが時々死にかけるからだ。

時々死にかける第一皇子。未だにその響きに慣れないのは、わたしの帝国歴が浅いからだろうか。

「ジーク、なんでもわたしに任せて下さい。わたし、役に立ってみせますよ」

ジークは少し不本意そうな顔をしつつも笑ってくれた。

「アリシアならそう言ってくれるとは思っていた。だが、正直頼り過ぎだと俺は思う。これは俺達帝国の問題だ。俺達で解決してしまいたかった」

「私達の仲じゃありませんか、遠慮は無用ですよ」

笑いながら、わたしが右手を差し出す。ジークは苦笑したがわたしに応えて立ち上がった。その右手を差し出される。

これは契約だ。

皇帝となり帝国を守る彼を、わたしが守る。これならば対等だ。わたしも胸を張って彼の隣にいられるだろう。

しかし、同意しない者が一人いた。

「お待ちください」

メアリだった。

20．わたしの告白

わたしはメアリを睨んでいた。

メアリが邪魔をしたからだ。すくなくともわたしにはそう見えた。ゆえに見当違いな思い込みでわたしは、彼女のことを睨んだのだ。

「メアリ、控えなさい。殿下のお役に立てることを考えるなら、これが一番効率的よ」

とわたしは言った。

わたしは殿下にも帝国のみなさんにも、ずーっとお世話になっている。ここが恩の返し時だ。

そのわたしの主張を聞いたメアリの表情を一言で表すならば、「何言ってんだこいつ……」であった。失礼だな！

「見当違いなことを仰らないでください。アリシア様」

違う、メアリの奴、顔だけじゃなくて口に出した！

どういうことなの……。

はぁー、こいつマジでわかってねぇでやがる、みたいな態度でわたしを一瞥した後、メアリは口を開いた。

「まずジークハルト殿下にお聞きします。その元老院とかいう老害の巣窟を焼き払ったとして、アリシア様との婚約はどうなりますか？」

「どうもこうも結婚だ。結婚以外にない。結婚前提のお付き合いを指して婚約というのだ。邪魔が消えれば結婚だ。なんなら邪魔があろうと結婚したい」

ジークは結婚を強調した。五回言った。ちょっと嬉しい。そして胸が痛い。

「ではヘンライン卿」

「いつもみたいにコンラートと呼んでおくれ」

「じゃあ、コンラート。その馬鹿共が消えた後、アリシア様の立場はどうなりますか？」

「どうもこうも、そのまま皇子妃に冊立です。次期皇后が内定して、皇后陛下が暴走を始めるでしょう。いまでも重戦車みたいな勢いですよ」

「結構、それだけうかがえれば十分です」

みんなはなんか納得したようだった。わたしはちょっと納得できない。

重戦車って表現がおかしい。おかわいいカートレーゼ様に相応しくない。

そしてメアリはわたしを見た。まっすぐ、正面から。

「それで、アリシア様に質問です。アリシア様は妃となられますか」

ぐうっ。痛いとこをついてくるな。わたしは返答に窮した。

わたしは戦うしか能がない。となると妃となる前に身を引いたほうがいい。と思うんだけど……。

メアリもそう思うよね、ね？

わたしが目で訴えると、メアリは一つ小さく嘆息して、そして苦笑を顔に浮かべた。いつものの、彼女のいう残念でかわいいアリシアに向ける笑顔を見せて、それから。

鬼の形相を見せた。

マジ怒りモードだ！　やっべぇ、ババ引いた！

「どうせ自分は戦うしか能がないから、身を引いたほうがいいとか考えてらっしゃるんでしょう！」

だからってがっつりわたしの心情代弁するのはやめろ！

わたしに集まるみんなの視線が痛い。うつむいたわたしは図星だと自白したようなものだった。

「最初に申し上げますが、元老院の議員とかいう小物共はなんでもありません。そもそも物理的に寝首を掻けないのです。確実に仕留めるなら、囲んで槍で刺すぐらいが必要なアリシア様にとっては、その程度の奴原、目障りな羽虫程度のものです」

「羽虫」

ジークが繰り返した。

馬鹿とか老害とか呼ばれていた元老院議員さんたちは、遂に虫にまで格下げされた。

「羽虫です。どうせ血統と既得権益にふんぞり返った俗物でしょう？　そんなものどこにでもいます。王国にも似たような連中はおりました。いまはみな国外に追放か墓の下でございます。どうでもよろしい。問題はアリシア様です。折角の機会ですし、アリシア様の奇行をこの場でご紹介いたしましょう」

おい、今、なんて言った？　待て、待て、嫌な予感がしてきたぞ！

しかして、ここからが地獄だった。

「まずは殿下と出会った当日のことでございます」

うわー、まて、やめろ、半年も前の話だろう。わたしはもう忘れた。覚えてない。だからメアリもすぐ忘れろとわたしが言う前になんと暴露が始まった。

メアリはぐびっと手元のお水を飲み干すと、とうとうと喋りだしたのだ。

「最初に、ジークハルト殿下との会見を終えられたアリシア様ですが、我に返られた後に、告白されちゃった！　告白されちゃった！　と大層興奮され、ベッドに潜り込んで、しばらくバタバタしておられました。アリシア様は生まれてこの方、殿方より直接的な好意を向けられたことが、一度としてございません。おそろしいまでのちょろさでございました。それからしばらく、わたしは案内をうけるためアリシア様のお側をはなれました。お部屋に戻りましたところ、いまだに騒いでおられました。アリシア様の奇行は、興奮度合いが強ければ強いほど長く続く傾向がございます。わたしはこれに強い危機感を覚えたのでございます」

ちょっと言い訳させてくれ。

安心感の反動がきたんだよ。なにもなかったもんだから。

なにしろ殿下はわたしに指一本触れなかったし、二人になった時はとても紳士的だったから、ひどい人ではないと思って……。

でもメアリと二人きりだったせいで油断した。

あと、告白されちゃった、を裏声で言うの、やめろ。やめて。

「幸いにもわたしの危機感は杞憂でございました。ジークハルト殿下とは、アリシア様のお側付きとして幾度となくお話しする機会を頂きました。アリシア様を傷つけるような方ではないと確信でき、わたしは本当に安心したのです。同時に、絶対にここで決めねばならぬと、強く決意したのでございます」

ここで衝撃の事実発覚。

メアリはジークと内通していた。しかもかなり立ち入った情報まで流していた。

ひどい……。わたしのいろんなあれこれは、全部ジークにばれてたんだ。やばいぞ、というかバレたらやばい案件がめっちゃ多い。冷や汗が止まらねぇぜ……。

それはそれとして、決めるとかいうのはやめろ。

「アリシア様は、綺麗なものや柔らかいものが大好きであらせられます。殿下からもドレスを頂きました。皇后陛下から頂いたドレスも本当に素敵なお品でした。アリシア様も大層お喜びで、お礼をしたい、お礼をしたいとしきりにおっしゃられたのでございます」

あまりに感激してしまい、ジークにすりすりしちゃいました。

「それが刺繍でございます。アリシア様はこの手の手仕事が大嫌いであらせられます。絶対にうまくできないから、わたしは一生針なんて持たない！　と高らかに宣言して、お父君であるランズデール公を大層がっかりさせたのはおよそ五年ほど前の事でございました。クラリッサから刺繍の提案を頂いた時も、当然、わたしは断られることを予想していたのですが、殿下にお世話になったお礼だからと、それはしおらしげなご様子で頷かれたのです」

父にはお詫びのハンカチを贈る予定です。

「いざ刺してみると当然うまくはできません。いままで裁縫用の針自体、ろくに触ったことがないのです。できばえも酷いものでございました。始める前は殿下にお礼をするのだ、などと意気込んでおられましたが、あまりの酷さにお渡しするのがこわくなったのでしょう、次に上手くできたら持っていくなどとおっしゃられ、出来上がりの品を隠そうとなさいました。あまりにその様子が、こう、面倒くさかったため、わたしが代わりにお渡しする旨お伝えしましたところ、絶対自分で渡すとおっしゃられ、殿下のもとへと飛んでいかれました。お戻りになられた時は満面の笑みでございましたが。ジークハルト殿下、アリシア様のハンカチは如何でございましたか」

「国宝にする」

「当然でございますね」

君ら何言ってんの？　恥じゃん！

というか刺繍だと証拠品として残るのか……。次からは絶対消え物にしよう。

「極めつけがパンツです」

「パンツ」

うぎゃ────！

やっぱそれか！　バレてたのか。やめろやめろやめろ、慈悲はないのか、お前！　死んじゃうだろ！　社会的信用と乙女の評判が死んじゃうだろ！

「アリシア様はすっかり殿下のことがお気に入りになりました。ずっといたい、一緒にいたい。でも、いつでもお会いするわけにはいかないことも、アリシア様はご存じでした。そこで代わりに殿下の身の回り品を欲しがったのです。具体的にはシャツとかパンツとかでございます。しかし流石に恥ずかしかったのでしょう。わたしではなくステイシーに調達を依頼しました」

うわー！　そうだよ、ステイシーにたのんだよ！　こんな事メアリには頼めないから。

あと、あんまり他の子と会話してるシーンが無かったから。油断した！　結構裏では社交的なんだよ、この子！

本当にすまなそうな顔をしたステイシーが頭を下げた。

「申し訳ありません、アリシア様。わたし一人で抱えるにはあまりに荷が重すぎました」

「申し訳ないのはアホな依頼をしたアリシア様です」

それはそう。

でも、もう一度、言い訳をさせてくれ。わたしはスキンシップが好きだ。大好きだ。ジークに限らずメアリとかにも四六時中張り付いてスリスリしたいと思っている。でも、ジークは忙しいし、メアリは基本塩対応だ。だから代わりになにか身の回り品をってね。

まぁ、ハンカチとかでいいんだけどさ。それよりは、シャツとかがいいなって思うじゃん！　ジークを身近に感じられるじゃん。これって普通でしょ？　普通だよね？

ジークはじっとわたしを見てから言った。

「パンツはダメだ。俺のはアリシアのと違って臭いからな」

いいや、わたしのパンツも普通に臭いよ。

「アリシア様は、即断即決を旨とされるお方です。にもかかわらず、未だ殿下からのお申し出には、お返事をしておられませんでした。ご自身の立場が未だ定まらぬから、などと仰っておられましたが、そんなものに頓着せず、戦場に立たれたからこそ今のアリシア様があるのです。果断をもってならすアリシア様が、今回に限ってご結婚をためらわれる理由など一つしかございません。お気持ちとは別にそうできない理由をお考えになられたのでしょう。そんなもの無視してお気持ちのまま突っ走ればよろしゅうございますのに」

メアリは、ここでわたしの方を向いた。

彼女の顔には、優しくて、甘い、甘い笑顔が浮かんでいた。

「アリシア様。わたしは殿下に申し上げますよ。アリシア様の本当のお気持ちを全部、最後まで」

わたしは恐怖した。

メアリは絶対に言う。やつはやるといったらやる女だ。現にわたしの変態趣味がオープンソースされている。これ以上の赤っ恥もそうないだろう。

もうヤツにレッドラインなど存在しない。

もうすっかりばらされてしまった。ばらされたらやばい系の話までバレてしまった。正直、こんな変態では別の意味で婚約破棄されんじゃないかって気もするな。

それならそれで最後まで自分の気持ちを伝えたい。

「好きです！」

わたしは叫んだ。言ったか？

言えたか？　念のため、もう一度言っとくか。

「ジークの事が好きです！　わたし、あなたと結婚したい！」

「俺もだ！」

きたぞ！　わたしは立ち上がった。ジークもなぜか立ち上がった。

わたしの中で、世界がゆっくりになった。パンツ女に春が来た。後はわたしが、ルビコンを超えるだけだ。

ルビコンとはこの机だ。ホテルの談話室に備え付けのお洒落でお高そうなこの白い机だ。

それを乗り越えて、跳ぼう、彼のもとへと。

そしてわたしは飛んだ。

反動で、椅子が後ろに吹っ飛んでいく。スカートが翻る。

後ろから中が見えたと、あとからメアリに教えられた。知った事ではなかった。

ジークは、胸に飛び込んで来たわたしを抱きとめた。そして、そのまま強くぎゅっと抱きしめてくれたのだった。

わたしは彼の胸に顔を埋めた。抱きしめてくれる彼の腕の強さが、わたしは、とても嬉しかった。

ｆｉｎ．

いや、おわらないよ！　まだ続くよ！

21．皇子最良の日

アリシアを狙う賊の話は、割と以前から存在した。

俺だけではない。皇帝である父が未然に叩き潰した件も多かった。心配した母は直属の近衛騎士までアリシアのもとに遣わしていた。

その網から漏れた陰謀が、ブルッフザールに逗留する俺達のもとにやってきた。

「こちらで対処します。信頼できる兵を百ほどお貸しください」

ステイシーは、母から送られてきた護衛である。本人の能力も護衛と予防的な暗殺《カウンターアサシン》に特化していると聞いていた。

彼女の要求は、現場の指揮権を無視したものであったが、利害の一致していた俺は全面的な協力を約束した。

ブルッフザールのアリシアへの感謝は先述したとおりだ。アリシアは彼らにとっての恩人であり、愛すべき次期皇子妃だった。

それは、安宿で働く貧しい女中ですら例外ではなく、その彼女と雇い主を通じて、俺達に通報がもたらされた。

ステイシーは、故意にアリシアの逗留先についての情報を市中に流した。

その手引で侵入した賊は、裏口から三歩目を踏み出す前に彼女に昏倒させられた。

この男はただの偵察。残る者たちは宿にいて、夕食に混ぜられた少し眠くなる薬のせいで全員夢の国へと送られていた。

とらえた賊は全部合わせて十九名、尋問の最中に十七人に減ったが、結局今までわかっているような話しか出てこなかった。

生き残りはまとめて鉱山送り、賊の話はこれで終わりだ。

問題は俺の事情だ。

俺と帝室にまつわるしがらみと面倒事をアリシアに話さねばならない。

アリシアは強い人だ。そしてなにより優しい人だ。この話を聞けば、アリシアは俺の求婚に絶対に否とは言わないだろう。

それは俺の望んだ答えではあったがそれでも俺は気が重かった。

そして俺の告白の日を迎えた。

俺の婚約者にまつわる事情を聞いたアリシアはやはり想像通りの言葉をくれた。わたしがあなたを守りますと。彼女の誇らしげな表情がその真意を語っていた。

本当は、俺が貴方を守りたかった。

そう思う一抹の寂しさと共に、想いが叶う喜びがあったのも事実だった。俺は立ち上がった。

彼女の右手が差し出され、俺の右手が迎える。

それをメアリが遮った。アリシアは苛立ちを見せた。わたしの意思を邪魔することは許さない、と、アリシアは言った。

おう。そうとも。あとは皆知っての通りだ。シリアスが息をしていられたのは、だいたいここまでだ。

その時、メアリは怒るでもなく嘆くでもなく、残念な娘を見る顔でこう言ったのだ。

「見当違いなことを仰らないでください。アリシア様」と。

まず、俺と俺達がずっと悩まされていた懸案は夏に湧く羽虫レベルであると断じられて終いとなった。

俺達を仇敵と目して蠢動する元老院派の非公式名は羽虫となった。

そして始まるアリシアの恋の暴露大会だ。

ここにメアリの述懐を再度記述しよう。

曰く、俺の告白に感激して、ベッドに潜り込んでバタバタしていた。

曰く、ドレスに大喜び、くるくる一人で回っては、鏡の前でうっとりしていた。

曰く、新しいドレスを身にまとうと、俺への感謝を口にし、一緒にダンスをする一人芝居まで披露した。

曰く、苦手な刺繡に頑張って取り組み、上手くいかぬと悲しんだと思えば、渡した時には殿下が喜んでくれたと大喜びだった。

曰くお茶をすれば、殿下とご一緒したい、殿下とご一緒したいと口に出す。

ならば誘えと言われて見れば、一番最初は春の中庭でしたいのだと首を振る。軍事要塞はだめらしい。グライゼが聞いたら泣くだろう。

曰く、今まで、見向きもしなかった恋愛小説に手をだせば、皇子と結ばれる女主人公が、みなかわいすぎて不公平だとぶすくれる。

そしてパンツだ。

かわいいと思った。本当にかわいいと思った。

後にコンラートにも確認をとったが、「アリシアは天使だ」ということで見解の一致を得た。俺の天使もエロいのだ。俺もエロくて許されるだろう。

メアリ原理主義を掲げるコンラートも一瞬グラッときたらしい。エロいところがうらやましいと奴は言った。お前の相方はあまり興味はなさそうだよな。体つきがエロいことは認めるが。あ、こら、アリシア嚙み付くな！　痛い痛い！

えー、おほん。いろいろとばらされたアリシアは、真っ赤になって震えていた。半開きの口からは、羞恥と狼狽を足して、甘酸っぱいなにかをまぶしたような声を漏らしていた。

「あわわわわ、とか口にする女の子、初めてみましたよ」

とは後のクラリッサの言である。

俺は、一国の姫君の、かのような痴態は絶対に秘さねばならぬと思った。

ゆえに厳重な箝口令を敷くと共に、心のアリシアアルバムの中の大事な一枚として、その姿を深く深く脳裏に刻みつけた。

おそらく最高の一枚になる。

メアリは、いうなればアリシアの母だった。子は母に絶対に勝てない。俺も散々思い知らされたところであるが絶対に勝てない。

ゆえに、ここに一つの真理が完成した。帝国軍はアリシアに勝てない。アリシアはメアリに勝てない。つまりメアリこそが最強の強者であったのだ。それに続くのはアリシアであり、その後ろに帝国軍の有象無象が続く。

この日、俺は上から三番目以下の男になった。それでも別にかまわないな、と俺は思った。

アリシアを羞恥に震わせるメアリの独演会は終わりに近づいていた。メアリは、一度言葉を区切るとニッコリ笑った。

「言いますよ？　アリシア様のお気持ちを。最後まで」

アリシアの反応は劇的だった。彼女がばっと顔を上げる。ふわりとやわらかい銀の髪が踊った。

彼女の瞳が俺の目を捉える。

決意を込めたアリシアの目が美しいと俺は思った。

そしてアリシアは言った。そのよく通る声で。

「好きです」

と。

それから、アリシアは一度、口を引き結んだ。視線は俺を捉えたままだ。

そして、彼女は叫んだ。今度は叫んだ。戦場を駆ける勇将の肺活量をもって叫んだ。

「ジークの事が好きです！　あなたと結婚したい！」

壁が震えた。俺も震えた。

俺の心も震えたが、おそらく体も物理的に震えていた。

「俺もだ！」

負けず俺も叫んでいた。あらん限りの思いを込めて。彼女の声量にとどけと。

俺は両腕を広げた。アリシアが突っ込んできてくれる気がしたのだ。アリシアは花がほころぶような笑顔を浮かべると、有り余る脚力でその小さな体躯を俺に向かって撃ち出した。

反動で吹っ飛ばされた丸椅子が壁にぶつかって悲鳴をあげる。宿の連中には弁償しよう。だが今はそれどころじゃない。

アリシア着弾の衝撃が俺の体を襲っていた。城壁に食らい付く破城槌もかくやという一撃を俺は全身全霊をもって受け止めた。

ドッともゴッとも言えぬ異音が俺の胸から聞こえた。負けるか。

愛する女の一撃だ。それを受けきれなくてどうするのだ。重心を前傾させつつ膝を柔らかく使って衝撃を逃がす。そして、俺は耐え抜いた。アリシアの試練を耐え抜いたのだ。

やり遂げた感があった。腕の中のアリシアは、そんな俺の気も知らずにロマンチックな雰囲気を醸し出していた。

まったく惚れた弱みというやつだった。これは敵わない、と俺は思った。

俺が彼女の体に腕を回せば、アリシアもまたこたえてくれた。俺の胸に顔を埋めたアリシアの髪からは、彼女の最近のお気に入りらしい、シャボンの香りがした。

アリシアに愛を告白された日だった。そして生涯を約束した日であった。人生最良の日であったと思う。

俺はアリシアを自室までエスコートしてから、主治医を呼んで診察をさせたのだが、幸い俺のあばらは無事だった。

やはり、人生最良の日であったと思う。

22．トラブルとわたし

会議室に流れた大団円っぽいムードのせいで、かの、えーっと羽虫議員達のことは皆の頭から抜け落ちてしまった。

みんな、私達ならどうとでもなるだろうという気になってしまったのだ。ちなみにだが、本当にどうとでもなった。

とんだ雑魚であった。わたしが婚約話を持ち出すきっかけにしかならなかったと言っても良い。

いまはジークである。

あんなにも彼との関係を進めるのを渋っていた手前、なんとも気恥ずかしくはあるのだが、彼との婚約が決まったわたしはすっかり舞い上がってしまった。

本当に春がきたような心持ちで、お宿のちょっとくすんだ壁紙さえわたしには輝いて見える。ちなみに魔法は感情にも左右される。

弾むような心持ちで歩いていたわたしの足取りは、物理的にも弾んでいたらしく、腕をびよんびよんとすごい勢いで振り回されたジークはちょっと大変だったそうだ。

でも、その時のことを振り返って「そうやって振り回されるのも楽しいのだから、俺は幸せものだな」とか言うのはやめて欲しい。真っ赤になってしまう。

ジークはわたしのお部屋までエスコートしてくれた。

はあ、結婚を約束すると気分まで変わってくるね。しあわせアリシアである。折角なので、お部屋でゆっくりお茶などご一緒したかったのであるが、彼は後始末があるとかで本日はここまでということになった。

ジークはわたしの手を両手で包み込むようにして握ると、そっと別れを惜しんでくれた。もうこれだけで、わたしは、愛しの皇子様と結ばれたお姫様の気分である。

気持ち目をうるませて、ジークを下から見上げる。彼はうっとうめいたあと、壁に頭突きして帰っていった。

ゴッという鈍い音までかっこよく聞こえた。でもなんで頭突きしたんだろう？

バラ色の未来像に、わたしは舞い上がっていた。だって結婚できるのだ。本当に結婚できるのだ。そうしたらいちゃいちゃしてそれからちゅっちゅして、えへへ、もうなんだっていいや！　たのしみだぜ、ひゃっはー！

しかし当然のごとくそんな幸せは長くは続かなかったのだ。

わたしはこの時、自分の人生をよくよく思い返しておくべきであった。いや、盲目であればこそ、短い夢をぎりぎりまで見れた分、幸せであったのかも知れぬ。

なにごとも前向きに考えるべきだ。

わたしの人生に訪れた初の春は、丸一日保たずに終了した。小春日和よりも短かった。

わたしのもとに急報が届けられたのだ。

ランズデール騎兵隊による政庁舎殴り込み事件発生。

とんでもねぇ凶報だ。あの馬鹿ども、なんてことしてくれやがる。わたしは心で涙を流した。


ランズデール騎兵隊、エルベス政庁を占領。

わたしは、その詳細について説明をうけていた。

原因は、元をたどると、一人の女性をめぐる争いだった。

騎兵隊幹部と市長の身内が、その女性を賭けて戦い、最終的にランズデール騎兵隊が市長に喧嘩を売ったのだそうだ。

彼らは盛大に戦い、市長とその一家を追い詰めると、最終的に政庁を制圧して勝利宣言をあげた。

これだけ聞くと、すさまじく馬鹿な所業である。

田舎領主の傭兵隊が、たかが女一人のために、帝国の公権力に喧嘩を売ったのだ。

だが、わたしは詳細を聞いて、我が部下である単細胞共を全面的に擁護する事に決めた。奴らはランズデールの誇りを守ったのだ。

その対象が、齢十七の女の子一人であることについては、この際目をつぶることにする。

「わたしとしては、現場の決断を支持せざるをえません」

「ああ、同意する。むしろ俺があやまるところだろう。なにかあれば言ってくれ」

「ありがとうございます、ジーク」

ランズデール騎兵隊は、ここ三年間、わたしがずっと統率してきた部隊だ。お互い嫌になるほどの信頼関係がある。

歴戦の部隊指揮官がやると決めたのだから、やるだけの理由が存在した。

事の経緯をお話ししよう。ランズデール騎兵隊の人間は帝国軍の方々に案内されて、帝国各地の町や村にお邪魔させてもらっていた。

問題がおきたのは、そんな街の中の一つ、大都市リップシュタットにほど近い衛星都市エルベスだ。

ここで我がランズデール騎兵隊の幹部ギュンターと、事件の原因となった女性、ヤイア嬢（源氏名シェリーちゃん）が出会ったことがそもそもの始まりだった。

ヤイアは娼婦だった。彼女は職業柄、春をひさぐ身ではあったが、その身分は帝国が保証していた。

帝国では、治安や防疫、それに裏社会の資金源を断つ目的で、この手のお仕事は公的機関が管理している。そこで働く女性たちは、健康や生活の保証も含めて、国が面倒をみる仕組みになっているのだ。

広い意味でいえば、彼女らもまた公務員であった。

はるばる遠征で帝国まで出向いて、変な病気をもらう訳にはいかない。帝国の案内の方も、その辺の事情はよくご存じで、うちの騎兵隊の人間には、特に管理がしっかりしているお店を紹介してくれた。王国南部の田舎から出てきたお上りさんであるところの男達は、洗練された帝国のお店の雰囲気におっかなびっくりしながらお邪魔した。

さて、受け入れる側のお店からは、ランズデールの人間はどう見えたであろうか。帝国軍とランズデール領軍による北方遠征成功の報は、すでに帝国全土に知らされていた。

同時に、我が騎兵隊の武名も、三割増しぐらい盛られて宣伝済みだ。蛮族相手に獅子奮迅の戦いぶりを示した猛者たちの武勇伝は、今や知らぬものがいないほどであった。

彼らは有名人だった。

ゆえに、お店の人たちは、ランズデール騎兵隊の男達を見て、とても怯えた。

当然だ。

強いからと言って、素行が良いとは限らない。むしろ暴力沙汰については、国がお墨付きを与えているような連中だ。凶暴な可能性のほうがよほど高い。腕力で無理を通すことだって、難しくもなんともないだろう。

さらに彼らは、帝国の恩人でもある。金払いもいい。できれば今後もなが一くお付き合いしたい相手だ。多少の酷い扱いや無理な要求についても我慢して耐えるよりほかない。

ヤイアもそのランズデール騎兵隊を迎えた女性のうちの一人だった。彼女も最初はとても怖かったそうだ。それはそうだろう。王国と帝国では言語が違ううえに、兵隊は大声で喋る。戦場でも通るような大声で、何やら言い合いながら隣に腰をおろしたむくつけき大男を、ヤイアは内心泣きそうな思いで見上げた。

まぁ、実際は、「お姉ちゃんたちかわいい」「俺達浮いてない？」「浮いてるなぁ」「あきらめろよ」「それはそれとしてお姉ちゃん達かわいい」ぐらいしか言ってない。心配するなよヤイアちゃん。

私達ランズデール人は田舎者であるし、王国内でも辺境の領地を飛び回ることが多かった。帝国の大都市みたいな都会に出たのは今回が初めてだ。周りの女の人もみんな綺麗で、とてもどきどきしたらしい。気後れもしたが楽しかったと、だらしない顔をした隊員から報告があった。無論、乱暴狼藉を働く気など、毛頭なかったそうだ。

大変結構。だが貴様の嫁にもその話はさせてもらう。

こんな田舎者を迎えて、お店のほうで軽くお酒を振る舞ったあと、ヤイアは宿の部屋へとうつった。彼女は、その夜、騎兵隊幹部ギュンターのお相手を務めることになっていた。

「今日は、よろしくお願いしますね」

辛くとも耐えよう、そう決心したヤイアの予想に反して、ギュンターは、とても優しかったそうだ。これは、彼らの指揮官がわたしアリシアであったことも一因だろう。わたしは、隊員たちに、たとえお金で買った関係であったとしても、女性には優しくしろと常々言ってきた。

俺は金を払った客なのだからと、女性相手にひどい扱いをする人間がいるが、どんな関係だろうと辛いものは辛いし、苦しいものは苦しいのだ。できれば優しく扱ってもらいたい。特に、わたしを女性の基準にしてしまうと大変なことになってしまう。

わたしは手加減されるのが大嫌いだったので、組討の稽古で流血しながらのインファイトもザラであった。アリシア相手の顔面パンチは許されるが、一般女性相手にその扱いはまずい。

あと傭兵には進駐の問題もある。戦争中は、他所の街に数百人単位でお邪魔することになるのだが、当然それなりに問題が発生する。そこで街の住民に嫌われると、私達が蛮族のような目で見られてしまうのだ。すると、「俺達はお前らを守ってやってるのに」という傭兵と、「あんな奴ら早く出ていって欲しい」という住民の対立で負のスパイラルが発生して、あっというまに関係が悪くなる。それはもうびっくりするぐらいの速さで嫌われる。

昨日までにこにこ笑顔で迎えてくれた看板娘の女の子が、わたしの顔を見るなり店の奥へとぴゅーっと逃げ込むようになるのだ。あれはさすがのわたしも堪えた。仲直りするのに足掛け一年もかかってしまった。大変だった。できれば私達だって、虫だらけの野宿より、綺麗なお宿に泊まりたい。故に、町の人とも良い関係を築くのは大事なことだ。娼館に務める女の人もそんな中の一人である。

この辺りの機微も、歴戦のギュンターはよく承知していた。彼はベッドの上でも紳士であったそうだ。

ヤイアちゃんは喜んだ。お金の払いはいいし、優しいし、ついでに国外のお客なら変な後腐れもない。お仕事の相手としてみれば、理想的と言っていい相手だ。絶対に逃すまいと頑張った結果、あっという間に彼女のほうが入れ込んでしまった。

一方のギュンターも自分に喜んでもらおうと、せっせと頑張るヤイアを憎く思うはずなどなかった。彼はお嫁さんをだいぶ前に亡くしていたが、娘が二人いて、上の子はヤイアと同い年だ。故郷に置いてきた娘を思って、彼女をかわいがったそうだ。そう言いつつ、やることはやってるあたり男であるが、その点については目をつぶろう。

　ギュンターはランズデール騎兵隊の幹部で、ヤイアは店の看板を務める売れっ子だった。二人が仲良くしているのを、周りの人間は大変喜ばしく眺めていたそうだ。ある種、王国と帝国が仲良くなった、庶民的な象徴でもあった。

　だがこれを面白く思っていない人間がいた。エルベス市長のバカ息子だ。名前を覚える必要はないため、以下市長の息子ないしバカ息子と呼称する。この市長の息子であるが、街で最近評判がいいランズデール騎兵隊を大変にがにがしく思っていた。

　帝国は大きい。良い人間もいれば悪い人間もいる。権力者の身内に良からぬ輩が紛れることも当然あった。

　市長の息子は悪い方の例で、息子の悪事をもみ消していた市長もそこに片足突っ込んでいた。この男は、街のチンピラを集めて、店からみかじめ料をせしめたり、脅迫まがいの悪事を働いたりと、かなりやりたい放題やってきた。

　チンピラもこのバカ息子を後ろ盾にかなりきわどいことまでしていたそうだ。ところがそこへ、王国とかいう十年ほど戦争ばかりしていた修羅の国から、バリバリの実戦部隊がやってきた。

　それが我らがランズデール騎兵隊だ。エルベス市を縄張りに持つチンピラどもと、王国南部から来た田舎者は、街のそこかしこで衝突した、らしい。

　らしい、とぼかさせて頂いたのは、片方の当事者たちが、衝突など一切なかったと主張しているためだ。どちらかは敢えて言うまい。

皆さんは、わたしが、ランズデールの部隊を解散するときに言った台詞を覚えているだろうか。彼らを送り出す際、わたしは「全員無事に帰ってこい。現地で問題を起こすな」と言い渡した。ここで領主貴族と傭兵隊に共通する嗜みについて申し上げよう。喧嘩をしても、鎮圧に成功すればそれは問題とは言わない。

ランズデール騎兵隊は、わたしの言葉を忠実に守り、常に複数人で行動し、けんかを売ってきたチンピラどもを自衛のために最速で無力化した。悪事をはたらく者共は、自軍勢力が優位と見れば予防措置として鎮圧した。

不利と見れば増援を呼んでやはり鎮圧した。ランズデール人が安全で頼りになると知った町の人からは、陰ながらの応援までありちょっとしたサービスもしてもらったらしい。

楽な仕事でちやほやされて、皆まんざらでもなかったそうだ。

市長の息子は大いに怒った。王国からきた田舎者に、自分の面子を潰されたことも悔しかったし、なによりその連中に全く歯が立たないのが業腹であった。

彼は報復を決意した。

その時目をつけたのが、ランズデール領軍幹部のギュンターとヤイアであった。

ヤイアには借金があった。正確に言うと親が作った借金なのであるが、ヤイアはこれを肩代わりしていた。

若い娘が、借金のために身売りする、というと悲壮な感じがするが、娼館の経営は国が管理しているし、金利も高くない。十数年別の仕事をすることと天秤にかけて、本人が娼館で働くことを決断したのだそうだ。
三、四年頑張れば、借金も完済できる見込みであった。
そんなヤイアの店へバカ息子が押しかけた。そして店にいるヤイアを捕まえるなり、借金をすべて払ってやるから俺の女になれと脅しつけた。ヤイアは嫌がった。絶対にお前のもとになど行くものかと泣いて抵抗した。店の人間は、大慌てでギュンターを呼びに行った。わたしの部下を頼ってくれるのは嬉しいが、先に官憲を呼びにいけ。

ギュンターは、案内の帝国軍士官を伴って現場に駆けつけた。駆けつけたギュンターを見るなり、ヤイアは彼に縋った。

「助けて！　ギュンター！」

そして彼女は手近な酒瓶をにぎると、バカ息子の腕や頭を殴りまくり、相手が怯んだすきに逃げ出した。口で助けを求めながら、自力で脱出する辺り、なかなか肝が座っている。

わたしはヤイアに対する評価を上げた。

一方でいいようにやられて醜態をさらしたバカ息子は、ギュンターと彼の腕の中に逃げ込んだヤイアを睨みつけた。

「その女をこっちによこせ！　この街で俺に逆らって無事で済むと思うなよ！」

はい、アウト。三流悪役のテンプレみたいな台詞であるが、この時点でギュンターの取れる道は一つだけになり、バカ息子の命運は終わったのだ。

同時にわたしが、ギュンターの決断を全面的に擁護することが決まる。

このバカ息子が、傭兵というものを根本的に理解していないのが悪かった。チンピラ同士の縄張り争いであれば、権力をかさにきた安い脅しも成立する。

だが、私達ランズデール領軍は傭兵だ。傭兵にとって武力とは売り物であり、そしてそれを高く売るためには武名が必要なのだ。

考えてもみて欲しい。

どこの世界に、チンピラに脅されて女を差し出すような腰抜け傭兵を雇う人間がいるというのか。

故にその手の脅しに、傭兵屋が屈することは絶対にない。

我々ランズデールはなめられるわけにはいかんのだ。

「やれ」

ギュンターの号令一下、騎兵隊が手近なものを一斉に投擲すると、数人のチンピラが直撃を受けて倒れた。

難を逃れたもの達は手や机などで体をかばったが、そこをギュンター以下数名が肉薄して、全員制圧、無力化した。

ランズデール騎兵隊は三十名に対してチンピラは十五名、勝負にならなかった。

さてこのバカ息子を適当にボコって黙らせたギュンターは困った。

ボコる最中に、バカ息子が散々言い立てていたのだ。

こんなことをして俺の親父がだまっちゃいねえ。

この街の法律で、貴様らの首に輪をかけて牢にぶち込んでやる。俺たちがその気になれば衛兵どもは全部こっちの味方になる。お前らだって囲まれればおしまいだ。

これを横で聞いていたヤイアは真っ青になった。要するに市の司法と警察権力が敵に回ると言っているのだ。

単なるチンピラの妄言であれば良かったのだが、困ったことにこのバカ息子はエルベス評議会の末席に名を連ねていて、衛兵隊にも籍があった。

無視するわけにはいかない。

ギュンターは案内役の帝国軍士官の人と相談することにした。

「王国なら政庁を落として終わりなんですがね」

領主貴族同士の喧嘩は、割りとわかりやすい。個人の戦いなら決闘できまり、集団戦なら政庁を制圧したほうが勝ちである。

野蛮だって？　領主貴族なんて統治権と裁判権にぎったヤクザみたいなものだ。

わたしは、極道の娘アリシアである。

やるときはやるのだ。

もっともこれだけだと世紀末みたいになってしまうので、調停のために王様がいる。先にやらかしてしまった場合は、現状の追認が基本になるけどね。

だがここは帝国だった。法がある。当然力こそ正義だ！　は、通用しない。はずだった。

「なら、落としましょうか。政庁」

案内役としてつけられている帝国軍士官、オスヴィン大佐は言い切った。すぐに伝令をやって憲兵隊に招集をかけ、巡回裁判官の手配を要請する。

彼は帝国法に則って市長の身柄を抑えることにした。

容疑は背任。

市長の権限でエルベスの要職に就任した人物が、市政の私物化を証言したうえで、国外の要人に危害を加えようとした。

エルベス内の警察組織と司法の中立にも疑義が生じたため、軍の緊急出動を要請。ランズデール騎兵隊は義勇参加という位置づけで出撃。

以上がこの辣腕軍人さんが書いたシナリオである。

義勇参加じゃなくてめっちゃ当事者じゃんとか、要人とかいってるけどそれギュンターおじさんでしょとか、突っ込みどころは多いのだが、こういう時は言ったもん勝ちである。

兵は拙速を尊ぶ。

招集されたランズデール騎兵隊は、その日のうちに政庁を占領して市長を拘禁したらしい。

衛兵隊の人達は、身分を提示したオスヴィン大佐と、なんとなく威厳があるからと仮装させられたログメイヤー一等兵（四十三歳　本業花屋）に威圧されて素通りさせてくれたため、これといった流血はなかった。

ここまでが政庁舎占拠に至るまでの流れだ。政庁を制圧してからは、ランズデール騎兵隊の出番はもう無かった。

帝国語が読めないからだ。彼らは、憲兵の皆さんと「俺達は無実だ！」と訴えるエルベス司法関係の事務官達が、がさ入れをしている間、街の人から感謝されたりちょっとビビられたりしながらおだやかに過ごした。

「明日には、目処が付きそうです。市長と一部の職員に問題はありましたが、根は浅かった。もう観光に戻っていただいても構いませんよ」

政庁制圧から既に五日、オスヴィンから報告を受けて胸をなでおろしたギュンターに、要人の来訪が知らされる。

その人物の名を聞いて、ヤイアとオスヴィンは顔を輝かせ、ギュンターは色を失った。うん。お察しのとおりだ。

来訪者、彼女の名はアリシア・ランズデール。栄えある帝国軍元帥にして王国の王女。

十七年間におよぶ喪女生活の果て、ようやく愛しい彼氏を得ながらも、人生初のらぶらぶお泊り旅行を中断させられた彼の上司が、エルベスに到着した。

絶対、怒ってる。その日ギュンターは死を覚悟した。


騎兵隊、政庁舎占拠の報を受けたわたしはエルベスへと向かった。

今のランズデール騎兵隊は政治的な後ろ盾に乏しい。公権力を盾に迫られると、ピンチに陥ってしまう可能性があった。

「護衛はどうする?」

「護衛の人ついてこれますかね?」

うーむ、とジークが黙ってしまった。ステイシーが私も行きたーいって顔をしたが、こいつは迷子の前科があるからだめだ。

メアリはめんどくさーって顔をしてた。油断しきってやがる。まぁ、正直同意するが。

ジークが笑った。

「ついでだ、俺からの親書も預かってくれ。大暴れしてくれてもかまわんぞ」

わたしはジークのことが大好きだし、彼の信頼もとても嬉しく思っている。でもそれはそれとして、わたしの事を怪獣とかドラゴンみたいに思ってる節があるのは、ちょっと物申したいと思う。

わたしは、大急ぎでエルベスに駆けつけた。しかしむしろ遅めの到着を望まれていたらしく、顔面を蒼白にしたギュンターから微妙に恨み節っぽいお礼を言われた。

心配して急いで駆けつけたのに、その態度ひどくない!?

どうも火消しに失敗したことについて雷を落とされるのを心配していたらしい。

愚にもつかない言い訳をされたので、ご希望どおり高電圧低出力の雷を落としてやるとちょっと嬉しそうな顔をした。変態め、ママに怒られて嬉しいか。

お互いニヤッと笑いあってから、わたしは威儀を正した。

「ご苦労、ギュンター。よくやった。後はわたしが引き継ごう」

「了解です。以後、全部隊、お嬢の指揮下に入ります！」

「閣下と言え、帝国の皆さんも見ているぞ！」

ジークが来る前にさっさと終わらせてしまおう。わたしは決意した。

ギュンターからは、手を煩わせてしまったことを謝罪された。しかしわたしは怒ってなどいない。なにせプロポーズに成功したばかりなのだ。変態行為に三行半くらうんじゃないかと思ったが、流石は皇子、懐の深さは王国南部の大海溝よりも深い。

故に、わたしも優しくなろう。今日のわたしは、仏のアリシア、顔を撫でられても二回目まではゆるす。三回目は触る前に腕を落とす。

一方で怒りのあまり阿修羅みたいになってる人がいた。

誰あろうギュンター達の案内にあたってくれていたオスヴィン大佐だ。彼は、エルベスの市長に殺意に近いレベルの憤怒を抱いていた。

「ヒキガエルが」

彼の述懐に従い、以後エルベス市長のことをヒキガエルと呼称する。実はわたしは名前を覚えるのが苦手だ。わかりやすいあだ名はとても助かる。

現在、エルベスではオスヴィン大佐による綱紀粛正の嵐が吹き荒れていた。市長のバカ息子と彼の手下のチンピラたちは、怒り狂った大佐の手で既に首をはねられ、汚職が発覚した議員、職員などはズンドコ投獄されて監獄もいっぱいになっていた。

最敬礼でわたしを迎えてくれたオスヴィンさんとの挨拶もそこそこに、わたしは現状について説明を受けた。

「閣下のお手を煩わせるには及びません。全てこちらで片付けます。このままごゆるりとお過ごしください」

彼は流れるような仕草で、エルベスの名所めぐりのパンフレットと、施設案内の資料をわたしにくれた。

お面のような笑顔を貼り付けたオスヴィン大佐の手には、皇帝陛下の委任状が握られていた。どうも帝国的にも大事であるらしく、ジークパパが先んじて動いちゃったらしい。ひゃー、はやいぜ。決断の適当さに定評がある王国といい勝負だ。まぁ、帝国と違って王国の委任状は八割ぐらい捏造だけど。バレなきゃいいの精神である。わたしも二枚ぐらいでっちあげた。これ内緒な。

「一応聞きますけど方針は？」

「必殺で行けと」

了解です。皇帝専制はこういう時ははやいよな。こえーけど。くわばらくわばら。

皇帝陛下もだが、どうもこのオスヴィン大佐個人が怒っているらしかった。なにが彼をここまで怒らせたのか。事態が落ち着いてから、聞くことができた。

オスヴィン大佐は本名オスヴィン・ブレアバルクという。彼の実家ブレアバルク家は、帝国東部の中心地リップシュタットを中心に地盤を持つ名門である。名家の出だ。

彼らはよく目はしもきく。今後伸びそうな成長株であるところのわたし、アリシアと誼《よしみ》を通じたいと彼の実家は、この辺の中心都市であるリップシュタットで歓迎の準備をして待っていたのだぞうだ。

具体的に言うと串焼きをいっぱい焼いて待っていたらしい。わたしは串焼きをよく食べるが、別に好物ではない。変な情報が帝国に流布している気がする。

彼らの期待に反して、わたしが向かった先はブルッフザールだった。あの木と木と木しかない、禿だぬきが市長を務めるど田舎の街に、アリシア様は行ってしまった。

オスヴィンのご実家は意気消沈した。同時に、アリシア様のご実家から来たという騎兵隊の案内役としてつけられたオスヴィンに、期待が集中した。オスヴィンは分家の次男坊だ。今までは、目立つ機会にも恵まれなかった。これまでにない期待を受けて、彼はたいそう張り切った。

オスヴィンと彼が案内する騎兵隊がエルベスに来たのは、くじだ。

ランズデール騎兵隊は七千人もいる。とても一つの都市には収まりきらない。そこで帝国内のいくつかの街に分散して逗留することになった。

そして案内の帝国軍の皆さんで、どこに行くかくじで決めた結果、彼はエルベスを引き当てたのだ。引き当ててしまったのだ。

衛星都市などどこも似たようなものだ。そう思ったオスヴィンは、深く悩まずに、この街にやってきた。

オスヴィンは頑張って下調べをし、宿やお店を手配した。どれもランズデール騎兵隊の面々に好評であった。

彼は、はるばる外国から来た傭兵隊が快適に過ごせるように、通訳や案内のものをしっかり手配し、不自由などせぬよう心を配った。指揮官である王女アリシアの薫陶もあって、騎兵隊は大変に行儀がよく、街の住人たちともすぐに馴染んだ。

ギュンターとすっかり仲良くなったヤイアなど、王国語の練習まではじめるほどだ。片言の王国語で挨拶するヤイアをみな微笑ましく見守っていたらしい。

反面、どう考えても治安が悪すぎた。

帝国は先進国だ。そうそう喧嘩なんて起きようがないはずなのだが、この街はおかしかった。しょっちゅう騎兵隊の面々が騒動に巻き込まれてこれを鎮圧している。

オスヴィンは市長に、衛兵の巡回を強化するようもとめた。

市長はなにも問題がないとしてこれを却下した。

オスヴィンは用心深い。独自に調査を進めたところすぐに市長の息子の悪事に行き着いた。彼はすぐ市長に警告を出した。バカ息子の手綱をきちんととって、せこい悪事もやめさせろとかなり厳しく申し渡した。

市長はなにも問題がないとしてこれを却下した。そんなわけあるかと伝令を走らせたその時、店から急報が入った。

ギュンターに嫌がらせをしようと、バカ息子がヤイアに迫っていると。オスヴィンは頭が真っ白になった。

オスヴィンは自分の能力にちょっと自信があった。だが、今の今まであまりチャンスには恵まれなかった。ジークは「いや、俺は相当評価してるつもりなんだが」と言っていたが、本人的にはもっとやれるという自負があったらしい。

故に今回のチャンスに彼は勇躍して臨んだ。騎兵隊を手がかりに、アリシア様を釣り上げるのだ、と。将を射んとするならば先ず馬を射よ、の精神である。彼が頑張って積み上げた諸々の成果を、だがヒキガエル一派が台無しにした。

オスヴィンは怒った。そしてヒキガエル一派を一掃した後、泣いた。俺の努力は一体何だったのかと、熱い涙を流した。わたしも頑張った成果が報われない悲しみは知っているつもりだ。

「頑張ったね」

わたしは、そう言って慰めてあげた。そうしたら、彼はすっかりわたしのシンパになってしまった。弱っているところに優しくされるところっと行ってしまうというやつだろう。

悪女アリシアである。

わたしが彼の頭を撫でて慰めてあげているところを目撃したメアリが、いけないものを見てしまったような顔で固まっていた。

ついでに、メアリから報告を受けたジークからは、あまり他の男に気安く触れないようにと注意をもらった。ヤキモチやいちゃうんだそうだ。えへへ。照れるぜ。その分ジークに触らせてもらえるなら、わたしは全然構わないぜ。

ちなみにであるが、オスヴィン大佐は御年三十六歳のお髭が立派なおじさまである。特に何の根拠もなく、若くてかっこよろしいお兄様を想像していた方、申し訳ない。

オスヴィン大佐は、後始末も含めて全て任せて欲しいと主張していたが、ハイそうですかと全部丸投げするわけにも行かない。わたしは事情聴取のため、投獄されているヒキガエルのところへ向かった。聴取を進めるうちに、ヒキガエルはだんだんヒートアップして、最終的にわたしに対し、小娘、売女、田舎の臭いガキというような不敬発言が飛び出した。

ヒキガエル氏も甘いなぁ。小娘と見て与し易しと言い訳を並べ立てた挙句、ちょっと挑発されたらこれである。

ちいさな権力でふんぞり返る小悪党の水準は、大して変わらないものらしい。

彼に対する答弁だが、オスヴィン大佐が物言いたげだったので、試しに彼に丸投げした。彼は実にインテリジェンスな物言いで、ヒキガエルの謎の論理と肥大化したプライドを正論のハンマーで粉砕した。ヒキガエルは真っ赤なゆでガエルになった。

その後は、お涙頂戴の嘆願をはじめたので、わたしが「話にならんな」と切り捨てたところ、先のびっくり発言が飛び出した次第である。

騎兵隊の皆からは「ああ、こいつ死んだわ」みたいな憐憫とある種の尊敬に満ちた視線が集まった。

三分後には、挽肉ガエルになってんだろうな……みたいな空気が漂う。

お前らなぁ、今日のわたしは一味違うぞ。今日のわたしは菩薩のアリシア。うまく収拾をつけてやろう。

わたしはヒキガエルを一瞥してから首をこきりとやった。カエルは死んだ。

「大佐、こいつの名誉を守る必要は存在するか?」

「いえ、ございません」

「じゃあ、そういうことで」

オスヴィンさんはとても喜んでくれた。

オスヴィン氏はとても怒っていたのだが、市長は投獄されるにとどまっていた。誘拐やら殺人やらやってたらしいが、どうも中央の政界に人脈があるらしく、そこから脅しが来ていたらしい。話を聞く限り、罪状が不十分というよりも、わたしに迷惑がかかるのを心配されているようだった。

じゃあ、わたしがすべきことは一つだね。というわけだ。わたしは軍人で傭兵だぞ。

「陛下にはよしなにお伝え下さい」

「必ずや」

それで終わりだ。

その後は面接をした。

「私、ギュンターさんのお嫁になりたいんです」

本件の当事者、ヤイアちゃんである。緊張の面持ちでギュンターに伴われて来たヤイアは、亜麻色の髪をしたかわいい女の子だった。スタイルも綺麗だ。

メアリのほうがでかいが。というかメアリがでかすぎるのか。どんだけだ。

おっさんじみた感想に蓋をして、わたしは、ランズデール村入村希望者の面接を始めた。

おい、嫁とか気軽に言ってるが、まじでど田舎だぞ。各家庭、馬の世話とかデフォルト装備だからな。覚悟しろ。

とわたしは脅した。

「不安がないとは言いません。でも精一杯頑張るつもりです。根性には自信があります」

「馬と汗臭い男とかしましい小姑の世話が待っているわよ。ろくに着飾る暇もないけれど、覚悟はできてる？」

「ギュンターが私を見てくれるなら、それだけで十分です」

ひゅー、この娘、なかなか良いことを言う。

わたしも使おう。ジークがわたしを見てくれるなら、他になにもいらないわ！

わたしはその言葉を、心の「いつか言ってみたい台詞集」に記録した。

ギュンターの腕は確かなので、お嫁さんにおめかしさせる分ぐらいは外で稼いでくるだろう。まぁ大丈夫じゃないかなぁ。その後も、いろいろな話をした。

彼女の借金の問題であるとか、私達の国の問題であるとかだ。

ランズデール騎兵隊は十年前は一万を数えた。

今は七千に届かない。終わらぬ戦争のなかで、皆、帰らぬ人となった。

多産も奨励されているし、それに伴う難しさもかかえている。その他もろもろ、とにかく女性への負担も大きいのだ。

「帝国みたいな先進国とうちは違うわ。それについての覚悟はある？」

「構いません」

彼女は、きっぱりと言い切った。

それからヤイアは、わたしを正面から見据えた。決意を込めた目だ。喉が上下して、一つ深く呼吸をし、彼女は言った。

「アリシア様、私は娼婦です。それでも私を認めていただけますか？」

「ヤイア、それを言うならわたしは人殺しよ。でも好きな相手と結ばれることに後ろめたさなんてないわ。だから今までのあなたの人生について、わたしが気にすることは一つもないわ」

彼女は瞳を潤ませながら、深く深く礼をした。ギュンターとは予め話をしてあった。

娘さん二人にいじめられる覚悟はできているそうだ。わたしは微笑んだ。

「あなたの婚姻を認めます。ギュンターの手綱もきちんと取るのよ」

感極まったヤイアはギュンターの胸に飛び込んだ。

「わたしに見せつける暇があるなら、さっさと出立の準備を始めなさい。あまり時間はないわよ」

赤面しながら退出していくヤイアをわたしは苦笑とともに見送った。わたしもジークの前ではあんななのだろうか。

わたしは、思いのまま突っ走る彼女のことをいいな、と思った。めっちゃラブラブだった。見せつけやがってと思った。そしてなにより、既成事実の破壊力をわたしはこの目で確かめた。

ヤイアちゃんの身長はわたしよりもちょっとだけ低かった。でも、なんか、こう、エロい。人妻っぽいなにかというか。恋に恋するオトメにはない実戦を経験した猛者的な雰囲気を出していた。

面接中に、ランズデールの人口不足の話をしてみたところ、元気な赤ちゃんをいっぱい生みますと意気込んでいた。

これだ、わたしが持つべきは、この精神なのだ。

かわいい女の子の惚気に当てられて、わたしのハートは燃え上がった。

23. アリシアの夜這いと皇子

事件が発生したのは、エルベスの街に俺が到着した、その日のことであった。

市長の汚職やら、ランズデール騎兵隊の世直しやらの諸々は全て片付いていて、「もう特にやることはないんで。処理に判子だけおしてください」という感じだったので、俺は判子だけ押して定時で退勤した。

珍しく早く終わったな、と俺は部屋に引き上げたのだ。そしてその晩。

俺の寝室の警備にあたっていたクレメンスは証言した。

アリシアは、その日の夜、膝まで届く厚手の紺色ワンピースに身を包み、ふかふかの枕を小脇に抱えて寝室の前に現れた。

素足に毛足の長いスリッパを履いていたそうだ。

モチーフは白いウサギだ。他に黒とピンクのものがあったはずだ。職務熱心なこの男は、上司のかわいい婚約者の装いチェックも抜かりがなかった。

湯上がりのいい香りをさせながら、俺の寝室の前に立ったアリシアは、居丈高に要求を述べ上げた。

「アリシア・ランズデール帝国軍元帥だ。ジークハルト殿下に緊急で面会を申し込みたい」

どう見ても寝間着姿のアリシアに、クレメンスは当然の質問を返した。

「ご用件は」

「機密だ。重ねて言うが緊急である」

機密とは何であるか。機密の案件ではなくて、秘密のあんあんではないのか。

そう思ったが、クレメンスは反駁できなかった。アリシアの艶姿にやられたからだ。

アリシアの滑らかな銀髪に乗せられた紺色先折れナイトキャップはそれほどまでの破壊力であったそうだ。

引くに引けず、しかし進むわけにもいかないクレメンスは、アリシアに睨まれて狼狽した。

くっと、アリシアが顔をあげて睨めつけると、それに合わせてキャップ先端にぶら下がったふわふわのボンボンが揺れた。

「早くしてくれたまえ」

クレメンスは屈服した。

彼は扉の前を空け、アリシアを通した。どのみちアリシアが強行突破を図ればどうしようもないのだ。

今、俺が通したところで、時期が早まるだけじゃねーか、もう勝手にしろバカップル。

そう思ったのだそうだ。

率直すぎるだろクレメンス。

「機密だ。一刻ほどは何があっても扉を開けないように」

「……」

「返事は」

「はっ」

こうしてアリシアは俺の部屋に堂々と乗り込んできた。この時俺は何も気づかずに、平和な眠りを貪っていた。

俺は目を覚ました。

柔らかいものが俺の背に当たる感触がある。柔らかく、こう、なにか丸い……。

これは頬だな。

俺の覚醒した意識は、すぐに答えを導き出した。アリシアに関する俺の感覚に狂いはない。多分アリシアが頬をこすりつけている。摩擦熱で背中が暖かくいい感じだ。

ただ、問題はここが寝室のベッドの上で、今は夜半で、俺が寝間着姿だということだ。

おかしい、これは現実か？　俺は自室で眠りについたはず。

どういうことだ。

アリシアは、俺が目覚めたことに気づいたようだ。

「おはようございます、ジーク。わたし、来てしまいました」

「そうか、来てしまったか」

なるほどアリシアが俺の寝室に来ていたのか。

なら仕方ないな。

仕方ないで済ませられるわけがないわ！

混乱する。だが、追い返さねばならぬことはわかった。

最近慣れてきたが、どうにもアリシアは積極的だ。普通は逆なんじゃないかと思うんだが、俺は守勢に立ってばかりだ。

「アリシア、ちょっと待ってくれ……。俺はあなたの事が」

「ジーク、先に申し上げます。わたしは、ジークがこのわたしの行為を決して嫌だと思っていないという確信を持ってここにいます。その上で聞きます。ご迷惑ですか？」

「いいえ、とても嬉しいです」

むふーという声が背後から聞こえた。

これは敵わぬ。

「そのうえで、敢えて言わせてもらうぞ、アリシア。今日は部屋に戻ってくれ。ちゃんと手順を踏みたいのだ」

「なぜですか？　わたしちゃんと成人してますよ。帝国では問題ないってわたし知ってます。今回の件の女の子はわたしよりも年下でした」

ああ、なるほど。

俺は得心した。今回の嫁取り騒ぎで、同じ年頃、同じ背格好の娘が嫁に行くことになったようだ。たしかに仲睦まじそうな様子であった。

あれにあてられたのか。会ってその日のうちに一晩をともにする男女もいるのだ。ましてや、俺達は知り合って半年以上、一足飛びにそういう関係になっても問題ない。

なわけあるか！

追い返せ、ジークハルト。貴様の漢を見せるときだ。がんばれがんばれ。いや、お前はがんばるな。

耳元でアリシアがささやいた。

「ジーク、わたしじゃ、ダメですか？」

おっぐう。ストップストップ。レフェリー、タオルをくれ。

開幕の一発目からなんて破壊力だ。

耐えろよ、俺の理性。俺は歯を食いしばった。正直勿体ない気がめちゃくちゃしたが、ここは我慢の男の子だ。あとお前は本当にがんばるな。

「だめだ、アリシア。今日のところは帰ってくれ」

「なぜです？　わたしのためですか？」

「違う。俺の意地だ。男の見栄と言ってもいい」

アリシアがキョトンとした顔をした。いい機会だ。

俺の心理について教えておこう。

アリシアが生涯知る男は俺だけであるから、これが男の心理と言っても問題あるまい。

「そうだ。見栄だ、男の心というのはそういうものだ。少なくとも半分はこの手のどうでもいいこだわりでできている」

「どうでもいいのが半分……」

「そうだ」

アリシアが繰り返す。

「愛した貴女を守りたい。傷つけたくない。貴女を守れる自分でありたい。貴女には誠実でありたい。交わした約束を守りたい。そして、そういう男であると貴女に見てもらいたい。見栄であり美学だ。自分にとって特別な相手に対するこだわりだ」

「特別」

「そう特別だ。特別でなければ、お互い合意のうえだ、好きにする。だが、特別な相手だと逆に手を出せなくなる。美学を貫きたいのだ。それが男だ。……馬鹿馬鹿しいと思うか？」

「いえ、嬉しいです」

アリシアは本当に嬉しそうに笑った。

まぁ、そういうことだ。下心満載で手を出して嫌われたらどうしようとかびびってるわけではない。断じてへたれているわけではない。

俺は、なるべくアリシアには誠実でありたいのだ。

アリシアは、喜んでくれたようだった。万が一、あほを見るような目で見られたら、泣く自信があった。

「なるほど、ジークはわたしを特別だと思ってくださってるんですね……。もしかして触りたいのはわたしだけかと思ってました」

「そんなわけあるか」

声を大にして言いたい。好きな女と、一日じゅう過ごすのだぞ。人目やなんやがないのなら日がな一日いちゃこらしたいと思っとるわ。

アリシアの照れ笑いが聞こえた。

楽しそうに、俺の背中を指でつつきだした。やめてくれくすぐったい。

それからふと、思い至ったのか、アリシアは一つの疑問を口にした。

「そういえば、ジークの心の半分はわかりましたけど、もう半分はなんですか？　見栄だけではないですよね？」

「当ててくれ」

「愛とか優しさとかでしょうか？」

「違う」

俺はここで確信した。やはりアリシアは乙女なのだ。パーソナルスペースがやたらと近いが、それは心を許した相手に見せる親愛の情だ。男女のそれとは少し毛色が異なっていると俺はその時確信した。なに、違うって？　うるさい、俺は頭でっかちなのだ。

「正確には欲望だ。獣欲だ。エロい気持ちが半分だ。詳しく聞きたいか」

「ええ、是非お聞かせくださいませ」

アリシアはいたずらっぽく笑った。

そうか聞きたいか。俺の欲望を。

俺は寝返りをうってアリシアに向き直った。少し驚いたように身を引いたアリシアの肩に手をおくと、俺は真っ直ぐその目を見据えた。

「貴女を犯したい」

アリシアがひゅっと息を呑んだ。

「貴女を滅茶苦茶に犯したい。貴女の全てを暴いて体を肢体を愛撫したい。貴女の脚に脇に乳房に指を這わせて、貴女の漏らす声を聞きたい。裸に剝かれて恥じらう貴女を灯りのもとに照らし出して辱めたい。もうやめてと許しを請うあなたをこの手で組み敷いて陵辱したい。まだ聞くか?」

みるみるうちにアリシアが真っ赤になった。

対する俺は大変冷静だ。

何を驚くことがある。こんなのは序の口だ。

俺のアリシア妄想シチュエーションは百八まである。過少申告か。細かいのを合わせればもっと増える。

真っ赤に茹で上がったアリシアが胸元を抑えるようにしながら叫んだ。

「ジーク！　もしかしてわたしをずっとそんな目で見てたんですか!?　あんな真面目な顔をして!?」

「おうとも」

「エッチ！」

「言われるまでもない」

「もうもう！」

「今も貴女のスカートの中に手を突っ込みたくてウズウズしている」

アリシアは慌てて股を閉めるとスカートを手で押さえた。今度は胸元に隙ができたな。手を突っ込みたい。

俺はため息をついた。

「そうやって照れるのがいい証拠だ。まだ俺達には早すぎる」

「うう……。そんなこと、ありません。けど、ジークの口から直接そういう話を聞くとやっぱりびっくりしてしまって。恥ずかしい」

夜這いまでかけておいて恥ずかしいも何もないだろうに、と俺は思ったが、口には出さなかった。

「真面目な話をするぞ。この関係を楽しめるのは今だけだ。茶会の機会も持っていないし、夜会もダンスもまだだろう」

「そうですね」

「関係を焦って、他の思い出がつまらなくなるのも惜しい。今一番楽しめるものから楽しみたいがどうだろう」

なるほどわかりました、とアリシアは手をうった。

「わたしも、ファーストダンスとセカンドダンスのお作法は楽しんでみたいです。お茶会もですけど、夜会で夜のお庭を二人でお散歩するのも素敵」

おそらく恋愛小説から仕入れたのだろう。アリシアはかわいらしい希望を述べた。

かわいいなぁ。ほら見ろ、このレベルなのだ。

だが、実際の夜会は、夜の庭でもよおした男女がそこら中でいたしているからあまりロマンチックな気分にはなれないぞ。別の雰囲気を味わうにはいいのだろうが。

アリシアがため息を吐き出した。

「先にこっちの理由を言ってくれれば、良かったですのに……」

「俺の本音は聞きたくなかったか？」

「聞けたのは良かったですけど！　わたしも安心しましたけど！　でも、これ今度は絶対に意識しちゃうやつですよ！」

そうとも、意識してくれ。男とは狼なのだということを。たとえ赤ずきんのほうが遥かに精強で積極的であったとしても、狼がその心を忘れるわけではない。

しばし布団の中で見つめ合う。アリシアが笑った。穏やかな笑みだ。

「ジーク、わかりました。もうちょっとだけ待ちます」

「ああ、そうしてくれ」

「でもその代わりにお願いがあります。わたし、今あなたと一番したいことをしたい」

「なにかな」

アリシアは目をつむった。

「キスして」

わたし、ファーストキスですから。そうアリシアは言った。

嘘つけ、組討の稽古で顔面ぶつけて四十路近いおっさんと事故ったことがあるとメアリから聞いているぞ。

などとはもちろん口にしない。俺のファーストキスも他の女だからな。絶対喧嘩になる。

俺はアリシアの額にキスした。

「違います」

ついばむように、アリシアの薄い唇に口づける。

「もっと」

俺は唇を重ねてすぐに離した。

「もっと」

今度はもう少しだけ時間をかけた。アリシアはもうねだらなかった。代わりに彼女は俺に組み付き覆いかぶさると、腕を頭の後ろに回し、唇を重ねる。

アリシアは、熱く湿った唇を押し付けると、俺の都合などおかまいなしに口の中に舌を這わせた。

それからしばらく布団の中での攻防が続いた。

五分後、俺はようやくアリシアの捕獲に成功する。

俺は、アリシアを脇から持ち上げて、扉の前まで搬送すると、外で待ち構えていたステイシーにこの雌豹を引き渡した。

アリシアは「もっと」と呟きつつ反抗的な顔でぶすくれていたが、特に暴れること無く近衛騎士に運ばれて自分の部屋へと戻っていった。

残された俺は、クレメンスに伝えねばならぬことがあった。悲しい事件があったのだ。

「すまん、やらかした。俺の着替えを持ってこさせろ」

「はっ」

俺は皇子から賢者への転職を済ませていた。

アリシアの「もっとー!」という声が、廊下の奥に響き渡った。

こらアリシア! 他の方のご迷惑になるから静かにしなさい!

24・健康診断とわたし

わたしお妃様になる！

色んな後片付けも完了し、私達は帝都へと帰還した。わたしは勝ったつもりになっていた。だって、ジークとは両思いだし、わたしは強いし、お義母様もお義父様も味方だし、ジークはとてもかっこいいのだ。もう何も怖くない！

人、それを油断という。人生とは山あり谷あり。良いことがあったその後には、大変な困難が待ち受けているものなのだ。

そしてこの日、わたしは生涯で最大のライバルとなる人物とめぐりあうことになったのだった。

事件は健康診断で発生した。わたしを診てくださったお医者様が、無慈悲にもわたしにこう告げたのだ。

接触禁止です、と。

今思い返してもこの時の絶望感、筆舌に尽くしがたい。今からそれについて語ろう。

わたしはジークの婚約者として正式に迎えられることになった。

それにともなって、健康診断を受けることになったのだ。

帝国は歴史からよく学ぶ国で、当然のことながら、お家断絶の危険性についてもよく調べていた。

帝国は男系である。皇統を繋ぐには皇子がいる。しかし歴代皇帝と宮廷は、単純に妃を多く用意して皇子皇女を量産すればいいというものでもないことに気が付いていた。国を治めるには母方親族の後ろ盾も必要で、結局、帝として戴冠できる皇子を産める妃は限られてくるからだ。

そんな理由から、帝国では、帝位継承権を持つ皇子を産んでくれるお妃様の健康管理に、かなり力をいれていた。元気な皇子を産んでもらうための投資だそうだ。

皇帝のお妃様候補ともなると、いいものを食べて元気そうな印象があったのだが、実際に診てみると偏食、少食、運動不足に変な趣味など、問題を抱えてるお姫様も多かったらしい。

ここで問題が発覚したお姫様は、全員、健康増進ブートキャンプに放り込まれて、きっちりがっつり矯正されるのだそうだ。

このキャンプ、割と容赦ないことで有名で、泣いて帰りたがる姫君が続出するらしいと、クラリッサが笑って話してくれた。

わたしには間違いなく関係ない。

こういった取り組みのおかげもあるのだろう、現在の帝国の皇統はきわめて太い。

帝位継承権のある男系男子が、三親等以内に二十近くいる。相当である。

そしてジークの婚約者となったわたしも、この信頼と実績の帝国式健康管理プログラムを受けることになったのだった。

正直に言おう。

わたしは皇統云々には、ほとんど興味はなかった。個人的には、しばらくジークとの、恋愛であるとか、青春の甘酸っぱいなにか的なものを楽しみたい気持ちでいっぱいであったのだ。

わたしは、自分の健康に絶対の自信があった。

生まれてこの方、風邪などひいたこともない。快食、快眠、快便の健康優良人間がこのわたし、公爵令嬢アリシアちゃんなのである。

身長、体重をはじめとした各種身体計測後に、簡単な問診を終え、わたしは魔法使いであるから魔力に関する測定をして、若干の騒ぎをおこし、結果を受け取るためにお医者様の前に座っていた。

わたしは、もうすっかり合格を貰ったつもりであった。

わたしの主治医となられるお医者様は、ヘルマン先生というおじいさまだった。彼はわたしを見るなり、開口一番こう言った。

「これはこれは、お美しい姫君だ。殿下もおかわいそうに」

うん？　わたしは訝しんだ。

お美しいはお世辞であっても褒め言葉だろう。ではジークがかわいそうとはどういうことであろうか。

疑問符を頭に浮かべるわたしをよそに、ヘルマン先生は診断の結果を教えてくださり、最後にこう締めくくった。

「アリシア様はまさに健康そのもの、皇妃となられるに何の不安もございませんな」

よっしゃ！

ミッションクリアである。

わたしの男の子と女の子に関わる知識は、耳年増達がもってきた下世話なワイドショー情報により急速に充実しつつあった。

やってみたいあんなことこんなことがいっぱいある。あの手この手でジークの理性をやっつけるのだ。夢が膨らむ、げっへっへ。

わたしは有頂天だった。

ところで皆さんはご存じだろうか。人の夢と書いて儚いと読む。

空想の世界に一部意識を飛ばしていたわたしにも、その現実は等しく降り掛かった。

「ええ、ですから、これからしばらくは皇子との物理的な接触はお控えください」

「は？」

わたしは思わず聞き返した。いや、いみわかんないよ。

「接触禁止です」

より簡潔に、より厳しい内容が申し渡された。わたしは目が点になった。ヘルマン先生は続けた。

「これはたしかにとても危うい。しばらくは清く正しい交際をお心がけください、アリシア様」

清く正しい交際とは何であろうか。あるいは物理的な接触とやらの定義について、帝国と王国で見解の相違があるのやも知れぬ。

わたしは、確認のため、具体的な事例を挙げてみることにした。

「膝の上に乗ってはだめですか？」

「はい、なりません」

「後ろから抱きしめてもらうのもだめですか？」

「前からであろうと後ろからであろうとなりません」

「じゃあわたしが抱きつくのは？」

「……ジークハルト殿下が死にかねません。おやめ下さい」

失礼だな！　わたしだって恋人を絞め殺したりしないよ！

わたしは納得できなかった。当然である。

わたしは理由を求めた。ヘルマン先生は答えた。

「アリシア様がお若すぎるのです」

「わたしはもう十八です。帝国法に則れば結婚も可能な年齢のはず」

「実際の年齢ではありません。アリシア様のお体の話をしております」

わたしは詰まった。くそ、やはりかとも思った。原因は、このちんちくりんボディであった。

いやしかし、最近は伸びてきている、もうじき標準下限のぎりぎりには到達する。それにちょっと触るぐらいならいいじゃないか。減るもんじゃなし、お背中とか大胸筋とかなでくりまわしたいのである。そしたら、わたしもお返しするのが筋なのである。

関係ねぇ！　関係ねぇ！　体のデカさで、わたしのエッチなハートは止められねぇぞ！

「多少触るぐらいなら、問題ないでしょう!?」

「殿下が保たぬと仰せなのです。殿下の理性が」

ぐぬぬぬぬ。また出たな、男の意地が。ジークったら本当に意地っ張りだ。しかし少し照れちゃうな。大切にしてもらえるのは嬉しい。こんなにお姫様扱いしてもらえるのは、人生でも初の経験だ。基本だれもわたしの生存力を心配しない。「これから人類が滅亡するとして、最後に生き残る三人のうち一人はアリシア様だと思います」と断言される程度には、わたしのサバイブ能力は信用されている。異能生存体のアリシアちゃんだ。これを褒め言葉ととらえるかは、結構むずかしいところである。

ヘルマン先生はおっしゃった。

「お父君のランズデール公も、大変な偉丈夫であられると聞き及んでおります。何卒、もう一年ほどは我慢して頂きたい」

「で、その一年ほどは接触禁止なのですか?」

「はい」

はぁー……。わたしはため息を吐き出した。

あのさ！　接触禁止とかさ！　そんな決まり、わたしの学園にもなかったよ！　もう、それ神学校レベルだよ！　たしか二十歳までそういうの禁止だったはず。正直私達とは感覚がなじまないよ。

帝国のお妃様縛り、マジでめんどくさい！　ばか！　あほ！　間抜け！　改正しろ！

わたしは叫びたかった。叫ばなかったけど、でも叫びたかった。

世界の中心で接触禁止の撤廃を叫ぶアリシア、酷い絵面だ。

気づけばわたしは涙目だった。今までの人生で、ろくに流れもしなかった涙ちゃんがこぼれそうになっている。

わたしの涙腺は生きていた。でもこんなとこで生存を主張してくれなくてもいいじゃないか！

一年ほど、という曖昧な基準に納得できなかったわたしは、接触許可をもらえる具体的な身長の数字を明示してもらうと共に、手を繋ぐまではセーフという妥協点をなんとか勝ち取った。

わたしの人生の中で、ここまでの粘りを見せたのは初めてのことだった。まさしく激戦であった。

体重を基準にしようという提案については、暴食での強行突破を図ったわたしの魂胆があっさりと見抜かれ、即座に却下された。ヘルマン先生は、まことにタフな交渉人であらせられた。

健康診断を終えたわたしはお部屋に戻ってふて寝を決め込んだ。

寝る子は育つと聞いたからだ。

無気力になったわたしがごろごろしていると、部屋に戻ってきたクラリッサが大変素晴らしい助言をくれた。

「背は夜伸びるそうなので、お昼寝しちゃうと逆効果ですよ」

わたしは飛び起きた。アリシア、今日から早寝早起きをこころがけます！

そして、ここで先んじて宣言しておこう。

わたしは、この接触禁止令を、戦時特例を理由にかかげものすごい勢いで無視することになる。

一線超えなければなんだっていいのだ、と勝手に解釈したのだ。

わたしはあの告白の日以来、自分の欲望に素直になることにしたのである。

見てなさい。絶対わたしのものにしてやるんだから！

わたしは大いに暴走することを決意した。それ以上に暴走していらっしゃる方が身近に既にいることに、この時はまだ気づいていなかった。

私達、二人の共同戦線が発足するのは、これからちょっとだけ先のこと。

以上、第二巻は、これにておしまいです。ちゃんちゃん。

あとがき

二千冊。

一年で発刊されるラノベの数だそうです。このマイナー作品を読んでる皆さんは、もしかしたらご存知かもしれません。わたしはさっき調べました。

このうち、新作は数百ほど。生き残り率は推して知るべしという奴です。かくいう私もメジャーどころしか知りません。すごい数の作品がほとんど誰にも知られないまま、消えていくわけですね。

さらに、この厳しい生存競争には最初からヒエラルキーが存在します。出版社の大賞作品や、なろうでのスコアが高い作品は、出版社も「絶対に売ってやるぞ」とマーケティングに力を入れてもらえるわけですが、あまり見込みが無い子達は、「出版の枠だけ埋めとこか」みたいな扱いを受けてしまいます。後者の生存率はほぼほぼ絶望的です。

さて、このアリシア物語ですが、なろうのブックマーク数は出版考えるとかなり厳し目、しかも最終投稿日から大分時間も空いており、当然のごとく「続刊無理だよね」枠としてスタートを頂きました。それが、こうして二巻を出せましたのは、引き継ぎ案件であったにもかかわらず刊行までこぎつけてくださった担当の編集さんの豪腕と、なにより、お手にとって下さった皆様のおかげです。ありがとうございます。店頭在庫無くなっても増刷はおろか誤字修正すらできないのは、どうかと思うよ、アース・スター。

というわけで皆様、ご無沙汰しております、長門です。二巻、お手に取って頂きありがとうございます。


さて、あとがきなのですが、今回は、このお話を書いたきっかけについて書きたいと思います。

ゲームのシナリオを書くことになったのが切っ掛けです。自分は、自分が作った話で笑える人間で、わりと気軽にいろいろ書き散らしていたのですが、ふと、「この話は他の人が見ても楽しいのか?」という疑問が浮かびました。

ゲームに限らず、そこそこの企画にはそれなりの人がかかわります。そして動き出すと止まりません。ありとあらゆる関係者が「この企画、もう根本からダメなのでは?」と疑問に思いながら、だれもが止める権限や覚悟を持ちあわせていないので、そのまま断崖絶壁まで全力疾走、アイキャンフライしてフライできずに墜落する現場をわたしは何度も見てきました。そして大体巻き込まれました。物理事故なら異能生存体を名乗れます。その被害者視点に立ってみると、自分が加害者側にまわるのはさけたいと思うわけです。まぁ、投稿するならタダですし。無反応でもやるだけはやったということで言い訳は可能でしょう。そして、小説、というか短編を書くことになりました。

さて、わたし自身の趣味ですが、ファンタジーには馴染みがあります。アルスラーン戦記やマヴァール年代記に親しんだ年代の人間です。書くならそういうのがいいなぁ、と思ったものの、なろうでは、それ系のお話はとんとみかけません。まじかー、不人気ジャンルかー。今回の目的は読んだ人の反応です。無名だと、感想一つもらうのも大分ハードルが高そうだ。さてどうしようかと調べた結果が、悪役令嬢系のお話でした。コレ系には固定で見ているお客さんがいるみたい。幸い、ジャンルにこだわりはありません。ありがたいことに短めの作品も多い。じゃあ簡単な話でやってみるかと、安易にスタートを切ったのがこのお話でした。ここまで続くとは思いませんでした。楽しかったです。二年経ってもう一度読み返してもやっぱり面白かったです。

わたしの頭は単純な構造をしております。弊害も多いのですが、時間経過で自分が書いた作品を新鮮な気持ちで楽しめるのは悪くないですね。一長一短というところでしょう。ただ、五年前の自分がどうやってこれを生み出したのかは、正直よくわかりませんでした。当時の読者さんと作った奇跡の産物だったと思います。

以上のような理由で、この作品は恋愛小説として生まれました。ただ書籍化に際しては、一巻に収める必要もありました。ラブのほうはエピソードを完走するには限界がある。でも端折りたくない。まぁ、一巻で区切りがつくのは戦争でということで上梓したのが一巻です。前の後書きのとおりです。しかしてここで二巻もおーけーということになりまして、「だったら恋愛をさせてくれ」ともの言いたげな顔をしていたアリシアちゃんが勝手に走っていったので、おう、よろしく頼むぜというのがこの二巻です。

最後にメンバーについて。

まずは、新規のステイシー。おかえり、ステイシー。メインが帝室関係の裏方仕事なので、前作では出番が作れませんでしたが今回はしれっと登場。今回も人生楽しんでくれてるみたいでよかったです。裏方が多い子なので、別視点のエピソードで補完してみたいですね。従者組視点の話とか。頭空っぽの脊髄反射駄犬ムーブしてくれるので見ていて平和な気分になれます。

あと義母様ことカートレーゼ様。こちらは今回は顔見せです。アリシアより乙女でシンデレラムーブしてる人です。滅茶苦茶苦労人なのに周囲にはあんまり深刻に見てもらえないのが不満なようです。アリシアとの絡みなど、またしっかり書けるといいですね。

で、最後にアリシアちゃん。基本は楽観的な子なのですが、根がしっかりものなので、やばそうだと義務感から動いてしまいます。貧乏くじ体質ですね。ジークも貧乏くじ仲間なので、やっぱり君たち気が合うなと思いました。それはそれとして、突然ママムーブし始めたのは、完全に予想外でした。ゆくゆくは二人、ベッドで赤ちゃんプレイとかするのでしょうか？　気になります。

あと、お話はちょっとずれますけど、アリシアは騎馬戦術の本流です。本人もウマ好きなので、そういうエピソードも盛りたいなと思いました。ウマ楽しいですね。私のお気に入りは、マルゼンさんです。

まだ書きたいことはあるのですが、キリがなくなりそうなので、この辺にしておきましょう。

いつになるかはわかりませんが、またお会いできる日を楽しみにしています。ごきげんよう。

２０２１年8月某日　長門佳祐

戯姫アリシア物語』第２巻

手にとっていただきありがとうございます。
ミカルなシーンが多く、楽しんで描くことができました。
ぎやかな雰囲気が伝わっていれば幸いです。

あんべよしろう

EARTH STAR NOVEL

戦姫アリシア物語 2
婚約破棄してきた王太子に渾身の右ストレート叩き込んだ公爵令嬢のはなし

発行 ―――――― 2021年9月15日 初版第1刷発行

著者 ―――――― 長門佳祐

イラストレーター ―――――― あんべよしろう

装丁デザイン ―――――― ARTEN 山上陽一

発行者 ―――――― 幕内和博

編集 ―――――― 筒井さやか

発行所 ―――――― 株式会社アース・スター エンターテイメント
〒141-0021 東京都品川区上大崎 3-1-1
目黒セントラルスクエア 7F
TEL：03-5561-7630
FAX：03-5561-7632
https://www.es-novel.jp/

印刷・製本 ―――――― 中央精版印刷株式会社

ISBN 978-4-8030-1563-8